INHALT

Prolog zum Epilog

Als Goldy am 25. April 1997 gestorben war, entschloß ich mich weiterzuleben. Schon seit einigen Jahren hatten wir uns aus dem tätigen Leben zurückgezogen und lebten – glücklich wie früher – mit Lesen und Schreiben beschäftigt in der Welt der Literatur. Was folgt, ist ein Epilog.

Als die Gäste, die zum Abschied gekommen waren, fortgingen, las ich die übrigen drei Erzählungen im Buch *Traum am frühen Morgen* von Hans Christoph Buch; die drei ersten Erzählungen hatte ich noch Goldy vorgelesen. Dann war sie zu schwach, um zuzuhören. Ich fand, daß ich die drei besten Erzählungen vorgelesen hatte, die drei weiteren gefielen mir nicht so gut. Das hat für kurze Zeit meinen Schmerz gelindert.

Dann schrieb ich zwei Gedichte; ein kurzes ist so traurig, daß ich noch heute nicht daran denken mag. In einem langen Gedicht verfluche ich die Straßen von Zürich. Ich hatte versucht, eine Straße zu finden, die wir nie zusammen gefahren waren. Die gab es nicht. Wir wohnten seit achtundfünfzig Jahren hier. Das Blatt mit dem Text dieses Gedichts habe ich verlegt und erst zwei Jahre später wiedergefunden. Die meisten Strophen sind mißlungen, wenige ebenfalls zu traurig, um gedruckt zu werden.

Freunde wollten mich trösten: Du hast es gut, du kannst lesen und schreiben. Das konnte ich eben nicht.

Ich las Zeitungen und wissenschaftliche Aufsätze, die man mir geschickt hat. Wenn ich ein literarisches Buch zur Hand nahm, konnte ich nach wenigen Seiten nicht weiter. »Sie ist fort«, dachte ich und mußte das Buch weglegen.

Ich hatte kein Wort für den Zustand, nur ein Bild: einen dunklen, leeren Raum, unten am Grund tausend bunte Erinnerungen. Dann sah ich, wie ich am Rand des leeren Raums etwas zusammenfügen, mit brüchigem Material ein Stückchen Gegenwart basteln wollte. Bricolage, das Basteln, soll nach Claude Lévi-Strauss der einzige Zugang zu neuen Ideen sein. Keine Aussicht, daß die Konstruktionen die Leere einmal decken oder ausfüllen.

Henry Tanner kam zu Besuch und brachte mir ein Buch in englischer Sprache, *Utz* von Bruce Chatwin. Der Text war für mich schwierig, viele ungewöhnliche literarische Wörter. Doch – ich konnte lesen! Ich versuchte es mit einem historischen Werk in englischer Sprache, das ungelesen dalag; meine Fähigkeit zu lesen war wieder da. Ich versuchte es mit zwei französischen Romanen, die ich bereits weggelegt hatte. Ich las sie fließend zu Ende, bis spät in der Nacht.

Das Deutsche, unsere gemeinsame Sprache, ist kontaminiert, dachte ich, durch den Tod vergiftet. Da lag das Buch von Stefan Keller *Der Fall Grüninger*, das Leben des anständigen Polizeihauptmanns, der Daten gefälscht und damit jüdische Flüchtlinge vor dem Tod gerettet hat. Nach langen Nachforschungen war es ihm gelungen, aus vielen Einzelheiten ein fesselndes Buch über die Schande der Schweiz zur Zeit des Hitlerreichs, und danach, zu schreiben.

Mein ganz elender Zustand war zu Ende; ich konnte lesen. Bis spät in die Nacht war ich tatenlos dagesessen, mochte nicht wach sein, mochte nicht schlafen. Musik hat mir nie etwas bedeutet. Ab und zu hörte ich Platten mit Chansons von Marlene Dietrich, Bert Brecht, Hanns Eisler, Wolf Biermann. Jetzt entkam ich mit einem Buch ums andere jede Nacht für einige Stunden ins Reich der Literatur.

Im März jenes Jahres, als Goldy so schwach war, daß ich keine Hoffnung mehr hatte, schrieb mir Helga Rabenstein aus Klagenfurt, sie hätte gerne eine Erzählung von mir für das Jahrbuch der Happening-Gesellschaft Unikum. Es sollte ein Text aus der Gegend sein, denn Unikum verbindet die Kulturen des slowenischen, des italienisch-friaulischen und des österreichisch-kärntnerischen Grenzlands. Ich schrieb, ich hätte eine Erzählung aus alter Zeit im Kopf, doch könne ich nicht mehr schreiben, weil Goldy immer schwächer ist und bald sterben wird.

Drei Monate später kam wieder ein Brief von Helga, Ende August ist Redaktionsschluß, ich soll doch noch versuchen, die Geschichte zu schreiben. Wieder ist mir ein Wort zu Hilfe gekommen: Bumerang. (Das ist ein gebogenes Wurfholz der Aborigines in Australien, das zum Jäger zurückfliegt, wenn der Wurf gelungen ist.) Ich antwortete: »Ich will es versuchen.« Helga rief mich sogleich an und sagte: »Ja, versuch's.« Das ist Bumerang. Die Erzählung »Die Flöte des Herrn von Kasarek« steht auf Seite 11.

Briefe und Zeitungsartikel konnte ich schreiben, erzählen konnte ich nicht. Die Phantasie, die ich brauche, um zu erzählen, war blokkiert. Karl Markus Gauss schickte mir das Buch *Baobab* von Leopold Rosenmayr; ich sollte es für die Zeitschrift *Literatur und Kritik* in Salzburg besprechen; dazu schrieb er: »Ich weiß, Rezensionen sind nicht das, was du am liebsten machst, aber vielleicht möchtest du diesmal ...« Ich mochte nicht, aber ich mußte. Der Autor, ein Wiener Soziologieprofessor, hatte Forschungsreisen in Westafrika gemacht, gerade so wie wir, und er erzählt nun von seinen Begegnungen mit Afrikanern. Rosenmayr schreibt unsäglich naiv, er ist geleitet von einem katholisch inspirierten Rassismus und entdeckt immer wieder: Die Afrikaner sind doch auch Menschen, beinahe so wie wir. Meine einigermaßen ironische Kritik ist in *Literatur und Kritik* erschienen und wird nicht wieder abgedruckt.

Ich hatte entdeckt, daß ich keine Phantasie nötig habe, um Rezensionen zu schreiben. Sobald das Buch gelesen ist, ist die Arbeit beinahe schon getan. Das war und ist eine angenehme und vielleicht nützliche Tätigkeit.

Doch wünschte ich mir, endlich wieder Erzählungen zu schreiben wie früher. Dabei stieß ich auf ein inneres Hindernis, einen Block, auf den Schmerz über den Tod von Goldy. Mein Wunsch und die Hemmung wirkten zusammen, als Zwang oder Obsession: Ich will, aber ich kann nicht.

Der Rahmen für den nächsten Band mit Erzählungen war gegeben. Unser Leben seit 1945, fünfzig Jahre Widerstand.

Ich dachte, es sei alles längst publiziert, Psychoanalyse, Reisen in Afrika, Ethnopsychoanalyse in der fremden und der eigenen Kultur. Darüber habe ich vor mehr als einem Jahr bei Freunden in Berlin geklagt.

Kaum war ich wieder in Zürich, kam ein Brief von Karl Markus Michel. Du mußt über Menschen schreiben, die Goldy nicht gekannt hat. Da gab es einen, den Vater meiner Mutter, der gestorben ist, zwei Jahre bevor ich Goldy getroffen habe. Die Geschichte meines Großvaters »Ein Europäer aus Miskolc« ist auf Seite 21 zu lesen.

Ich habe weiter Besprechungen geschichtlicher, ethnologischer, aktueller und erzählender Bücher geschrieben. Da passierte mir, im letzten Sommer des Jahrhunderts, etwas Sonderbares. Mit Johannes Reichmayr besuche ich Elke in Gießen. Dort machen alle Bücher, reden über Bücher. Abends bin ich verwirrt. Weil ich vom niedrigen Bett im Gästezimmer kaum auf die Beine kommen kann, fühle ich mich sehr alt. Im Regal stehen literarische Bücher, auch einige von mir. Ich lese »Ein Dämon genannt Schizophrenie« (im Band *Karakul*), die Stimmung wird besser. Da ist ein Rowohlt-Bändchen, der Roman *Der Fänger im Roggen* von Jerome D. Salinger. Das Buch kenne ich doch, kann mich kaum erinnern, vielleicht habe ich es in englischer Sprache oder nicht zu Ende gelesen. Als ich damit anfange, weiß ich sogleich, es ist eines der Bücher über die Traurigkeit der ersten großen Liebe eines Jungen: *Die Verwirrungen des Zöglings Törless* von Robert Musil, *Le grand Maulnes* von Alain Fournier, *Die Gärten der Finzi Contini* von Giorgio Bassani. Während ich lese, werde ich immer sicherer, daß ich das Buch kenne. (In einem Film, den man nach Jahren wieder sieht, fällt einem bei jeder Szene die folgende ein, während man geglaubt hat, den Film ganz vergessen zu haben.) An einem Punkt weiß ich: Jetzt wird Holden Caulfield, der in New York ziellos herumirrt, bald in das schmuddelige Hotel kommen. Zehn Seiten weiter ist er dort. Doch halt, ich weiß, wie die Geschichte gebaut ist, so mußte es ja kommen. Kenne ich das Buch, oder lese ich es zum ersten Mal? Zurück in Zürich habe ich weder eine englische noch eine deutsche Ausgabe vom *Fänger im Roggen* gefunden. Wenn ich aber nicht mehr weiß, ob eine Erinnerung wahr ist oder erfunden, dann ist die Phantasie freigesetzt, und ich kann erzählen wie früher. Und doch stecke ich fest. Der Rahmen, unser Leben seit 1945, bleibt leer.

Als das Neue Jahrhundert anfängt, denke ich: Jetzt ist die letzte Chance. Mir kommt ein Kunstgriff in den Sinn, den die Jesuiten anwenden. Der Zögling einer Jesuitenschule kommt mit einer Aufgabe nicht zu Rande. Er klagt bei seinem Lehrer, ist ratlos. Der Lehrer weiß einen Trick. Er gibt eine zweite Aufgabe; vor Ende des Jahres hat der Schüler zwei fertige Arbeiten abzugeben. Das ist mir grausam vorgekommen, soll aber wirken.

Seit Mitte Januar 2000 habe ich zwei Aufgaben: das Erzählbuch und einen Essay über die Psychoanalyse der Macht. Wenn das eine nicht weiterkommt, nehme ich das andere vor.

Der Epilog auf unser Leben ist eingeleitet.

Die Flöte des Herrn von Kasarek

Da es in jenen Jahren in der Savinjska dolina keine Schafherden gab, darum auch keine Hirten, die ihre einsamen Abende mit dem Gesang der Flöte zu beleben pflegen, blieben unsere Nächte meist still und den spärlichen Lauten der Tiere vorbehalten, sobald die Septemberregen das Gezirpe gelöscht hatten und die Zikaden sich in Erdlöcher verkrochen, aus denen einige, die die Kälte und Nässe überlebten, in den ersten Junitagen herauskrabbeln würden, um im heißen Sonnenlicht musizierend zwischen sprießenden Gräsern eine Gefährtin anzulokken. Nicht, daß es bei Nacht keine menschengemachten Laute gegeben hätte. In den Weinbergen der Hügel tönte der Klapotez, an Sonntagen hörte man bis spät die ewige Harmonika, die vom Grölen der Trinker übertönt wurde, wenn mit dem Verkauf der Hopfenernte Geld in das Tal geflossen war. Es gab auch harmonischere Klänge. Nach der Maiandacht sangen die Mädchen draußen vor dem Dorf Marienlieder, und im Herbst beim Kukuruzschälen sangen Textilarbeiterinnen aus Prebold weniger Frommes, das die schüchternen Mädchen aus den oberen Gehöften in Moll aufnahmen, bis eine junge Stimme eine neues freches Lied anstimmte, das in den folgenden Strophen auch wieder sehnsuchtsvoll und traurig wurde.

Mir gefiel der Gesang der Mädchen nicht. Doch streifte ich wenige Jahre später an warmen Septemberabenden lauschend durch die Dunkelheit. Mitunter tönte vom Waldrand her eine Okarina. Ein Bursche, der wie ich mit meinen sechzehn Jahren einsam war, blies mit der bauchigen Tonpfeife seine Liebessehnsucht in die Nacht. Darauf wartete ich im nächsten Jahr. Warum die Okarina nur im Herbst zu hören war, weiß ich nicht. Wahrscheinlich – so dachte ich – macht sich die Liebe erst bemerkbar, wenn die Arbeit auf den Feldern nachläßt, im Vorgefühl der Einsamkeit des Winters.

Dort, wo das breite Tal gegen die Hügel des Trojane hin enger wird, war es anders. Tag für Tag, spätabends, oft auch tief in der Nacht oder ganz unvermittelt im grauen Licht des Morgens, zitterte die Luft: Eine Hirtenflöte tönte schrill, dann wieder voller und tiefer. Ein unbekannter Virtuose blies seine Melodien, Soldatenlieder, fremdartige Märsche, Spottlieder und süße Lieder von Liebe, von Abschied und Tod. Mit dem Wechsel des Windes kam die Hirtenflöte herunter in die Häuser von Vransko, dem Marktflecken und Gerichtsort am westlichen Ende der Talsohle, übertönte das Gebimmel der Pfarrkirche und ließ die Leute zusammenfahren, wo immer sie waren. Die gebückten Frauen, die ihre Kartoffeln häufelten, richteten sich auf und lauschten. Sogar der alte Richter im Saal des Bezirksgerichts unterbrach seine Rede und legte die linke Hand hinter die Ohrmuschel, der Bursche, der mit dem Leiterwagen Heu einfuhr, hielt die Ochsen an, die Kinder im Schulhof unterbrachen ihre Spiele, waren sie aber drinnen, riß der Herr Lehrer beide Fenster auf, um besser zu hören. Manchmal folgte ein Lied dem andern, dann wieder hörte die Flöte nach den ersten Takten auf und blieb für Stunden oder Tage stumm.

Man kann nicht sagen, daß die Leute ihre Hirtenflöte liebten. Unheimlich war, daß man nicht wußte, woher die Töne kamen. Da sich zwischen den Bergen im Süden und den nördlichen Hügeln verschiedene Echos ergaben und der Mischwald auf beiden Seiten bis hinunter ins Tal stand, war nur gewiß, daß die Flöte aus dem Wald heruntertönte. Vorlaute Jungen hatten versucht, den unbekannten Flötenspieler aufzustöbern, ihn aber nie gefunden. Manchmal meinten sie, seinem Versteck ganz nahe zu sein, da brach das Spiel ab und setzte am gegenüberliegenden Hang wieder ein.

Richtig quälend war es, wenn die Flöte pausenlos weiterblies, lange Winternächte hindurch, so daß es nicht half, die Fensterritzen mit Werg abzudichten, es hereindrang, bis die Bäuerin endlich die Fenster aufriß, schlaflos lauschte und der Bauer erst seinen Schlaf fand, wenn er drei- oder viermal einen Schluck aus der Flasche, die unter dem Bett stand, hinuntergegossen hatte. Auch die Kinder lagen wach, waren aber still, da sie merkten, daß jetzt mit den Großen nicht zu spaßen war.

Neugierig fuhr ich mit dem Fahrrad nach Vransko, um die seltsame Flöte zu hören, mußte ein zweites Mal hin, weil ich das erste Mal Pech hatte und gerade nichts zu hören war. Auch ich konnte nicht ausmachen, woher es tönte; irgendwoher, aus dem Wald.

Dann geschah etwas, das – einmal für mich allein – das Geheimnis lüftete. Der Flötenspieler war kein Hirte, kein Hiesiger, es war der Herr von Kasarek, vielmehr der Herr Rittmeister Alexander Edler von Kasarek, der – wie unsere Mica wußte – vor einigen Jahren bei einer Bäuerin in Vransko, der Witwe Marija D., Quartier genommen hatte.

Eines Nachmittags um fünf war der Herr bei uns in Schloß Noviklošter erschienen. Er wünschte meinen Vater zu sprechen, im näselnden Ton der österreichischen Offiziere. Man sah ihm an, daß er nicht von hier war. Nach dem Umsturz der k. und k. Monarchie gab es in manchen Dörfern entlassene Offiziere, die sich nach Slowenien abgesetzt hatten, zum Beispiel in Žalec den Hauptmann Fritz Steinböck, der ebenfalls bei einer Witwe wohnte und der uns auf Wunsch der Eltern in die Geheimnisse des Tennisspiels eingeführt hatte. Der von Kasarek war ein recht typischer Offizier in Zivil, groß und hager, in strammer Haltung, städtisch gekleidet in einen engen Rock. Das Gesicht mit scharfen Falten war beherrscht vom stechenden Blick seiner blauen Augen, darüber die sonnengebräunte Stirn, die in eine Glatze überging, und der mächtige Schädel, der am Hinterkopf flach abfiel.

Da der Besucher darauf bestand, mit dem Hausherrn unter vier Augen zu sprechen, bekamen wir den Nachmittagstee draußen auf der Veranda. Sobald er fort war, erfuhren wir, daß er unser neuer Turnlehrer sein sollte. Schon am nächsten Tag richtete der Tischler auf der unteren Gartenwiese ein hohes Gestell auf, mit einem eisernen Reck, einer Kletterstange, einem dicken Kletterseil und oben am Querbalken Widerhaken, in die zwei Seile mit Ringen einzuhaken waren. Zur ersten Turnstunde erschien der Herr Rittmeister in einem Trikot mit schwarzen Querstreifen. Er hielt eine kurze Ansprache über die Vorzüge des Turnens am Gerät und forderte mich auf, einen Klimmzug am Reck zu versuchen. Ich sprang unter der Stange durch, lief die Rasenböschung hinauf und sagte trotzig: »Ich tu das nicht. Das ist keine Turnstange. Das ist ein Galgen.« Da griff er sich meinen kleinen Bruder, hob ihn hoch, so daß er das Reck mit den Händchen fassen konnte, und ließ ihn dran baumeln. »Zieh dich hoch«, befahl er. Mein Brüderchen versuchte es gar nicht, strampelte mit den Beinen, traf den Herrn, der dabeistand, am Leib, ließ sich ins Gras plumpsen und rannte heulend davon.

Den Tee nahm der Turnlehrer diesmal mit der Familie ein. Mein Vater, der das Turngerüst so rasch hatte aufstellen lassen, entschied jetzt, daß man mit dem Turnunterricht noch zuwarten sollte. Da enthüllte Herr von Kasarek sein Geheimnis. Er zog ein Futteral aus Wachstuch heraus, dem er eine schön polierte Hirtenflöte entnahm, und entbot sich, die Herrn Söhne statt im vorerst unerwünschten Geräteturnen in der Kunst des Flötenspiels zu unterweisen. Dafür war die Mama zuständig. Sie sagte kein Wort und sah uns an. Mein Brüderchen verzog bereits das Gesicht, und ich versuchte eine trotzige Grimasse.

In Noviklošter ließ sich der Herr Rittmeister nicht mehr blicken. Für mich war aber die Angelegenheit noch nicht erledigt. Es war leicht, von unserer Mica mehr über den Herrn zu erfahren. Die Bäuerin Marija D. in Vransko, die ihn vor Jahren ins Haus genommen hatte, habe den Offizier satt, könne ihn aber nicht loswerden. Der Herr Pfarrer habe von der Kanzel angedeutet, daß sich in Vransko ein sündhaftes Tun bemerkbar mache, habe es jedoch abgelehnt, mit dem Rittmeister zu sprechen. »Er ist mir zu scharf«, sagte er.

Es kam mir nicht ungelegen, daß ich wieder einmal nach Vransko radeln mußte, um dem Gerichtsdiener Papiere von unserem Gutsverwalter zu bringen. Ich traf den freundlichen Mann um sechs Uhr, als er – wie ich erwartet hatte – vor dem Nachtessen auf der Bank vor seinem Häuschen saß und mit der Katze spielte. Seine Frau kam heraus und sagte zu mir: »Iß mit uns mit.« Es gab Sterz und Salat, dazu Apfelmost. Als der erste Hunger gestillt war, nahm ich einen Schluck Most und sagte: »Ich weiß, wer euch Tag und Nacht mit der Hirtenflöte plagt.« Mein Gastgeber warf einen Blick durch die offene Tür hinaus zum Garten, beugte sich vor und sagte leise: »Red nicht davon. Wir wissen es längst. Die Marija, bei der er wohnt, hat das Haus mit dem großen Nußbaum, oben am Waldrand. Von dort kann er im Wald verschwinden, ohne daß es wer sieht. In letzter Zeit ist es besser. Tagelang hört man die Flöte nicht. Er ist oft fort. Die Leute sagen, er ist politisch geworden, und sie haben Angst vor ihm. Drum ist es besser, du redest nicht davon. Wenn dem was nicht paßt, wer weiß, was er dann tut. Auch der Herr Pfarrer hat nie mehr was gegen ihn gesagt.«

Meine Neugier war gestillt, das Flötenspiel kein Geheimnis mehr. Die Geschichte des Herrn von Kasarek geht jedoch weiter, nicht weniger unheimlich. Ich schreibe sie auf, weil mir scheint, daß die Erinnerung an traurige Ereignisse erträglicher ist als die Furcht vor dämonischen Kräften, die sich auch in unserer Zeit an alten Geschichten entzündet.

Mit der Umwandlung des Königreichs der Serben, Kroaten und Slowenen, S. H. S., und der Abschaffung von Slowenien, das von nun an die »IX. Banovina« hieß, unternahm die königliche Verwaltung in Beograd einiges, um die Slowenen zu guten Jugoslawen zu erziehen. Die Kinder mußten in der Schule Serbokroatisch lernen, und die Jünglinge sollten sich bei den Sokol, den »Falken«, einschreiben, wo ihnen mit Turnen, Spiel und Gesang der richtige patriotische Geist eingepflanzt würde, damit sie später als tapfere serbische Soldaten dem König Alexander Karadjordjević dienen könnten.

Als ehemaliger Offizier wurde der Kasarek zum Anführer bei den Sokol für geeignet befunden und angestellt. Den Herrn in Belgrad war es egal, ob er Slowene, Steirer oder ein Ehemaliger der kaiserlich-königlichen Armee war. Daß der Rittmeister nur ein paar Worte Slowenisch gelernt hatte und kein Wort Serbisch verstand, störte anscheinend nicht.

In jedem größeren Dorf wurde ein Sokol Center gebaut, alle nach demselben Modell: eine Turnhalle mit Geräten, ein Saal für Musikveranstaltungen, in dem man zur Not auch Theater spielen konnte, daneben ein Wiesenplatz für Ballspiele mit einem weißgetünchten Bretterzaun herum. Die Sokolhäuser waren nicht so schön wie später die *Kulturni dom* der Volksrepublik, hatten auch keine Bibliothek, standen aber alle nach sechs Monaten schlüsselfertig da. Im Tal wunderte man sich. Es waren die ersten Bauten, die das Königreich in Slowenien errichten ließ. Mehr als zwölf Jahre lang hatte es kein neues Amtsgebäude gegeben; der serbische Bezirkshauptmann amtete in der Kanzlei seines österreichischen Vorgängers. (Erst viel später wurde in jeder Stadt der »IX. Banovina« mit mehr als zehntausend registrierten Einwohnern eine orthodoxe Kirche gebaut, aus Beton, stets nach dem alten Modell, auch wenn es außer dem Popen keinen einzigen Gläubigen des serbisch-orthodoxen Bekenntnisses gab.)

Am meisten Bewunderung erregten die Uniformen der jungen Leute, wenn wieder einmal ein stramm marschierender Trupp oder – an anderen Orten – ein loser Haufen lustiger Jungen durch die Straßen zog. Die Uniformen waren aus rosenholzfarbenem Wollfilz geschneidert, mit feinen roten Einfassungen, glänzenden Knöpfen und wie bei den Soldaten des serbischen Befreiungskriegs zu Beginn des 19. Jahrhunderts reich verschnürt mit roten oder goldenen Kordeln. Die traditionelle serbische Mütze, höher als die der Soldaten, war mit einem aufragenden Federbusch geziert, der mit einer emaillierten Spange mit dem weißen Adler auf blauem Grund befestigt war. Schneider, die einen Auftrag zur Fertigung von Uniformen ergattert hatten, waren begeistert, bis sich herausstellte, daß sie verschnittenen Filz, der hie und da anfiel, aus eigener Tasche bezahlen mußten. Die Leute staunten, daß auf einmal das viele Geld für die Sokol da war, und versuchten, aus den Anführern herauszukriegen, wie sie es anstellen müßten, damit für sie etwas abfiel.

Ich hatte andere Gründe, mich für die jungen Falken zu interessieren; allein wegen des militärischen Klimbims kam mitmachen nicht in Frage. Doch fühlte ich mich in jenen Jahren, in denen die Familie nicht mehr der richtige Umgang für einen Adoleszenten ist, einsam und war neugierig, wie es ist, wenn ein Haufen Jungen ohne die Erwachsenen unter sich bleibt. Dazu gab es noch einen persönlichen Anlaß: Tomaš, der Sohn des Schneiders in Polzela, der wegen eines Geburtsfehlers hinkte wie ich selber, aber viel schlechter auf den Beinen war. Im Dorf war er der einzige Junge, der Bücher las. Wenn ich mit dem Fahrrad hinunterfuhr, borgte ich ihm Bücher, und wir erzählten uns, was wir gelesen hatten. Etwas hatte er mir voraus: Er war ein Musikus.

Ich wunderte mich, als er erzählte, daß sein Vater ein Sokol-Gewand für ihn nähte, weil er weder marschieren noch turnen konnte. Er war von der Sokol-Idee ganz eingenommen.

In Polzela war der Hilfslehrer an der Volksschule, ein Rotschopf, zum Anführer ernannt worden. Der junge Mann begeisterte sich für den slowenischen Volkstanz und scheute keine Mühe, bis die Verwaltung für Tomaš eine prachtvolle Ziehharmonika herausrückte, die mit dem Adlerwappen geziert war. Statt zu turnen, wurde musiziert und getanzt, am Sonntag nach der Messe versammelten sich die Sokol in ihren schmucken Uniformen vor dem Gemeindehaus, und der Herr Anführer ermutigte die Mädchen, die zusahen, mitzumachen. Der Betrieb hatte in Polzela nichts Militärisches an sich. Als es warm wurde, gingen sie an die Savinja baden, und am Samstag abend organisierten sie Wein und musizierten und tanzten im Center bis spät in die Nacht. Das war möglich, weil Tomaš unermüdlich die schönste und lustigste Musik machte. Es tat mir leid, daß ich nicht dabei war.

Im Nachbardorf B. ging es ganz anders zu. Auch dort hatten die Sokol Musik, die Flöte ihres Anführers, jenes Herrn von Kasarek. Es wurde viel geturnt, durch das Dorf marschierten die Sokol wie Soldaten, statt einer Ziehharmonika waren zwei Tambourentrommeln angeschafft worden. Die Märsche des Rittmeisters eigneten sich nicht zum Tanzen; daß die Falken sich mit Mädchen abgaben, war nicht vorgesehen. Wenn man während der Übungen durch die Ritzen des Zauns auf die Spielwiese hineinschaute, ging es dort zu wie auf dem Exerzierplatz vor der Kaserne von Celje. Der Kasarek kommandierte mit einer Trillerpfeife, die Burschen rannten, warfen sich nieder, sprangen auf, standen stramm, formierten Viererreihen. Vom Schweiß bildeten sich im Filz der Uniformen dunkle Flecken.

Tomaš erzählte mir, daß ein serbischer Offizier vor dem Polzela Center vorgefahren war und an ihrem Musik- und Tanzabend erschien. Irgend etwas gefiel dem Inspektor nicht, er brüllte den Rotschopf an, der nichts zu erwidern wußte.

Gleich nachdem der Herr aus Belgrad gegangen war, hielt der junge Kommandeur eine Rede: »Am 28. Juni, dem *Vidov dan,* ist der Serbische Nationale Feiertag. Da macht das Sokol Center Polzela ein Večer, ein Fest. Das ganze Dorf soll kommen.« Er habe Zusagen, daß es

Wein und auch was zu beißen geben würde. Seine Frau habe die Mädchen für die Tänze besonders eingeladen. »Es wird ein lustiges Fest«, sagte er, »unser Tomaš wird aufspielen. Er hat serbische Musik parat, natürlich auch das Lied der Karadjordjevici.«

Es ist anders gekommen. Nach der Katastrophe hieß es, daß es gar nicht der Herr von Kasarek war, der es sich ausgedacht hat. Der Offizier aus Belgrad hätte ihm aufgetragen, die Sokol von Polzela für ihre Disziplinlosigkeit zu bestrafen.

Am späten Nachmittag des *Vidov dan* versammelten sich die Sokol von B. in den adretten Uniformen auf ihrem Spielplatz. Der Rittmeister-Anführer ließ sich zwei Bündel mit daumendicken Haselstöcken bringen, die er vorbereitet hatte. Jeder bekam einen Stab, den er schultern mußte wie Soldaten das Gewehr. Dann marschierten sie in Viererreihen über die Straße nach Polzela, voraus der von Kasarek mit der Flöte. Er blies einen jener fremdartigen Märsche, mit denen er die Leute von Vransko geplagt hatte. Die Trommler gaben den Takt dazu an. Sie marschierten gradewegs zum Center, wo die Sokol um den Mast herumstanden, an dem man eben die jugoslawische Fahne hochzog. Tomaš hatte mit der Harmonika das Serbenlied angestimmt. Doch Flöte und Trommeln waren stärker, der Marschtakt setzte sich sogleich gegen die Harmonika durch. Der Rotschopf, die goldene Führerkordel am Hut, trat auf die ungeladenen Gäste zu. Da setzte der von Kasarek die Flöte ab, griff sich den Stock eines Burschen und schlug dem Lehrer die Mütze vom Schädel. Der taumelte zur Seite und wollte seine Mütze aufheben. Die Flöte fiel wieder ein, die Trommeln dröhnten. Es gab kein Halten mehr. Mit ihren Stöcken prügelten die Sokoln von B. auf die Jungen ein, die sich nicht wehren konnten. Sie schienen auch stumm zu sein. Man hörte nur die Flöte und die Trommeln. Dann gab es ein Geschrei. »Einer der unseren«, so hat mir Tomaš später erzählt, »hat sich im Tumult eine der Trommeln geschnappt und sie dem Trommler auf den Kopf gehauen.«

Die Marschmelodie war verstummt. Da trat Tomaš mit seiner Harmonika vor die anderen hin und stimmte das Lied, das unterbrochen worden war, wieder an. Verdutzt, weil es das Serbenlied war, hörten die Jungen auf zu prügeln. Wieder griff sich der von Kasarek einen Stock und hieb dem kleinen Tomaš zielsicher auf die Finger, mit denen er die Tasten griff.

Der schrille Marsch setzte sofort wieder ein. Der Platz war bald leergefegt; die von Polzela hatten das Weite gesucht, viele mit blutigen Köpfen. Der Rotschopf sammelte die Mützen mit den Federbüschen ein, die überall herumlagen.

In den nächsten Tagen erfuhr man, daß das Sokol Center von Polzela geschlossen wird. Die Jungen mußten ihre Uniformen abgeben. Dem Tomaš hatte der Stock des Rittmeisters drei Finger der rechten Hand zerschlagen. Man brachte ihn zum Doktor nach Celje, die Knöchelchen wuchsen wieder zusammen, aber so krumm, daß Tomaš die Tasten nicht mehr greifen konnte. So einen Musikus hat es in der Savinjska dolina lange nicht mehr gegeben.

Einige Burschen aus Polzela schworen dem Rittmeister Rache. Der aber war aus der Gegend verschwunden. In Vransko brachte ich heraus, daß die Witwe Marija ihn endlich losgeworden war.

Der Lehrer Rotschopf ist in ein anderes Dorf versetzt worden. So gab es bald keinen Erwachsenen mehr, der den Hergang bezeugen konnte. Die Jungen schämten sich, daß sie verprügelt worden waren, und hüteten sich, etwas verlauten zu lassen.

Vielleicht hätte ich diese Geschichte nicht aufschreiben sollen und doch besser geschwiegen und gewartet, daß meine Erinnerung ganz verblaßt. Es gibt heute wieder Leute, die allzu gerne lesen, wie das Nationale damals dreingeschlagen hat.

Großvater Heinrich Baumgarten ist etwa 1855 in Miskolc, einer traurigen und häßlichen Industriestadt im Norden Ungarns, als jüngster Sohn einer kinderreichen jüdischen Familie zur Welt gekommen. Seine Brüder waren bald alle aus dem Haus. Nur ein paar Schwestern lagen dem Vater auf der Tasche. Einige waren noch klein. Es war schwer, die Größeren unter die Haube zu bringen.

»Das, was der Vater als Hilfsarbeiter in einer Metallwarenfabrik nach Hause brachte, wenn er nicht wieder freigestellt war, reichte gerade, daß wir Kinder nicht hungern mußten. Die Brüder konnten kaum lesen und schreiben. Ein Wunder, daß aus allen etwas geworden ist. Für mich war es ein Vorteil, daß sie weggingen. Die Mama hat erzählt, daß sie ein zweites großes Bett anschaffen mußten, das sie jahrelang abgezahlt haben.

Ja, ich hatte dreizehn Geschwister, wir waren vierzehn, und jetzt war auf einmal eines der großen Betten, in denen sechs oder sieben geschlafen hatten, fast für mich allein. Nur die zwei kleinsten Schwestern schliefen mit mir zusammen.«

Der Großvater war natürlich ein älterer Mann, als ich ihn kannte. Er war wortkarg und mochte von der Zeit in Miskolc nicht gerne reden. Obwohl er sonst sehr genau war, besonders mit Zahlen, irrte er sich manchmal in der Zahl seiner Geschwister und sagte: »Wir waren fünfzehn; oder dreizehn.« Wenn ich nachfragte, brummte er, was wie ein Lachen klang: »Ihr seid nur drei, das ist leicht zu zählen.«

Das Leben der Baumgarten in Miskolc läßt sich mit dem der Ostjuden in einem Stetl nicht vergleichen. Niemand weiß, wann und wie sie nach Miskolc gekommen waren. Vielleicht waren sie aus Galizien eingewandert und hatten den deutschen Namen unter Josef II. bekommen, oder ein Urgroßvater hatte ihn aus dem Westen mitgebracht. Die Familie sprach ungarisch, verstand das Jiddische nicht einmal. Eine jüdische Gemeinde mit Rabbiner, Kantor und Bethaus gab es zwar, mit der hatten die Baumgarten aber nichts am Hut. So arme

Juden mußten auch samstags arbeiten, wenn es überhaupt Arbeit gab. Damit war für den Miskolcer Rabbiner der Bruch mit Gott und der Gemeinde besiegelt. Dennoch geschah am kleinen Heinrich ein Wunder, durch das er ein Industriekapitän und letzten Endes auch mein Großvater geworden ist.

Der Fabrikbesitzer kam eines Tages in die Schule, um nachzusehen, ob es Buben gab, die er als Hilfsarbeiter herausnehmen konnte. Es waren Aufträge hereingekommen; Buben waren billig und leisteten gewöhnlich mehr als richtige Metallarbeiter. Der Lehrer war bereit, ihm zwei oder drei kräftigere Kerle freizugeben. Es kontrollierte ja niemand. Der kleine Heinrich kam nicht in Frage, weil er blaß und mickrig war. Doch packte der Lehrer die Gelegenheit, dem Herrn, der wegen des gelungenen Fischzugs guter Laune war, das Rechenheft seines Lieblingsschülers Heinrich Baumgarten zu zeigen. Die Herren bestaunten die scharf gezogenen Zahlen, die ohne Fehler und Ausbesserungen in Reihe und Formation standen wie Soldaten bei der Parade. »Den nehme ich in die Kanzlei, er soll Maschinenzeichner lernen, grad so einen Lehrling kann ich brauchen«, sagte der Fabrikant, und zu Heinrich: »Du kommst morgen um sieben hinüber, dein Vater weiß, wo das ist, und fragst nach dem Herrn Direktor.«

Ein Glücksfall. Einen Beruf zu lernen, das lag außerhalb der Möglichkeiten der Baumgarten in Miskolc.

Der Lehrer strich dem Buben übers Haar, Mutter Baumgarten kramte einen Rock aus schwarzem Barchent, billigem Baumwollstoff, hervor und nähte daraus Ärmelschoner, wie sie Bürolisten, Schneider und kaufmännische Angestellte haben. Der Vater schenkte jedem ein Glas Apfelmost ein. Auch die großen Schwestern bekamen ihre Gläschen voll, und Emilie (die ich als alte Großtante gekannt habe) gab dem Heinrich einen Kuß und sagte: Du wirst Direktor!

Sie sollte Recht behalten. Die Laufbahn des Heinrich, oder Henryk oder Henri, Baumgarten hatte begonnen. Der jüdische Junge wurde einer jener Männer der »Gründerzeit«, die das beginnende 20. Jahrhundert geprägt haben. (Die gestochene Handschrift hat er bis ins hohe Alter behalten. Seine Zahlen standen noch ebenso scharf und regelmäßig da, als die Stahlfeder längst von einem Parker mit Goldfassung ersetzt worden war.)

Zum Ende der vierjährigen Lehrzeit war Heinrich ein hochaufgeschossener junger Mann. Ernst und fleißig war er immer gewesen. Jetzt hatte er den Mut, das Sparbuch, in das der Fabrikant die Hälfte seines Lehrlingslohnes eingezahlt hatte, einzufordern. Es kam zu einem bösen Wortwechsel. Der Fabrikbesitzer wollte ihn in der Konstruktionsabteilung einstellen und seine Ersparnisse verwalten, bis genug da war, daß der junge Mann heiraten und eine Familie gründen konnte. Er mußte jedoch das Sparbuch herausrücken. Henryk dankte für die Lehre und erklärte, daß ihn nichts, auch nicht die angebotene Stelle, in Miskolc halten könne. Der Chef war so erbost, daß er ihm zum Abschied nicht die Hand gab. Der Junge hob sein Geld ab, gab die Hälfte dem Vater, der wieder einmal freigestellt war, ließ sich einen Anzug aus feinem schwarzen Tuch schneidern und begab sich auf die Wanderschaft.

Kaum eine halbes Jahr später war Henri Baumgarten als *Constructeur* bei der belgischen Waggon- und Waffenfabrik Cockerill in Louvain angestellt. Nach sechs Jahren ernannte ihn die Firma zum *Directeur.*

Seine erste große Aufgabe war der Bau einer Eisenbahn im Sultanat Marokko. Von der Planung der Gleise bis zur Konstruktion und Lieferung der Waggons und eines neuen Typs Dampflokomotive war ihm allein alles überlassen. Für Cockerill wurde es ein ungewöhnlich gutes Geschäft. Großvater vertauschte die zwei Zimmer, die er in Louvain bei der Witwe eines Direktors gemietet hatte, mit einer geräumigen Villa. In der Wohnung des Großvaters in Budapest bewunderten wir den Zeremonialsäbel, den ihm der Sultan bei der Eröffnung der Bahnlinie überreicht hatte. Die Scheide war mit Halbedelsteinen besetzt, auf der Klinge war mit arabischen Schriftzeichen einziseliert: »Im Namen des HERRN, für Henri Baumgarten, den Zauberer der Technik, der das Werk zur Zufriedenheit des Fürsten und zum Wohl des Sultanats in 18 Monaten vollendet hat.«

Nach arbeitsreichen Jahren in Louvain erreichte – noch im ausgehenden Jahrhundert – den *Directeur des entreprises* der Ruf nach Budapest. Er sollte die Firma Ganz, Danubius & Co, das größte Metall- und Elektrowerk der k. und k. Monarchie, als Generaldirektor übernehmen. Bei Cockerill versprach man sich von seinem bedauerlichen Weggang einen Austausch von *know how,* der erst im August 1914 brüsk zu einem Ende kam.

Schon geraume Zeit vor dem Krieg hatte sich Ganz Danubius gewaltig ausgedehnt; das »Companie« ging verloren, immer neue Fabriken und die Werke für Elektroindustrie kamen hinzu. Der Konzern wurde – nach der Episode als Staatsbetrieb der Räterepublik – in eine Aktiengesellschaft umgewandelt. Ihr Generaldirektor erwies sich jetzt vor allem als Finanzmann. Er fungierte, nacheinander, als Delegierter des Verwaltungsrats, Präsident des Konzern und in den dreißiger Jahren noch als Ehrenpräsident ohne Gehalt oder Beteiligung. Die Firma blieb Vorzeigeunternehmen der Ungarischen Volksrepublik.

Im Jahr 1978 fuhren wir mit einem Luxuszug von Kairo nach Luxor. Die Waggons trugen auf einem Bronzetäfelchen das Signet »Ganz Danubius, Budapest«. Sie waren zur Zeit des ägyptischen Sozialismus des Abdel Nasser von der befreundeten Sowjetunion geliefert und mit den Baumwollernten der Fellachen bezahlt worden, die damals so arm waren, wie sie bis heute geblieben sind.

Ich kann mich an mehrere Großväter erinnern, den gütigen Großpapa der Kindheit, der in den dreißiger Jahren in den interessanten Repräsentanten einer »anderen Zeit« übergegangen ist; gleichsam einen dritten habe ich aus einzelnen Mitteilungen und Vermutungen rekonstruiert: ein ebenso ungewöhnliches wie typisches Leben in einer Welt, die im zweiten Drittel unseres Jahrhunderts untergegangen ist.

Zweimal im Jahr kam der Großvater zu Besuch nach Noviklošter, in der schönen Jahreszeit mit seiner Frau Eugénie, begleitet von einem schweigsamen Fräulein, die der Großmutter »Gesellschaft leistete« und nachts im gelben Gästezimmer auf dem Sofa schlief. Die Großmutter war eine gebeugte kleine Frau, stets in spitzenbesetzte, helle

Kleider gehüllt; meist trug sie einen breitrandigen Strohhut, der von einem Schleier festgehalten wurde. Wenn wir ihr zum Gutenacht einen Kuß auf die faltige Wange drücken mußten, gab der Schleier ein komisches Gefühl. Mit dünner Stimme sagte sie »Mio angelo«, auch zu meiner Schwester; denn sie konnte sich die Namen der drei Enkel nicht merken.

Der Großvater war großgewachsen, füllig, aber nicht dick. Alles an ihm war rund, der Kopf mit einer vollständigen Glatze, die knollige Nase, die weichen Wangen, die breiten Schultern. Als er alt wurde, sah er nicht viel anders aus, nur die Brauen waren weiß geworden und buschiger. Zum Lesen trug er einen Zwicker und führte als Reserve einen zweiten im Gepäck mit. Der Anzug war immer gleich, aus schwarzem Tuch, Vatermörder, das sind gestärkte Hemdkragen mit abgebogenen Ecken, die das Kinn zu halten scheinen, und eine schwarze Krawatte. Wir Kinder vermuteten, daß er die schwarze Kleidung nach dem Tod der Großmutter nicht mehr abgelegt hatte; doch konnte sich unsere Mutter nicht erinnern, ihn je in anderer Kleidung gesehen zu haben.

Sein Blick war gütig; andere meinten, daß er streng dreinsah. Er musterte alles, was er sah, aufmerksam, hörte zu und sprach wenig.

Jedesmal, wenn er in Noviklošter zu Besuch war, zeigte ihm unser Vater den landwirtschaftlichen Betrieb. Manchmal ging ich mit. Ich glaube, daß er jede Einzelheit bis zu den Kälbern und Kücken wahrnahm. Während der ausgedehnten Führung stellte er keine Fragen, hörte zu und schwieg.

Von den Freuden des Landlebens hielt Großvater nichts, lediglich zum Angeln im Gartenteich konnten wir ihn bewegen. Sobald er da war, stellten wir ein Klappstühlchen an den besten Platz. Stundenlang saß er da und blickte auf den rot-grün lackierten Schwimmer, der sich bewegte, wenn ein Fisch unten am Brotkügelchen zupfte. Es kam vor, daß ein großer Karpfen richtig anbiß und den Schwimmer fortzog. Dann wartete Großvater ein wenig wie ein erfahrener Fischer und brachte die zappelnde Beute an Land. Das freute den alten Herrn. Er regte an, den Fisch wie in Ungarn die Donaukarpfen auf rácische Art zuzubereiten.

Unser Vater liebte die ungarische Küche nicht. Der Gartenteich wurde ausgeschlammt, hielt das Wasser nicht, lag zwei Jahre trocken, hielt doch wieder und wurde mit dänischen Goldforellen besetzt, die man ohne Schwimmer mit der Wurfangel fangen konnte.

Ich habe einmal geschrieben, daß Großvater melancholisch auf den leeren Teich schaute. Das war eine Erfindung. Es wäre ihm nicht eingefallen, gegen irgend etwas, das unser Vater tat, auch nur mit einem Blick zu protestieren. Die Frage, wie man Karpfen zubereiten sollte, entfiel. Die Forellen wurden blau, mit zerlassener Butter, serviert. Großvater konnte den sauren Riesling aus unserem Weingarten, der für ihn in einer Karaffe gereicht wurde, nicht trinken.

Einmal sah ich beide Vatergestalten von einem Rundgang zurückkehren. Sie kamen unter einem dichten Sommerregen gemessenen Schrittes die Stufen zur oberen Gartenterrasse herauf und verschwanden im Torbogen, der vom Garten in den Hof führte. Der Großvater trug einen schwarzen Paletot, Melone und einen Spazierstock aus dunklem Bambus mit einer gebogenen Krücke aus indischem Büffelhorn. (Diesen Stock benutze ich heute, seit ich mir ein Metallscharnier in die Hüfte habe einsetzen lassen.)

Zu seinem Anzug gehörte ein mit schwarzer Seide bespannter Regenschirm. Aufs Land nahm er ihn nicht mit. Seit meinem vierzehnten Lebensjahr schenkte er mir jedesmal, wenn ich zu Besuch nach Budapest kam, einen solchen eleganten Schirm, den ich irgendwo stehen ließ. Meine Mutter fragte: »Kannst du dich nicht erinnern, wo?« Ich konnte oder wollte vielleicht nicht. Im Lauf der Jahre bekam ich ein halbes Dutzend Schirme. Darüber gab es nie ein Gespräch. Ein Schirm gehört zur Ausstattung eines jungen Mannes. Wenn der Junge ihn verloren hat, muß er eben einen neuen kriegen.

H. B., wie ich ihn heute nenne, war bis in die Symbolik der Kleidung ein Mann der Industrie und der *city*; das war die Neue Zeit.

Vater hingegen war sportlich gekleidet, trug einen Hut mit Gamsbart und rindslederne Schnürstiefel. Schirm oder Stock trug er nur in der Stadt. Vom Gürtel hing ihm eine geflochtene Hundeleine, um den Jagdhund, der »bei Fuß« lief, an den schuldigen Gehorsam zu erinnern. Auch er war ein Mann des 19. Jahrhunderts, rückwärtsgewandt, ein *landed gentleman*. Er besaß eine Garderobe von mehr als vierzig Anzügen, zu deren Pflege ein Butler nötig war, weil Mädchen und Frauen das doch nie erlernen würden. Die Garderobe wurde später, in Lugano, wo die Eltern nach der Flucht aus Slowenien lebten, tadellos instand gehalten, ohne daß jemand »dafür« da war. Darüber, daß unsere Mutter neben dem Haushalt die nötigen Näh- und Bügelarbeiten verrichtete, wurde nie gesprochen.

Die Unvereinbarkeit der beiden Männer, die sich symbolisch an der Kleidung ausdrückte, wurde von uns Kindern auf eine persönliche Abneigung zurückgeführt. Später dachte ich an den bekannten »ödipalen« Komplex: Der Schwiegersohn haßt den Vater seiner Frau, den sie mehr liebt als den Ehemann. Unser Vater legte für »die Ungarn« und alles »Ungarische« eine unverhohlene Verachtung an den Tag. Erst jetzt vermute ich, daß beide konservativ am Lebensstil des 19. Jahrhunderts festhielten: der Vater rückwärtsgewandt in feudale Zeiten, der Großvater vorwärts in die Zukunft der Industrie und der Städte, ins 20. Jahrhundert.

Als die Familie vor Beginn des Weltkriegs in Noviklošter Wohnung nahm, erhielt unsere Mutter das Recht, ihren geliebten Vater jährlich für je zwei Wochen zu Gast zu laden. Nach dem Tod der Großmutter wurde der Aufenthalt auf drei Wochen verlängert, es gab auch drei Besuche im selben Jahr. Dies erkaufte sie in Verhandlungen, die der Vater immer wieder wortlos abbrach, um je nach Laune doch einer Erweiterung des zeitlichen Rahmens zuzustimmen.

Sobald Großvaters Besuch anstand, verschwanden der italienische Rotwein und der weiße Bordeaux vom Tisch. Es wurden die sauren Weine aus unserem Dominik-Rebgarten serviert. Ich weiß nicht, was die Haushälterin gesagt hätte, wenn die gnädige Frau einmal angeordnet hätte, Chianti zu servieren. Der Wein war Sache des Hausherrn.

Mama hat sich an die ungeschriebene Ordnung gehalten. Einmal hat sie ihren Vater gefragt: »Magst du unseren Isabella?« Er antwortete: »Danke, es geht.«

Für Großvater war bei jedem Besuch in Noviklošter ein »Ausflug« der Höhepunkt. Mit dem Auto fuhr man in einen der benachbarten Kurorte, am Steuer die Mama, neben ihr Großvater, hinten im offenen Fiat die drei Kinder. Es ging nach Lasko, Rimske Toblice oder bis Rogaska Slatina. Im Kurpark wird bestellt, was Kinder gerne haben, Gefrorenes, heiße Schokolade, Torten. Großvater erzählt von Spà in Belgien, als er die Töchterchen, Amica und die kleine Renée Jacqueline, genauso bewirtet hat. Mama Eugénie vertrug das Auto nicht und kam nicht mit. Der Wagen wurde vom Chauffeur von Cockerill gelenkt, der den Wagen zu reinigen hatte, wenn es den Kleinen auf der Heimfahrt schlecht wurde.

Unser Vater fand die Ausflüge unnötig. Doch wies Mama auf die töchterliche Pflicht und die Tradition der Gastlichkeit hin. Sie mußte ein- oder zweimal wöchentlich mit dem Auto nach Celje fahren, um Butter und Käse an den Kaufmann zu liefern; das hat sie in den tagelangen Diskussionen nicht erwähnt.

In Budapest fuhr Großvater täglich mit einer Kutsche der Firma in die Fabrik. Um die Jahrhundertwende sollten die Zweispänner durch Automobile ersetzt werden. Bevor man die Wagen bestellte, studierte der Direktor das Problem. Er fand, daß der Lärm und Gestank der Autos die schöne Stadt Budapest verderben würde, und ließ zwei Elektromobile konstruieren, die neben den Fiakern zur Verfügung standen. Eines dieser schweren und soliden Elektromobile habe ich zu Ende der zwanziger Jahre noch selber gesehen. Es sah aus wie ein schwarzer Landauer. Die Sitzpolster waren mit grünem Samt bespannt. Großvater zog die Fiaker vor und ließ sich täglich um 9 Uhr abholen. Während der Fahrt in die Vorstadt konnte er die Berechnungen der letzten Nacht in Ruhe durchsehen.

Andererseits sollten die Töchter des Generaldirektor, lernen, wie man ein Auto lenkt. Amica war »zu nervös« und lernte es nie. Unsere

Mutter war die dritte Frau in Ungarn, die einen Führerausweis erworben hat; die erste war eine Operetten-Soubrette, die zweite eine Erzherzogin. Nach jedem Ausflug sagte Großvater, er sei froh, daß wir Kinder eine so sportliche Mutter hätten.

Wie sehr sich Großvater ein glückliches Familienleben gewünscht hat, ist aus den vielen Gelegenheitsgedichten zu sehen, die er in Noviklošter vorgetragen hat. Wenn ein Geburtstag oder ein anderer Anlaß bevorstand, erhob er sich beim Nachtessen nach dem Braten, setzte den Zwicker auf und rezitierte. Ein Gedicht begann so: »Alte Mauern, junge Kinder, altes Haus und junges Glück ...« Mama sammelte die Gedichte in einer Mappe aus Schweinsleder und las uns manchmal eines vor. Das war ein Zeichen, daß sie ihren Vater vermißte. Die Gedichte waren gereimt und harmlos. Mit Betonungen und Pausen brachte er Ironie hinein. Einmal fragte ich ihn, ob er viel Heine gelesen habe. Großvater nahm den Zwicker ab, zündete eine neue Zigarette an und rezitierte eine lange Ballade von Heine.

In unser Leben hat der Großvater trotz seiner Zurückhaltung eingegriffen. Irgendwann kamen große Pakete aus Budapest an. Als ob der alte Herr unsere geheimsten Wünsche erraten hätte: ein Flobertgewehr, das Ruderboot Eugénie für meine Schwester, ein Paddelboot für mich, früher schon »Matador«-Baukästen aus Holz und »Meccanos«. Dankbriefe hatte er sich verbeten. Die Geschenke waren größer und teurer, als wir zu wünschen gewagt hätten. Wahrscheinlich hatte ihm seine Tochter, die mit ihm ungarisch sprach, wenn sie unter sich waren, unsere Wünsche verraten. Vater ignorierte die Geschenke. Nur einmal griff er ein, als sich unsere Schwester ein Motorrad wünschte. Großvater soll bereits mit Steyr-Puch über die Lieferung korrespondiert haben. Ein Motorrad schickte sich nicht für ein junges Mädchen.

Als ich etwa zwölf war, gab es etwas Neues. Großvater kam mit zwei Reisetaschen an: in der einen die gestärkten Hemden, Rasierseife, Pinsel und das Rasiermesser, das er an einem Lederriemen schärfte – in der anderen Bücher. Er leerte die Tasche auf den Teppich, Bücher jeder Art, gelbe geheftete französische Romane, deutsche Klassiker in

Leder, deutsche Romane mit buntem Deckel, ernste gebundene englische Bücher. »Alles Mist« sagte er, »ich lass' das da. Lest es nicht. Verlorene Zeit.« Dann fischte er einen Band um den anderen heraus, hielt den Umschlag wie Flügel eines Vogels zwischen zwei Fingern und glättete das Buch dann auf den Knien: »Vielleicht doch das da. Es sind sonderbare Typen drin; die gibt es wirklich«, oder »Das liest sich gut, spielt in Wien, in Paris, in Berlin«. Seine Auswahl hat lange meine Vorlieben bestimmt.

Ich wollte wissen, wie er die vielen Sprachen erlernt hat: »Mit dem Wörterbuch natürlich; das erste schon in Miskolc. Die Kollegen sprachen oft deutsch, der Chef konnte kaum Ungarisch. Den *dictionnaire* habe ich unterwegs gekauft. Die Großmama hat am liebsten italienisch gesprochen. Ich habe sie oft in Wien besucht und mir Bücher ausgeliehen. Bei ihr zu Hause sprach man altspanisch. Ich habe kein spanisches Wörterbuch gefunden; das ist der Grund, warum ich es nie gelernt habe. In Louvain war niemand mehr da, mit dem sie spanisch sprechen konnte. So bin ich bei Italienisch geblieben, und sie auch.«

Der Großvater unserer Kindheit hatte kein Wörterbuch mehr nötig. Meine Schwester meint, daß ich seine Kindheit in Miskolc erfunden habe; in Miskolc wäre er nie der gebildete Mann geworden, der er war.

Einmal in den Weihnachtsferien, zu Besuch in Budapest, nahm er mich zur Eröffnung des ersten Tonfilm-Kinos mit; so etwas gab es in Wien noch nicht. Wir saßen in der »Königsloge«; dort war auch sein Freund, M.K., der Direktor der Textilfabriken in Györ. Gegeben wurde ein amerikanischer Film, *The singing fool*, mit dem schwarzen Sänger Al Johnson. Die Story war blöd, das Lied »Sonny boy«, das er mehrmals wiederholte, unerträglich kitschig. Als der Film zu Ende war und alle klatschten, sagte ich: »Es ist aus mit dem Kino; ich werde nie mehr ins Kino gehen.« »Du hast recht. Wir waren voreilig. Jetzt müssen wir aber weitermachen.«

»Wir« – das war er und sein bester oder, wie es hieß, einziger Freund M.K. Nach dem deprimierenden Eindruck wollten die Herrn nicht nach Hause. Sie nahmen mich in den Club mit, wo sie jeden Samstag abend speisten. Ohne diesen Abend hätte ich nie erfahren, daß H. B. ein Mäzen des Budapester Theaters war. M. K. sagte zu mir »Sie« und wunderte sich, daß ich so wenig von meinem Großvater wußte. Er erzählte, wie sie die Theater der Stadt »diskret« finanziert hatten. Der Reichsverweser und die Regierung waren selbstverständlich informiert worden. Daß »niemand davon weiß«, galt nur für unsere Familie. »Tatsächlich«, M. K. sagte das gradheraus, während Großvater mich durch den Zwicker ansah, als ob er in meinem Gesicht lesen wollte, »tatsächlich dürfen wir alles tun und dürfen zahlen, was Budapest groß macht. Offiziell ist das nicht. Wenn es hieße, daß die ungarische Kultur von zwei Juden lebt, müßten wir aufhören. Reichsverweser Horthy ist kein Unmensch. Wahrscheinlich ist er unglücklich, daß es in Pest keine Kultur ohne die zwei reichen Juden gibt.«

Wie es seinerzeit zur Verlobung von H. B. mit Eugénie aus Wien gekommen ist, weiß niemand. »Sie war das schönste und begabteste Mädchen weit und breit. Daß es sieben Jahre gedauert hat, bis wir heiraten konnten, das war normal. – Auch die Verlobung war erst zustande gekommen, als ich bei Cockerill eine feste Stelle hatte. Ohne dem hätte ich es nicht gewagt. Man mußte wer sein, bevor man daran denken konnte, eine Familie zu gründen. Heute ist das anders. Der Sandor (sein Lieblingsneffe) war gar nichts und hat geheiratet. Jetzt hat er schon die zweite Frau, die Margrit. Er ist fast zu alt für sie. Auch das ist anders geworden.«

Bei den Verwandten in Wien sprach man nie über Eugénie; als ob man sie gar nicht kennen würde. Ich glaubte herauszuhören, daß ihre Familie es H. B. übelgenommen hat, daß Eugénie bei ihm »ein elendes Leben« hatte. (Eine von Eugénies Schwestern ist später in Theresienstadt umgekommen.)

H. B. verkehrte im sephardischen Bürgertum in Wien, zu dem die Granichstädten, Senigaglia und de Scandiano gehörten. Er ging in das Burgtheater, hörte in Wien Konzerte, Opern und Operetten. Zu den Wiener Juden zählte er sich aber nicht: »Sie sind fromm oder sonstwie verdreht. An irgendwen müssen sie glauben. Sogar Onkel Max (der

Internist Professor Max Sternberg) hat gesagt, daß er von Mussolini nichts hält, daß aber der Papst Österreich vor dem Hitler bewahren wird. So närrisch.«

Großmutters Leiden hat anscheinend gleich nach der Geburt von Amica oder vielleicht erst nach der Geburt von Renée eingesetzt. Sie war zumeist von Angst und von der Sorge zerquält, daß sie ihren Töchtern »keine Mutter sein« konnte. Eugénie wollte sterben, ließ sich jedoch pflegen, überwachen, füttern, dahin und dorthin schicken. So lebte sie viele Monate, bis die Stimmung umschlug. Dann setzte sie sich an den Flügel, komponierte Lieder, schrieb sie für Sopran und Klavier in Noten und nahm wieder Gesangstunden. Sie ließ eine renommierte Schneiderin kommen, bestellte ein halbes Dutzend Roben und lud zweihundert Damen und Herrn der Gesellschaft zum Diner. H. B. gab der Haushälterin Geld, um alles zu bezahlen, und war bereit, dem Diner als Gastgeber zu präsidieren.

Unmittelbar nach dem Anlaß wurde Eugénie von Reue erfaßt. Leise, in italienischer Sprache, beschuldigte sie sich, sie habe zuviel Geld ausgegeben, zu viele Leute eingeladen. Im Lauf weniger Tage verfiel sie in den ratlos weinerlichen Zustand, in dem ich sie gekannt habe.

In den berühmten »Sanatorien«, den psychiatrischen Privatkliniken Europas, im »Weißen Hirsch« in Dresden, im »Bellevue« in Kreuzlingen, in Paris und in Straßburg, gab es umfangreiche Krankenblätter, denen Noten ihrer Kompositionen beilagen, ebenso genaue Aufzeichnungen über die genossenen Mahlzeiten, den Stuhlgang und die Nachtruhe, die man der Patientin mit Barbiturmitteln verschaffte. So ein interessanter Fall diente dem Ruf des Sanatoriums und zog weitere Patientinnen an. In der europäischen Internationale der Geisteskranken waren Gattinnen und Töchter der Industriekapitäne bald zahlreicher als preußische Generalstöchter und adlige Damen.

Drei Zimmer der Wohnung in der Aulichutca waren für Eugénie reserviert: Schlafzimmer, Boudoir und das Zimmer für die Pflegerin; sie waren mit Biedermeiermöbeln, hellen Teppichen, fliederfarbenen Gardinen und viel Kristall an den Leuchtern »italienisch« eingerichtet. Es roch nach einem Parfüm, das wir Kinder Patschuli nannten. Wenn Großvater sie sehen wollte, ließ er seinen Besuch von der Pflegerin anmelden. Großmama ließ sich frisieren und ankleiden, erkundigte sich nach seinem Befinden und ließ Töchter und Enkelchen grüßen. Meist fühlte sie sich zu schwach, um mit ihm zu speisen. H. B. saß allein im Speisezimmer und begann gleich nach der Suppe Zahlen auf den Notizblock zu schreiben, der neben dem Gedeck lag. Nach dem Kaffee nahm er den Block in das Arbeitszimmer und rechnete weiter, oft bis nach Mitternacht.

Von 1934 bis 1937 studierte ich in Graz Medizin. Großvater war verarmt; zwei seiner Neffen hatten ihn um seine Ersparnisse gebracht. Sie gründeten eine Privatbank nach der anderen und waren nach wenigen Jahren insolvent. Die Passiven deckte H. B. Neffe Sandor und Neffe Lajos wechselten einander ab; sie gingen aus den Konkursen reicher hervor, als sie vorher waren.

Henryk-bácsi – Onkel Heinrich – luden sie weiterhin zum Bridge ein. Zu Sandor ging er lieber als zu Lajos.

Neben dem Titel als Ehrenpräsident von Ganz Danubius hatte H. B. noch ein einziges Amt: Er war Verwaltungsrat einer Versicherungsgesellschaft in Mailand und versäumte keine Sitzung. Viermal jährlich nahm er den Abendzug Budapest–Graz. Ich holte ihn am Bahnhof ab. Darauf lud er mich zum Lunch ins Streiff, ein Delikatessengeschäft, der beste Traiteur der Stadt. Am späten Nachmittag begleitete ich ihn an den Bahnhof; am nächsten Morgen war er in Mailand. Als ich einmal bemerkte, daß er in ein Abteil III. Klasse einstieg, sagte er: »Ich fahre lieber Holzklasse; in den gepolsterten Waggons gibt es Flöhe.«

Im Lunchraum von Streiff habe ich den »dritten« Großvater kennengelernt, den ich einen Europäer nenne. Was er mir erzählt hat, ergänze ich aus unserem Familienmythos; viele Lücken seiner Lebensgeschichte müssen offenbleiben.

Meine Eltern haben sich beim Stapellauf eines Schlachtschiffs im Kriegshafen Pola kennengelernt. Der Tochter des Generaldirektors von Ganz Danubius – das war meine Mutter – fiel die Ehre zu, die Champagnerflasche am Bug zerschellen zu lassen. Am Abend gab es einen Ball im Grand Hotel, mein Vater war aus Triest zu dem Anlaß herübergekommen; ein Jahr später, 1912, haben sie in Budapest geheiratet.

H. B. war lange vor dem Krieg der höchste Zivilorden verliehen worden; er hat ihn nie abgeholt. Seine Majestät geruhte, das Band dem Ausgezeichneten um den Hals zu legen, der im Frack zur Audienz erscheinen mußte. »Ich habe nie einen Frack gehabt. Jede Minute beim Schneider war mir zuwider. Wenn ich einen Sohn gehabt hätte, wäre ich geadelt worden. Seit wir die Monarchie ohne einen König haben, bin ich die Sorge los.«

Irgendwann bekam er den Titel Hofrat. Fremde redeten ihn mit Herr Hofrat an. Er schätzte das nicht. Darum bleibe auch ich bei H. B. – Heinrich Baumgarten.

Die Schlachtschiffe der neuen österreichischen Flotte wurden in Monfalcone bei Triest gebaut. »Es war der größte Auftrag der Ganz Danubius Werke. Darum bin ich einmal hingefahren. Unternehmer der Werft war das Marineministerium, der Chef irgendein Erzherzog, sein Direktor ein Ingenieur mit einem italienischen Namen. Der hat mich empfangen und mir alle Angaben geliefert. Die Schiffe mußten sehr hoch sein, damit man die schweren Kanonen, die 130 km weit schießen, hoch oben aufstellen konnte. Ich habe mir alles notiert, die Ausmaße des Schiffs, das Gewicht der Kanonen, die Geschwindigkeit bei voller Fahrt. Die Katastrophe, die bei Cattaro eingetreten ist, war vorauszusehen.

In Budapest habe ich zwei Briefe geschrieben; einen an den idiotischen Erzherzog. Ganz Danubius wird alles liefern, Wellen, Schiffsschrauben, Kessel, Turbinen, Diesel- und Elektromotoren. Das Recht als Generalunternehmer verkauft die Firma an das k. und k. Ministerium um den symbolischen Betrag einer Goldkrone. Im zweiten Brief habe ich meine Berechnungen nach Wien geschickt. Ich habe geschrieben, daß die Schiffe kippen werden, wenn zur Dünung und zum

Winddruck noch ein Faktor hinzukommt. Wenn man den Bau der Schiffe nicht ganz aufgeben wolle, müsse dafür gesorgt sein, daß keine Fliehkraft auftritt. Bei Vollfahrt voraus ist jede Abweichung vom Kurs von 45° und mehr strikt zu vermeiden. Ich gab bekannt, daß das Ministerium als Generalunternehmer für den Bau der Kriegsschiffe zeichnet und Ganz Danubius den Vertrag als Zulieferer der Werft einhalten wird. – Eine Antwort habe ich nie bekommen. Die Goldkrone ließ ich bei der nächsten Rechnung abbuchen.«

Ob die neuen Schlachtschiffe der k. und k. Kriegsmarine gleich zu Beginn des Krieges gekippt und gesunken sind? Ich glaubte es zu wissen. Einmal habe ich H. B. die Geschichte der Seeschlacht von Cattaro erzählt, die ich seit meiner Kindheit kannte. Er hörte aufmerksam zu, brummte etwas in sich hinein und hat nie mehr davon gesprochen.

Carl Cerri, Linienschiffsleutnant der ehemaligen Kriegsmarine, war unser Gutsnachbar geworden; er hatte eine Baronin P., Erbin von Schloß Sanneck, geheiratet.

Zu Beginn des Krieges tat Cerri als Deckkapitän auf einem der *Dread noughts* Dienst; so nannte man die riesigen Schlachtschiffe, seit die Bezeichnung in England aufgekommen war. Er war ein eleganter, junger Offizier. Wegen seiner sportlichen Fähigkeiten war er beliebt, doch wurde er nicht befördert. Zu einem Korvettenkapitän reicht es bei ihm nicht, hieß es unter Kameraden.

Die Flotte, die in der Bucht von Cattaro auf der Lauer lag, bekam am 16. August 1914 Nachricht, daß zwei feindliche Einheiten versuchten, entlang der dalmatinischen Küste in die Adria einzudringen. Schiffsglocken und Sirenen dröhnten. Volldampf voraus steuerten die Schlachtschiffe in Kiellinie aus der Enge von Herzegnovi hinaus. Dann wendeten sie scharf nach Süden, um den Feind mit einer ersten Breitseite zu stellen.

Deckkapitän Cerri suchte mit dem Fernglas den Horizont ab. Es war kein Feind zu sehen. Doch schien die Horizontlinie tiefer und tiefer zu sinken. Erst als ein Dröhnen und Gurgeln aus dem Schiffsbauch kam, setzte er das Glas ab. Das Deck hob sich. Er trat an die Reling. Da lag vor ihm naß und glänzend die Schiffswand bis zur Wasserlinie. »Wir sacken ab«, dachte Cerri, »ich muß schwimmen.« Er entledigte sich der Kleider, spazierte über den gewölbten Leib des Schiffes, nahm einen Anlauf und legte seinen besten Crawl vor. Er war einige hundert Meter geschwommen, als ihn die Welle des sinkenden Kolosses überrollte.

Nach vier oder fünf Stunden fühlte der Schwimmer Grund unter den Füßen und watete an Land. Montenegrinische Soldaten nahmen ihn fest. Den Rest der Kriegszeit verbrachte Cerri in einem italienischen Lager für kriegsgefangene Offiziere, zuerst in einem Schloß in Umbrien, gegen Ende des Krieges in einem Zeltlager bei Ancona. Dort erfuhr er, daß er seine Rettung nicht allein der sportlichen Leistung zu verdanken hatte. Er war nach Süden geschwommen, während seine Kameraden zum nördlichen Ausgang der Bucht, die damals noch in der Hand der Österreicher war, nur wenige hundert Meter schwimmen müßten. Die meisten seiner Kameraden hatten noch die schrecklichen Schlachten am Isonzo durchzustehen, bevor sie endlich in Gefangenschaft geraten waren. Cerri hatte gemeint, er habe als einziger überlebt. (Alle Matrosen, die unter Deck Dienst taten, waren ertrunken.) Nach dem Krieg wollte er nicht in die ungarische Armee. Mit der Kriegsgefangenschaft habe er genug für seinen König Karoly geleistet, der seither nach Portugal geflohen war.

(Kapitän Cerri wurde im Zweiten Weltkrieg vom Reichsverweser Admiral Horthy zum persönlichen Adjutanten ernannt.)

Die Frage hat mich nicht ruhen lassen. Im dreibändigen Werk von Hans Sokol *Österreich-Ungarns Seekrieg 1914–18* ist die Seeschlacht vom 16. August 1914 vor der Bucht von Cattaro erwähnt. An der Seeblockade der montenegrinischen Küste nahmen kleinere Einheiten teil, darunter ein Panzerkreuzer älterer Bauart, »Zenta«, auf dem unter dem Kommandanten Fregattenkapitän Paul Pacher ein Linienschiffsleutnant Carl Cerri Dienst getan hatte. In der dramatischen Schilderung der Seeschlacht gelang es dem Zerstörer »Ulan«, in die von Küstenbatterien geschützte Bucht von Cattaro zu entkommen. Dem Kreuzer »Zenta« wurde von zwei weit überlegenen Feinden, der französischen und der britischen Mittelmeerflotte, der Weg in die schützende Bucht abgeschnitten. Bevor die Geschütze der »Zenta« ihre Gegner erreichen konnten, war das Schiff manövrierunfähig. Als unbewegliche Zielscheibe französischer Schlachtschiffe wurde es systematisch zerschossen. Ohne sich zu ergeben, neigte sich die »Zenta« und ging Bug voran mit fliegenden Fahnen unter. Ein Teil der Besatzung konnte sich schwimmend an die Küste retten. Der Untergang und der tragische Tod der Besatzung wird als heroische Tat der österreichisch-ungarischen Marine dargestellt.

Die Schlachtschiffe der Tegetthoff-Klasse, so genannt nach dem berühmtesten Admiral der österreichischen Monarchie, wurden nicht eingesetzt. Einmal ist im genannten Werk erwähnt, daß die Schiffe (es waren drei, im Verlauf des Krieges wurde ein viertes fertiggestellt) gegenüber den kleineren, beweglicheren Schiffen des Feindes allzu verletzlich waren. Sie seien ein unersetzbarer Machtfaktor, für diese Art Seekrieg jedoch nicht geeignet.

Im ganzen Bericht, der Schlachten und Aktionen bis 1917 genau zu schildern bestrebt ist und – offenbar nach dem Ende des Kriegs – auch auf französische und italienische Dokumente zurückgreift, werden die gewaltigen *Dread noughts* nur noch einmal erwähnt. Im Bericht 1916 bis 1917 heißt es wörtlich: »Die Schachtschiffe blieben nach wie vor im Hafen festgebannt.« Bis auf das letzte, das 1918 von meuternden Matrosen in der Bucht von Cattaro versenkt wurde, sind die Schlachtschiffe nie mehr in Erscheinung getreten.

Solange sich nicht Historiker über die Archive beugen, bleibt das Rätsel ungelöst. Ist Carl Cerri vom Kreuzer »Zenta« ins Wasser gesprungen, oder hat die Seeschlacht ganz anders stattgefunden? Die Schlachtschiffe sind gekippt und gesunken, die zwei feindlichen Flotten (in Cerris Mythos »ein französisches und ein britisches Schiff in der Ferne«) wurden, zusammen mit dem realen Untergang eines alten Kreuzers »Zenta«, dazugedichtet.

Es ist möglich, daß es dem Oberkommando gelungen ist, den Untergang des teuren Kerns seiner Kampfflotte zu verheimlichen; als alles zusammenbrach, waren eben auch die Schlachtschiffe weg. Weder die gestürzte Regierung noch die Firma Ganz Danubius hatten ein Interesse daran, auf ihre gigantische Fehlplanung aufmerksam zu machen.

Ich war drei Jahre alt, als der Krieg zu Ende ging und in Ungarn die Räterepublik ausgerufen wurde. Unsere Mutter war besorgt, weil aus Budapest keine Post kam. Vater beschloß, als Gentleman, die Familie seiner Gattin vor dem roten Terror zu retten. Unsere Mutter war dagegen, doch er brach nach Ungarn auf. Im Rucksack führte er Proviant mit sich, ein Fläschchen Cognac, die Ballonkarte von Ungarn, auf der Städte und Flüsse, Bahnlinien und Brücken eingezeichnet waren, und eine Mauserpistole. Die erste Grenzwache nahm den Mann fest, der alles auf sich trug, was ein feindlicher Spion benötigt. Weil der Fall wichtig schien, wurde er nicht erschossen, sondern nach Budapest gebracht. Dort wurde der gefangene Spion mit H. B. konfrontiert. Es war wirklich der Schwiegersohn des beliebten Industriellen. Der Verdacht der Roten schlug in Rührung um, und unser Vater zog ins Gästezimmer der Aulichutca ein. Wenig später kehrte er mit Salamis im Rucksack, doch ohne Pistole, nach Noviklošter zurück.

Im November 1918 fiel das Reich der Habsburger in Trümmer.

Die Soldaten hungerten, liefen auseinander und kehrten in ihre Heimat zurück. In Ungarn machten viele, aber lange nicht alle, beim »Umsturz« mit. Von Revolution mochte man nicht reden. Die Räte tagten im Parlament am Donauufer.

H. B. blieb zu Hause und legte Patiencen. Am dritten Tag nach der Flucht des Königs kamen Arbeiter von Ganz Danubius in die Stadt. Sie wollten ihren Direktor holen. Eugénie fiel in Ohnmacht, H. B. führte die Delegation in sein Arbeitszimmer und fragte, ob sie kämen, um ihn zu erschießen. »Nein«, sagten sie; »wir wollen wissen, ob Sie bereit sind, das Werk wieder in Gang zu bringen.« »Doch«, sagte er, »ich will sehen, was sich machen läßt. Ihr müßt aufpassen, daß es mit der Buchhaltung besser stimmt. Es wird nicht mehr so schiefgehen wie bisher.«

H. B. ging mit den Arbeitern mit zur Firma in die Vorstadt. Kutsche und Elektromobile gab es nicht; er trug Melone und Spazierstock wie immer. »Ich muß einfach eine Stunde früher aufstehen. Das Gehen wird mir guttun. Ich bin eh zu dick geworden.«

Alle Arbeiter der Ganz Danubius-Werke, die zum Militär eingezogen worden waren, wurden sofort wieder angestellt, wenn sie sich zurückmeldeten. Das war die erste Maßnahme der Direktion.

Dann wurde die Dreherei, die keine Arbeit hatte, umorganisiert. Ein Teil der Belegschaft sollte die städtische Wasserleitung wiederherstellen. Ohne Kosten für die Stadt. Die übrigen Dreher sollten Leitungen und Hähne in den Wohnungen reparieren. Je ein Ungelernter trug einem Dreher die Blechkiste mit Werkzeug und Material nach. Mit der Arbeit durften sie erst anfangen, wenn ihnen der Preis für die Reparatur in die Hand gezählt war. Der Preis war bescheiden kalkuliert. Nach einer Woche wurden die ersten Löhne ausbezahlt. Die Nachfrage war so groß, daß die Reparaturequipen mit Freiwilligen aus anderen Abteilungen aufgestockt werden mußten.

Als ich Großvater fragte, ob sich nicht Arbeiter selbständig gemacht und mit dem Geld verschwunden wären, verstand er nicht gleich. »Sie konnten 10% der Bezahlung behalten. Das wollte sich keiner entgehen lassen.« »Ja, aber die hätten doch 100% kassieren und mit dem Werkzeug verschwinden können?« H.B. lachte sein melancholisches Lachen: »Nein. So dumm war keiner. Vielleicht hat es das gegeben, und man hat es mir nicht erzählt. Die wollten mir keine Sorgen machen. Bei Ganz Danubius war man sicher. Für die politischen Konferenzen hatten sie frei. Weil ihnen die Zeit nicht bezahlt wurde, war ihnen die Repariererei lieber.«

Die Hausfrauen waren froh, daß wieder Wasser aus den Hahnen kam. »Sie gaben ihnen Salamis und Räucherfleisch mit, die sie von Verwandten draußen auf dem Land bekommen hatten. Damals waren das Delikatessen, nicht nur für Arbeiter. Mir haben sie einen Korb Salami in die Aulichutca gebracht, für Eugénie und die *Bonnen*.« Einige der Salamis gelangten im Rucksack unseres Vaters nach Noviklošter.

Das ging, bis Admiral Horthy an der Spitze der Truppen auf einem weißen Roß in Budapest einritt. Sein erster Premier war ein Graf. Die weiße Intervention hatte gesiegt.

H. B. blieb zu Hause und legte seine Patiencen. Als es länger dauerte, wanderte er doch wieder hinaus. Die Räte waren verschwunden, die Arbeiter standen herum und hatten nichts zu tun. H. B. ging zurück in die Stadt, über die Donaubrücke nach Buda, und ließ sich beim Finanzminister anmelden; der war bereits unter dem König Finanzminister gewesen. Am Tor war keine Wache, nur der alte Hausmeister. Darum wurde H. B. nicht verhaftet, sondern zur Audienz vorgelassen.

»Der Betrieb funktioniert, ich meine, die Ganz-Danubius-Werke in Pest und in den anderen Städten. Es wird nötig sein, eine Aktiengesellschaft einzurichten. An Sie, Herr Minister, habe ich als Delegierten des Verwaltungsrats gedacht. Damit es klar ist, daß die Regierung hinter dem Betrieb steht. Ich habe mir erlaubt, das erste Jahresgehalt mitzubringen. Das ist ein Scheck auf die Ungarische Nationalbank über 10 000 US-$. Die Firma hat natürlich einige Reserven.«

Der Minister starrte ihn fassungslos an. Das war eine phantastische Summe.

»Die anderen Herrn können Sie nominieren. Es sollten nicht mehr als neun sein, denke ich. Ich denke, für jeden 5000 US-$ für das erste Jahr, gleich nach der Gründungssitzung. Wenn Sie es wünschen, kann ich Vorschläge machen. Aktien können später ausgegeben werden.«

Der Minister blieb stumm. H. B. fuhr fort:

»Der Betrieb hat sich bereits umgestellt. Wir offerieren 100 Trambahnwagen, lieferbar in sechs Monaten. Bis dahin lassen wir Schienen und Leitungen reparieren. Wenn die Armee Naturalien für unsere Arbeiter liefert, können wir es billig machen. Für die Stadt wäre das ein Anfang.«

»Der Herr Minister war ein wenig überrascht. Es war nicht nötig, ihn Exzellenz zu nennen, wie früher. Er drehte den Scheck hin und her, steckte ihn in die Brieftasche und fragte mit schwacher Stimme, ob ich glaube, daß der Vorschlag durchgehen wird.

Es wird davon abhängen, hab' ich gesagt, wen Sie in den Verwaltungsrat nehmen. Wer wird dagegen sein. Minister wollen auch leben. Vergessen Sie bitte nicht, mir die Wohnadressen der designierten Herrn anzugeben. Wir schicken den Scheck mit Boten. Auf die Post ist noch kein Verlaß.«

An diesem Tag wanderte H. B. ein zweites Mal in die Vorstadt. Er bestellte die Ingenieure, um das Trambahnprojekt in Angriff zu nehmen. Material war genug da. Das Elektrizitätswerk gehörte dem Konzern.

Die Aktien wurden schnell gedruckt. Sie lagen bereits auf, als der Jude H. B. einstimmig zum Generaldirektor berufen und angestellt wurde.

»Der Graf P. war Ministerpräsident. Er hat einen Sitz im Verwaltungsrat angenommen. Das hatte ich erwartet. Es waren dieselben Herrn am Ruder wie unter Kaiser Franz Josef. Er schrieb mir ein Kärtchen, daß er vierspännig fahren könne, vom Elektrotram aber keine Ahnung habe. Zweifellos werde er sich rasch einarbeiten.

Er ließ sich für zweimal zehn Aktien vormerken, als Geschenk für die Gemahlin und sein Fräulein Tochter.

Ich habe keine Aktien für Eugénie und für Amica gekauft. Bei mir hätte es geheißen: jüdische Habgier. Auf mein Gehalt konnte ich warten. So knapp war ich gar nicht.«

Die Story liest sich wie ein Märchen. Dem Großvater machte es Spaß, sich daran zu erinnern: »Ohne Fabriken geht es nicht. Die Arbeiter wußten, daß ich in Miskolc einer von ihnen gewesen bin. Rechnen allerdings, das konnte ich schon in der Schule besser als der Herr Lehrer.

Für die Reparaturen am Tramnetz ließ ich sofort Nachtschichten fahren, mit Überstundenlohn. Bis Zahlungen von der Stadt kamen, konnte es lange dauern. Darum haben wir die Reparaturequipen weitergeführt. Ich habe gedacht, daß sie für zwei oder drei Jahre Arbeit haben. Als andere Aufträge hereingekommen sind, haben wir eine Zweigfirma für Reparaturen gegründet. Die hat noch für fünf Jahre genug zu tun gehabt.

Die erste große Bestellung, die hereinkam, war für die Hónved, die neue ungarische Armee. Es ging um Schrapnellhülsen für Infanteriekanonen. Eine harmlose Sache; Zünder gab es damals in ganz Europa keine.«

Ungarn waren schon immer Patrioten gewesen. Die neuen Minister waren Gentry, ländlicher Kleinadel. Unter dem König standen sie in einer gewissen Opposition gegen Habsburg. Ihre Güter hatten die meisten verloren; sie lebten in der Stadt und wußten, daß Fabriken nötig sind. Wie man es macht, damit sich die Wirtschaft entwickelt, das wußten sie nicht. Gut, daß der gerissene Jude dafür da war.

Als man fünfzig Jahre später die Bezeichnung »Wendehals« für Männer der DDR erfunden hat, dachte ich an den Großvater. Das war er gerade nicht. Nicht er hat sich gewandelt. Es war die Nation, die sich gedreht und gewendet hat.

Im März 1998 kann man den Konzern Ganz Danubius im Internet abrufen. Zur traditionellen Metall- und Elektroindustrie sind neue Werke hinzugekommen, chemische Industrien und eine Kette der Danubius-Vier-Sterne-Hotels in Ungarn und in anderen Staaten des mitteleuropäischen Ostens. Der Konzern hat sich konsolidiert, diversifiziert und vergrößert. Bald geht das industrielle 20. Jahrhundert zu Ende. Der Konzern wird überleben, als *Joint venture* oder anderswie.

Bei einem seiner Besuche in Graz war Großvater Heinrich sichtlich erschüttert. Den Lunch aß er hastig und trank vier oder fünf Glas Weißwein. Beim Kaffee setzte er zu einer Rede an: »Paul, du bist nun bald Arzt. Du mußt mir helfen. Ich verstehe nicht, was passiert ist. Seit heute nacht glaube ich, daß die arme Eugénie geisteskrank gewesen ist.«

Im Zug hatte er einen Roman von Jakob Wassermann gelesen: *Kerkhovens dritte Existenz*. Der Autor war mit dem Roman *Der Fall Mauritius*, einer anspruchsvollen Kriminalgeschichte, bekannt geworden. In einem der folgenden Romane ist Kerkhoven ein Mann von untadeliger Moral und tiefer Geistigkeit. Auf der Reise zu einem wichtigen Treffen sitzt ihm im Abteil eine rothaarige Frau gegenüber, die seine Konzentration durch ihr bizarres Verhalten stört. Kerkhoven erkennt, daß die Reisende eine Irre, daß sie geisteskrank ist. Dann, nachdem er sich aus seiner Vertiefung gelöst hat, erschrickt er und erkennt: Die Verrückte war meine Frau! Seit Jahren sind sie auseinander. Er hatte sie aus der Erinnerung entlassen. »Sie ist es tatsächlich«, sagt sich Kerkhoven und ist erschüttert.

H. B. ließ das Buch sinken. Er entdeckt, nein, er weiß, daß seine verstorbene Frau, Eugénie, meine Großmutter, vielleicht, nein, sicher, eine arme Irre gewesen ist. »Sag, Paul, ist das möglich? Niemand hat es mir gesagt. Nervös, überanstrengt, der Ruhe bedürftig, das ja. Oder wollte ich es nicht wissen? Ich habe die Pflegerinnen und die Bonnen für Amica und die kleine Renée angestellt und bezahlt. Aber nie habe ich gedacht, daß die Mädchen eine Mutter hatten, die umnachtet ist. Ich war selber umnachtet. Was so ein Autor vermag!«

H. B. war erleichtert. Meine Antwort erübrigte sich. »Ich hatte genug zu tun mit der Firma. Häusliches Unglück war kein Thema. Darüber habe ich kein Wort verloren. Wenn man schweigt, ist die Sache bald vom Fenster.«

H. B. hatte seine Arbeit: Ganz Danubius. Als *workaholic* sehe ich ihn nicht. Ohne die Tradition, über unliebsame, unanständige und ekelerregende Dinge zu schweigen, wäre ihm die Abschirmung nicht so lückenlos gelungen. Von zwei Seiten wurde die Barriere erschüttert: durch die Liebe zur Tochter Renée, übertragen auf drei Enkel, so lange sie »klein« waren. Unschuldige Kinder sind ideale Garanten für Glück und Zukunft. Die andere Seite waren die Romane, in denen das Höhere untergebracht ist. Als ihn die Firma nicht mehr gebraucht hat, wurde es Zeit, sein Leben zurechtzurücken. Eugénies Ärzte waren zu rücksichtsvoll und zu wenig ehrlich. Es war ja der imposante Gatte da.

Wahrscheinlich schreibe ich über diese Familienangelegenheit, weil in unserer Kindheit so vieles verschwiegen wurde. Wenn man es niederschreibt, wird das Leben den Romanen ähnlicher, in denen die wirklichen Gefühle, oder diejenigen, die der Autor für wirklich hält, aufgedeckt sind.

Jedesmal, wenn ich etwas vorbrachte, was nach Politik roch, hat Großvater gesagt: »Politik hat mich nie interessiert.«

Einmal bin ich hartnäckig geblieben: »Dein Leben für Ganz Danubius war doch politisch: Wirtschaftspolitik. Ganz Danubius hat sich besser gehalten als die Habsburger, die Räte von Bela Kun und viel länger als die monarchistische Demokratie des Admirals.« Er lachte lautlos: »Die Industrie, das ja, das ist Geschichte. Dein Karl Marx hat es erkannt. Ich auch. Ich habe gewußt, was Klassenkampf ist, und ich weiß, daß die Arbeiterklasse das Spiel verlieren wird. In Budapest gibt es Arbeiter, vielleicht noch in Györ. Wenn Ganz Danubius zusammenbricht, gibt es kein ungarisches Proletariat mehr. Das Kapital ist stärker. Daran haben Bela Kun, und Lenin, und wie sie alle heißen, nichts geändert. Dafür haben sie geschrieben, der Lenin am schönsten.«

Es schien mir, H.B. habe den Aufstieg Hitlers nicht wahrgenommen, bis er einmal von selber darauf kam: »Du kennst Fräulein Lewinsohn, meine Sekretärin. Sie ist eine treue Seele. Vor kurzem hat sie mir mitgeteilt, daß sie ihren Zahntechniker heiraten und auswandern wird. Herr Baumgarten, hat sie gesagt, Zahntechniker sind in Amerika gefragt, meinem Geza ist bereits eine Stelle in New York zugesagt. Wir schicken Ihnen eine Garantie, das Affidavit. So lange ist noch Zeit. Sie wohnen bei uns, ich sorge für Sie. Der Herr Hitler wird viele Juden umbringen lassen; der Herr Baumgarten wird im Central Park von Manhattan spazieren und sagen: Die brave Lewinsohn …« Schon beim nächsten Besuch hieß es: »Denk dir, die Lewinsohn hat mir das Affidavit geschickt. Ich habe ihr einen schönen Dankbrief geschrieben. Recht haben Sie, danke schön, aber ich bin über achtzig und werde es nicht mehr erleben. Lassen Sie doch Ihre Eltern kommen, oder andere Juden aus Pest. Es ist wirklich sehr schön, daß Sie mich retten wollen. Aber es ist nicht mehr nötig.«

Zum letzten Mal ist Großvater im Frühjahr 1937 nach Graz gekommen. Zum Lunch trank er Mineralwasser. Ich sah ihn fragend an: »Nachdem Großmama gestorben war, ging es mir nicht gut. Margrit (die Frau des Neffen Sandor) hat mich überredet, ihren Arzt zu konsultieren. Der hat alles untersucht, nichts gefunden, aber gesagt: Was Sie trinken, das ist ein wenig zuviel. Sie sollten es reduzieren. Ich habe mich in Louvain daran gewöhnt. Dort hat man sehr üppig gegessen. So um 9 Uhr abends eine Viertelflasche Champagner, um halb zehn Nachtessen, zum Fisch eine Flasche Rheinwein und zum Braten eine Flasche Bordeaux. Ich habe dem Doktor gesagt: Dann laß ich den Champagner weg; den habe ich nie gemocht. Es war nur Gewohnheit. Später habe ich wieder reduziert, auch den Weißwein weggelassen. Jetzt trinke ich nur mehr Roten. Zum Nachtessen und vielleicht noch zum Bridge.«

Als die Nachricht kam, Großvater ist gestorben, war ich nicht mehr in Graz; weiter nichts.

Erst nach dem Krieg bekam ich einen Brief von Margrit. Sie waren nach London emigriert. Dort ist ihr Sandor an Herzschwäche gestorben, und sie ist nach Budapest zurückgekehrt. Sie schrieb:

»Du mußt es wissen. Henryk-bácsi hatte einen schönen Tod. Er ist damals zweimal wöchentlich zu uns gekommen. Du weißt, Sandor war ein Filou, aber beim Bridge hat er nie geschwindelt. Henryk-bácsi hatte die erste Manche gewonnen. Er war bester Laune, wir machten noch eine Flasche auf. Er trank gar nicht viel, zwei oder drei Gläser. Da gewann er die zweite Manche. Noch eine letzte, sagte er. Mit ihm spielten wir nie um Geld. Er hatte ja fast nichts mehr. Ihr werdet sehen, heute gewinne ich.

Vorher mußte er noch hinaus. Er hatte vergessen, daß wir eine neue Wohnung hatten. Er wußte es, war zu Fuß über die Brücke zu uns nach Buda gekommen. Wir haben auch nicht daran gedacht. Er ging hinaus, wie gewohnt, die zweite Tür rechts. Dort war die Toilette gewesen. Jetzt ging die Türe hinunter in den Keller, so eine steile Treppe. Er machte nicht einmal Licht und stürzte in den Schacht. Wir hörten das Gepolter, ich rannte hinaus, da lag er unten und war schon tot.

Der Arzt hat gesagt: Das ist ein schöner Tod. Er hat das Genick gebrochen.

Wenn er nicht gewonnen hätte? Wer weiß, was ihm alles erspart geblieben ist!«

Der Traum von Ségou

Diesen Traum habe ich in der Nacht vom 20./21. April 1997 geträumt und am 23. April in Stichworten aufgezeichnet, nachdem ich ihn zweimal Goldy erzählt hatte. Wir wußten beide, daß es der letzte Traum ist, der so reich von gemeinsamen Erinnerungen gespeist ist. Deshalb wollte ich ihn aufbewahren. Am Morgen des 25. April ist Goldy im Schlaf gestorben. Ich bin neben ihr gelegen und habe ihre Hände gehalten, die immer kälter wurden; eiskalt.

Wir sind in Ségou. (Ich verschreibe mich, notiere Seveso; das ist der vergiftete Ort in Norditalien. Sevredol heißt das Morphiumderivat, das Goldy seit dem 17. April bekommen hat.)

Goldy sagt, sie mag nicht in Ségou bleiben. Es ist zuviel Polizei da. Das ist wahr, sage ich; fahren wir weiter.

Wir sind mit dem Bus aus Bamako gekommen. Der Bus ist aber bereits weitergefahren, nach Osten, wahrscheinlich nach Mopti. Der Bus zurück nach Bamako ist noch da, aber zurück wollen wir nicht.

Wir sind ratlos.

Da hat Goldy die Idee, wir könnten ein Boot mieten und auf dem Niger weiterfahren. Ich finde das wunderbar. Doch wissen wir nicht, in welche Richtung der Strom fließt, von Ségou nach Westen oder nach Osten, also gerade dorthin, wohin wir wollen, nach Mopti.

Wir sind wieder ratlos, doch nicht so sehr wie vorher. Ich sage, die Strömung ist hier so langsam, wir können auch gegen den Strom fahren. Damit schwindet das Gefühl der Ratlosigkeit. Plötzlich wird uns klar, daß der Niger nach Osten fließt, dorthin, wohin wir wollen.

Wir sitzen im Boot. Es ist ein hölzerner Weidling (wie auf dem Rhein). Ein schwarzer Junge von etwa fünfzehn Jahren ist der Bootsmann; er sitzt im Heck. Wir wissen nicht, womit das Boot angetrieben wird, es gleitet angenehm, lautlos, meist in der Mitte des Stroms.

An den Ufern ab und zu ein Dorf mit den kubischen Lehmbauten der Songhai, dann wieder Siedlungen von Halbnomaden, Songhai oder Peul mit großen, von einer Kuppel überwölbten Zelten, gedeckt mit schwarzen Matten aus Ziegenhaar oder dunkel gegerbten Häuten, darüber Bündel getrocknetes Schilfgras zum Schutz vor der Sonne. In den Siedlungen sehen wir schöne Harmatten-Frauen und -Mädchen, mit viel Schmuck, manche mit einer Last auf dem Kopf. Sie bewegen sich ruhig zwischen den Hütten, verschwinden wieder. Da und dort spielen kleine Gruppen nackter Kinder am Ufer.

Am linken, nördlichen, Ufer große Felder Schilfrohr, darin merkwürdige dunkle Blöcke. Als wir näher kommen, bemerken wir, daß es die Köpfe von Pferden sind, die bis zum Hals im Wasser stehen. »Schau, unsere Flußpferde«, sage ich, »wir sind wirklich in Afrika.« Wir lachen beide. (Dieses Wortspiel haben wir erfunden, als wir zum ersten Mal eine Flußfahrt auf dem Niger gemacht haben.)

Die Stimmung ist friedlich, die Landschaft gleitet ruhig vorbei, das Ziel werden wir sicher einmal erreichen, keine Eile, wir sind auf dem Weg.

Es ist Abend geworden, Züge von Reihern gleiten uns voran den Strom entlang, schnatternd fallen Enten im Schilf ein, fliegen wieder auf, weit oben kreist ein Zug der großen *Canards armés* (Kampfenten). Ich starre ihnen nach.

Dann sitze ich allein im Boot. Goldy ist in einem anderen Boot, weit voraus. In ihrem Boot steht hoch aufgerichtet eine dunkle Gestalt und bewegt kräftig ein Heckruder, so daß ihr Boot schneller vorankommt, während mein Boot mit der Strömung treibt.

Goldy hebt den Arm hoch und macht mir ein Zeichen. Das heißt, ich gleite voraus, du kommst langsam nach. Sie lehnt sich im Boot zurück, ich sehe nur noch ihren Arm, der auf dem Rand der Bootswand liegt.

Sie sind weit voraus. Ich sehe deutlich, wie der große Fährmann, der hinter ihr steht, das Boot weitertreibt, immer weiter, in der Mitte des Stromes. Es wird dunkel. Die Ufer sind gerade noch zu sehen, ihr Boot ist weit weg.

Der Prinz

Der Charon hat mich schon einmal wegholen wollen. Erinnerst du dich?«

»Gewiß. Es ist lange her. Wir waren noch jung.«

»Es war ein echter Prinz, die stolze Haltung, der offene Blick. Ein wirklicher Prinz. Aber er hat Angst gehabt. Ich glaube, er konnte nicht schwimmen.«

Wir hatten in einem Dorf der Songhai am nördlichen Ufer des Nigerflusses angehalten. Das Dorf war eigentlich eine Stadt, die Häuser fest gemauert aus Lehm, dazwischen Rundhütten mit einem Zeltdach aus schwarzen Ziegenhaartüchern. Fréderic war sogleich von einer Schar junger Burschen umgeben. Er winkte mit seiner blauen Badehose, die er herausgesucht hatte; dann ist er verschwunden.

Wir waren noch unschlüssig, ob wir den Jeep stehenlassen und zum Fluß hinuntergehen sollten. Da kam *er* auf uns zu.

»Je suis le Prince de cette ville«, ich bin der Prinz dieser Stadt, sagte er und reichte uns die Hand, erst ihr, dann mir. Er war ein großgewachsener Mann, vielleicht dreißig, bekleidet mit einer weiten, weißen Hose und einer indigoblauen Weste, die offenstand, so daß man die mächtigen Brustmuskeln und den flachen Bauch sah. Er lud uns zu einer Bootsfahrt ein. Wir folgten gerne. Widerspruch hätte er nicht geduldet.

Sein Blick wanderte über Goldys Gestalt, er sprach leise mit ihr, während wir ihm auf einer schmalen Straße hinunter zum Strom folgten. Einmal blieb er stehen. »Ich möchte Sie europäisch begrüßen«, ergriff ihre Hand, zog sie an sich heran, küßte jeden einzelnen Finger und hielt sie, bis wir bei seinem Boot waren.

Er stand hinten am Ruder, sie kauerte ihm zu Füßen auf der Bank, ihr Blick ließ ihn nicht mehr los; ich staunte und wandte mich ab. Die beiden hatten vergessen, daß ich im selben Boot saß, vorne am Bug.

Das Wasser des Stroms war dunkelgraugrün, auf den Wellen hinter uns gab es einzelne purpurne Reflexe, die Sonne stand noch hoch, war bereits blutrot umrandet, im Dunst über der Sahel. Hoch oben zogen weiße Kuhreiher in Formation auf der Suche nach dem Schlafbaum; auf einem dürren Zweig über dem Schilf lauerte bewegungslos ein letzter Silberreiher, die anderen hatten ihren Fischplatz verlassen und flogen mit langsamem Flügelschlag wippend den Schilfrand entlang stromabwärts, uns entgegen.

Das Boot hatte die Mitte des Stroms erreicht, der Prinz ließ das Ruder fahren, er hatte die Frau zu sich hochgezogen. Oder war Goldy selber aufgestanden; ich hatte nicht hingesehen. Jetzt sah ich ihren graden Rücken schmal vor seiner mächtigen Gestalt. Den Kopf hatte sie auf seine nackte Brust gelegt, sein dunkler Schädel war über sie gebeugt, ihr blondes Haar, grade unter seinem Kinn, sah aus wie ein Bart. Die Arme um seinen Leib geschlungen, stand sie da und hörte zu, er redete leise auf sie ein.

Plötzlich ließ sie ihn los und zeigte mit dem Arm nach vorne. Dort ragten zwei oder drei sonderbare Schädel aus dem Wasser, mit Augen und Ohren; eine Phalanx von Flußpferden lag da, quer zum Kurs unseres Bootes.

»Il faut rentrer«, wir müssen umkehren, sagte er laut und griff nach dem Ruder. »Approche encore«, fahr noch näher heran, sagte sie. Er aber wollte nicht. »Es ist gefährlich, sie mögen es nicht, daß ein Boot sie stört.«

Gerade als er das Boot mit einem Ruderschlag gewendet hatte, stand Goldy plötzlich auf der Bank, im Badekleid, hatte ihr Kleid abgezogen, glitt mit einem flachen Sprung ins Wasser und schwamm mit langen Zügen auf die Flußpferde zu. Erst blieben die Schädel unbeweglich im Wasser, ließen dann unerwartet einen lauten, schnarchenden Ton, ein Schnauben, hören und tauchten weg.

Als Goldy zum Boot zurückgeschwommen war, wollte der Prinz ihr hereinhelfen. Sie ließ den Bootsrand los, schwamm nach vorne, ich zog sie an den Armen herauf.

»Noch was; du weißt das vielleicht gar nicht. Er hat mir ein zweites Mal die Geschichte der Songhai-Prinzessin erzählt, die nach Mekka gepilgert ist, mit tausend Eselinnen, damit sie täglich in Eselsmilch baden kann und ihre Haut weich bleibt. Diesmal hat er was hinzugedichtet. Sie wollte nach Mekka zur Sühne, weil ihr Mann, der König, ermordet worden ist. So ein Filou. Bis zu der frechen Drohung war ich richtig verliebt, wie verrückt nach ihm.«

Damals waren wir sicher, daß auch der Prinz verliebt war. Für die Bootsfahrt wollte er keine Belohnung. »In einer der nächsten Nächte wird der Mond früher aufgehen«, sagte er; er wollte uns zu der Stelle im Schilf hinführen, wo die Kolosse nachts an Land gehen, um zu grasen.

Wir haben den Prinzen nie wieder gesehen, aber auch keinen anderen Afrikaner, der aussah wie der Prinz im Märchen.

Die Antilope aus Ségou

Im Spiel mit dem Traum haben wir die literarischen Umdichtungen rückgängig gemacht und uns gegenseitig daran erinnert, wie es »wirklich« gewesen ist. Vom Bett, auf dem Goldy liegt und in dem sie bald darauf gestorben ist, fällt der Blick auf die Bücherwand gegenüber. Auf der obersten Etage stehen in gehörigem Abstand afrikanische Skulpturen, die Goldy eine Tonleiter genannt hat, von rechts nach links: do-re-mi-fa-so-la ... Eine der Statuetten stellt die mythische Antilope der Bambara dar, eine kleine Skulptur, mit Ruß geschwärzt; ein billiges Touristenandenken. Erst beim Anblick der Antilope erinnern wir uns an den zweiten Aufenthalt in Ségou.

Von Mopti auf der großen Straße nach Bamako machten wir in Ségou halt. Nach dem Staub der Landstraße wollten wir eine frische Frucht kaufen.

In der Parallelstraße, wo früher der kleine Markt gewesen war, standen jetzt nur noch zwei Souvenirläden mit den üblichen Schnitzereien; der eine war geschlossen, im anderen war der Patron, ein alter Mann, anwesend.

»Nein. Früchte gibt es nur auf dem großen Markt, unten am Fluß, am frühen Morgen.« Für Touristen habe er etwas Besseres, Masken und Statuetten. »Schauen Sie doch, da sind schöne, alte, die müssen Sie nehmen.«

Wir hätten gleich weggehen müssen. Jetzt waren wir eingebunden, immer mehr wertlosen Kitsch holte er hervor, bis ich hinten im Laden den kleinen Torso aus hartem Holz bemerkt habe, wahrscheinlich eine Schnitzerei der Baoulé aus der Elfenbeinküste, dann noch einen eleganten neuen Chef-Wedel aus weißem Roßhaar.

Der Handel zog sich hin. Der Baoulé-Torso war billig, weil die Arme abgeschlagen waren, der Chef-Wedel teuer, weil neu. Goldy hatte vor dem Laden gewartet und machte mir ein Zeichen: »weiterfahren«. Zwei Polizisten hatten sich bei unserem Renault postiert, andere Polizisten waren lässig vorbeispaziert, gesellten sich zu den beiden. Sie warteten, bis wir unsere Kaufpflicht als Touristen erledigt hatten. Dann erst wollten sie uns in die Zange nehmen und eine Buße aufbrummen.

»Lassen wir's«, sagte Goldy; auch ich hatte keine Lust zu warten, bis sich ein Trupp korrupter Sécurité der Republik versammelt hatte, um dem Schauspiel unserer Schröpfung beizuwohnen. Ich zog die Geldbörse heraus und zahlte. Ein guter Händler war ich ebensowenig wie

Goldy. Der Alte schmunzelte und setzte zum feierlichen Abschluß des Handels einen roten Fez auf sein graugekräuseltes Haupt.

Fort durften wir noch nicht. Beide Erwerbungen wurden umständlich in Packpapier gehüllt, ein Plastiksack, der in einer Ecke am Boden lag, von Staub gereinigt. Doch noch immer war es nicht so weit, den Handel mit Segenswünschen abzuschließen. Der Alte schleppte einen Schemel herbei, stieg wankend drauf, holte die kleine Antilope vom obersten Regal, verlor dabei seinen Fez, schüttelte den Staub heraus, reinigte dann mit einem zu kleinen Tüchlein die Antilope vom Staub, um sie uns anzubieten. Draußen hatte sich ein Polizist rücklings auf die Motorhaube des Renault gelümmelt, ein anderer trommelte mit seinem Knüppel auf die Hinterwand des Wagens.

»Wir möchten die Antilope nicht. Sie ist zu klein. Die Antilope der Bambara ist ein mächtiges Tier, toujours grande et menaçante«, meinte Goldy. »Ça c'est vrai«, so ist es, sagte der Alte, sie ist nicht viel wert, ich schenke sie Ihnen, Sie nehmen die Schnitzerei als Andenken mit, »un souvenir du vieux commerçant de Ségou«.

Goldy versuchte noch, dem Alten zu danken und das Geschenk doch dazulassen, ohne ihn zu beleidigen. Das gelang nicht, denn er hielt würdevoll eine lange Rede: Auch so klein und zugegebenermaßen nicht sehr kunstvoll geschnitzt, entfaltet die Antilope Kräfte, sie verleiht magischen Schutz, »elle protège même les voyageurs en voiture«.

Erst nach längerem Hin und Her entschloß Goldy sich, das Stück anzunehmen. Es wurde nochmals abgestaubt, in den Sack zu den anderen Stücken gesteckt und dann überreicht. Entsprechend dem interessanten Gespräch, das stattgefunden hatte, fielen die Segenswünsche ausführlich aus.

Der Alte bestand darauf, den Sack bis zum Auto zu tragen. (Den Polizisten war es langweilig geworden, sie schlenderten plaudernd weg.) Mit dem Kinn, das von einem weißen Kräuselbärtchen geziert war, wies er die Straße hinunter, wo eben das letzte Paar Polizisten um die Ecke bog.

»Ils sont partis«, sie sind weg, »vous voyez l'antilope a commencé faire place pour vous«, Sie sehen, die Antilope fängt schon an, Ihnen den Weg frei zu machen.

Am Niger

Im weißen Licht der Morgensonne fuhren wir nach Westen, durch die trockene Weite der Sahel. Irgendwann würden wir auf den Strom stoßen, seinem Lauf entlang nach Süden fahren und noch heute in Niamey ankommen.

Der Jeep rollt ruckweise und langsam. Die spärlichen Grasbüschel legen einen weißgoldenen Schimmer über den ockerfarbenen Laterit; sie sind vom Wind gepreßt, zu steinharten Sandhügeln geworden. Die Ebene ist nicht ganz flach, erweist sich als eintönige Folge weiter Täler. Wenn wir oben sind, spüren wir, daß es wieder abwärts geht, in ein weites Tal, dann wieder hinauf, die nächste Welle.

Wir dachten nicht mehr an den Strom, waren oben angekommen. Vor uns hört die Sahel plötzlich auf. Quer vor uns liegt ein riesiges Milchglas, mattblau wie der Himmel am Morgen eines Tages, der noch heiß wird, es ist kein Fluß, das Wasser strömt nicht, spiegelt auch nicht, die Oberfläche ist von einer Brise gekräuselt, die wir nicht gespürt haben, solange der Jeep in Bewegung war.

Wir hatten angehalten, standen neben dem Wagen und schützten die Augen mit der Hand, denn das Licht war sehr hell. Das Milchglas des Stromes war breit, drüben von einem dunklen Streifen begrenzt und verlor sich nach beiden Seiten im Dunst.

Mit Goldy ging ich zum Wasser hinunter, Fréderic blieb zurück und machte sich am Wagen zu schaffen. Goldy blieb stehen: »Geh du schauen«, sagte sie, setzte sich auf einen Sandhügel und zündete eine Zigarette an. Ich ging weiter und schaute zurück. Sie saß reglos da und schaute auf den Strom.

Das Ufer war dicht von grünen Büschen gesäumt, wie Flußufer in

Europa, Laurier rose, Oleander, andere Büsche, die unseren Weiden ähnlich sind. Das lehmige Ufer ist unterspült, der Wasserspiegel liegt tiefer, mehr als zwei Meter unterhalb der Wurzeln.

Ich gehe die Böschung entlang. An einer Stelle ist der Uferlehm eingebrochen, da kann ich zum Wasser hinunter. Eine ockerfarbene Sandbank reicht fächerförmig bis in die sanften Wellen hinein. Im Sand eine Spur, eigentlich zwei parallele Fußspuren, Eindrücke wie von einer Kinderhand mit nur drei Fingern. Zwischen den Spuren eine geschwungene Linie, verliert sich unten im Wasser.

»Es muß ein ziemlich großes Krokodil gewesen sein, das da lag und abgetaucht ist, als es mich kommen hörte«, dachte ich.

Fréderic stand neben mir, in seinem blauen Badehöschen, barfuß war er heruntergerannt. Ich hockte auf der Sandbank, er schaute auf mich herunter: »Endlich der Niger, ich muß rasch eintauchen.« Ich zeigte mit dem Finger auf die Spur. »Was zeigst du? Es waren Kinder da und haben gebadet. Was meinst du, wer hat die Spuren gemacht?« »Ich glaube, daß hier ein großes Krokodil ins Wasser gegangen ist«, sagte ich, stand auf und ging zurück, hinauf zu Goldy.

Als ich bei ihr angekommen war, stand er noch immer unten am Wasser. Der dunkle Strich am anderen Ufer, wahrscheinlich die gleichen grünen Büsche wie hier, war im Dunst verschwunden.

Bei Goldy, die ruhig dasaß, blieb ich stehen und wartete, bis Fréderic ankam. Barfuß ging er vorsichtig über die harten Gräser, über die er vorher sorglos hinuntergelaufen war. »Ich habe auf mein Bad verzichtet. Es scheint wirklich Krokodile im Niger zu geben. Ich dachte, die gibt es hier nicht. Wir sind eben in Afrika«, und er machte sich auf den Weg hinauf zum Jeep.

Goldy zündete mir eine Zigarette an, ich schaute mit ihr auf den blassen, blauen Strom. »Zwischenstromland, endlich wieder«, sagte sie und lachte, »ich bin erstaunt, daß wir wirklich da sind.« Fréderic hätte nicht verstanden, was damit gemeint war. Sehr viel später haben wir ihm von unserer Traumfahrt erzählt; er sagte darauf kein Wort. Ich glaube, daß auch er ein Phantasieland gehabt hat, aber ein anderes als wir.

Zwischenstromland

Das Zwischenstromland liegt zwischen Euphrat und Tigris, bis die beiden Ströme zusammenfließen, die weiten, mit Schilf bewachsenen Sümpfe sie aufnehmen (sie werden sich nicht mehr teilen oder von Geographen aufteilen lassen), es gibt kein Land mehr zwischen zwei Strömen, dort sind wir den Euphrat hinuntergefahren, hier liegt unser Zwischenstromland, und hier sind wir auf allen Reisen an Land gegangen.

Nächtliche Biwaks oben an der Uferböschung oder eine Nacht am Ufer in einer leerstehenden Hütte aus Schilf. Das Faltboot, ein zweisitziger Klepper mit zwei Doppelpaddeln, den ich mir als Kind so sehr gewünscht hatte, ich sitze hinter ihr, steuere, wie es Paddler tun, mit kräftigeren Schlägen mehr rechts oder mehr links, das Boot gleitet in der Mitte des Stromes, schnell und lautlos. Manchmal geraten wir in stillere Wasser (Wirbel, die sich unten im Sandgrund bilden, oder ein Seitenwind unter dem blaßblauen Himmel); sie dreht sich nach mir um und lacht: »Das war blöd.« Wir müssen kräftig rudern, bis das Boot wieder Fahrt hat, kein Laut mehr, wieder in die Stromrinne gleitend, es tropft von den ruhenden Rudern in das braune Wasser.

Seit vielen Tagen sind wir unterwegs, wir kennen den Strom, hier fließt er ruhig, wenn es uns kräftiger fortzieht, legt sie den Paddel quer, zündet eine Zigarette an und gibt sie mir. Zum Dank sage ich: »Schau den Reiher«, ein grauer Silberreiher sitzt reglos auf einem abgestorbenen Ast am Ufer, starrt mit schrägem Kopf ins Wasser, seit einigen Tagen sind auch kleinere glänzendschwarze Vögel da (vielleicht Kormorane), starr, mit gespreizten Flügeln lauernd und die Federn trocknend. Die Eisvögel, die man Kingfisher nennt, sind verschwunden, auch für die schwirrende Wasseramsel ist das Wasser zu trüb, mit Sand gemischt.

Eile haben wir nicht. Der Strom ist das Ziel unserer Reise, schon um vier Uhr nachmittags machen wir halt, wo es eine Sandbank gibt und genügend trockenes Schwemmholz. Vor einer Stunde habe ich die Fischleine ins Wasser gelassen, als Köder ein Stück vom gestrigen

Fang. An einer dieser Stellen mit gurgelnden Unterströmungen gibt es einen Ruck an der Leine, ich ziehe einen dunklen, silbrig geschuppten Raubfisch heraus, scharfe Zähnchen im langgezogenen Maul, der unserem Hecht gar nicht ähnlich ist. Goldy, mit ernster Miene: »Ich glaube, wir brauchen einen zweiten«, jedesmal beißt ein zweiter Fisch an, genau gleich dem ersten. Zwei Fische mit Süßkartoffeln und Zwiebeln, schon seit der Türkei im Bug verstaut, wir haben eine Dose Salz, das ist nie langweilig. Gerne wüßten wir, was es sonst noch für Fische gibt im Strom, Fischerboote, die in letzter Zeit auftauchen, lassen uns nicht sehen, was sie gefangen haben, ihre Rufe verstehen wir nicht, abgerissen, bellend in seltsamen Tonlagen, es klingt über das Wasser wie Japanisch.

Der Fluß wird sehr breit, biegt nach Westen, am Ufer entlang plötzlich viele bunte Boote, einige mit dreieckigen Segeln (es ist kaum Wind), sie beachten uns nicht. Wollen wir, daß sie uns einladen? Goldy nickt, sie läßt bei jedem Schlag das Wasser aufspritzen, kaum ein Laut, doch richten sich die Leute im nächsten Boot auf, es sind drei, starren auf uns hin, bewegungslos, dann senken sie die langen Ruder ins Wasser, steuern so, daß wir uns treffen müssen, zwei junge Männer mit nacktem Oberkörper, braungebrannt, weiße Turbane, ein Mädchen, buntes Kleid, helles Kopftuch. Als wir herantreiben, läßt sie das Ruder los, hebt die Arme und klatscht zweimal in die Hände.

Sie haben schon angelegt, schauen zu, wie wir das Boot auf den Sand ziehen, das Bündel mit den Schlafsäcken herausnehmen, die Paddel mit einem Drahtseil am Boot festmachen. Es ist deutlich: Wir sind eingeladen. Einer der jungen Männer und das Mädchen verschwinden in einem Pfad durch das Schilf, der andere faßt meine Hand, zieht mich zum Boot zurück, zeigt mit dem Finger auf ein längliches Paket im Boot, ich will den anderen nach, die mit Goldy im Schilf verschwunden sind, er hält meine Hand fest, zeigt immer wieder in unser Boot, bis ich verstanden habe, das Gewehr herausnehme, den kleinen Sack mit Patronen, das Gewehr über die Schulter hänge. Er zeigt seine weißen Zähne, wir traben den anderen nach.

Die Hütte sieht zerbrechlich aus, hat aber im Inneren einen großen, runden Raum, gestampfter Lehmboden, eine Feuerstelle aus drei flachen Steinen. Goldy sitzt neben dem Mädchen auf einer Schilfbank, beißt ein Stück ab von einer großen gelben Frucht, der Saft tropft herunter, gibt dem Mädchen die Frucht zurück, sie beißt ab, gibt die Frucht an Goldy, bis sie den abgenagten Kern auf die Feuerstelle wirft.

Einer der Jungen (vielleicht Brüder) hockt neben mir am Boden, legt mir den Arm um die Schulter, der andere rückt näher, legt seinen Arm von der anderen Seite um mich.

Niemand sagt etwas (wir hätten es ohnehin nicht verstanden), es ist dunkel hier drinnen, man zündet ein Reisigbündel an, lautlos hat sich der Raum mit Menschen gefüllt, sie hocken friedlich da, murmeln jetzt leise, ein älterer Mann stellt einen berußten Topf mit Wasser auf die Steine der Kochstelle, es wird mehr Reisig gebracht, das gibt richtige Flammen. Ein Kind, das noch kein Kopftuch trägt, stellt eine Platte auf den Boden, darauf Stücke eines großen Fisches, Knollen, Kräuter.

Etwa ein Dutzend junge Männer und Frauen warten, bis die Suppe gar ist. Goldy holt die Dose mit Salz aus ihrem Sack, schüttet dem Mädchen eine Prise auf die flache Hand. Sie kostet, stößt einen spitzen Schrei aus. Die Suppe wird gesalzen, eine neue Stimmung kommt auf, alle schwatzen durcheinander, ein Mädchen nach dem anderen steht auf, drängt sich an Goldy heran, streicht ihr über das Haar, macht der nächsten Platz. Das heißt dankeschön.

Dies ist unsere letzte Nacht im Zwischenstromland und sicher die schönste. Wir liegen auf einer federnden Matte aus Schilfrohr, der Duft von Kräutern, die sie auf die glimmende Asche gestreut haben, ist so stark, daß keine Moskitos hereinkommen, schläfert uns ein. Einmal hören wir schießen, schlafen aber beruhigt weiter; unsere Gastgeber wachen draußen.

Wir kriechen heraus, gerade steigt die Sonne blutrot aus den Sümpfen im Osten. Das Mädchen von gestern huscht herein, schmiegt sich an Goldy, streicht ihr übers Haar, rennt fort. Die beiden Brüder umarmen mich, zeigen mit den Fingern den Weg durch das Schilf zum

Strom, rennen fort. Bevor wir am Ufer unten sind, steigen aus unserer Hütte Flammen auf, bald brennen alle Hütten; unsere Gastgeber sind im Schilf verschwunden.

Den Verlust des Klepperboots haben wir kaum bemerkt, denn schon sitzen wir in einem langen schmalen Boot, das aus Birkenholzplanken gezimmert ist, zwei Jungen mit mongolischen Zügen bedienen die Langruder. Der Fluß Amur (vielleicht aber ein Nebenfluß) strömt im weiten Bogen nach Osten. Es wird heiß, die Fährleute schälen sich aus ihren Pelzen, stützen sich auf das lange Steuerruder, schauen nach vorne, wo wir auf einer mit Schaffell bedeckten Querbank sitzen, lassen gurrende Töne hören, lächelnd mit weißen Zähnen begrüßen sie die Gäste.

Gerade, als sich Hunger meldet, und ich bedaure, daß mein Gewehr unten am Euphrat geblieben ist, holt der kleinere unserer neuen Freunde Bogen und Pfeile hervor, zielt ins Wasser, an seinem Pfeil zappelt ein großer schwarzer Fisch. Am Heck des Bootes wird die Beute gebraten, dazu saure Milch aus einem Beutel aus Tierhaut. Nur Salz fehlt.

Wir treiben Tag und Nacht nach Osten, die Jungen schlafen abwechselnd, wir strecken uns auf den üppigen Fellen aus, die nach Schaf riechen. Für die Notdurft legen wir kurz an, können uns mit dem eiskalten Wasser erfrischen. Nach fünf, sechs oder vielleicht zehn Tagen ergießt sich der Strom in einen weiten See, das Wasser klar bis auf den Grund. Die Jungen treiben das Boot mit kräftigen Schlägen weiter, bis an das jenseitige Ufer, wo wir endlich anlegen.

Eine mächtige Sanddüne steigt vor uns auf, an ihrem Fuß dunkle Bäume, die an Zedern erinnern. Unter den Bäumen wartet die Karawane, Kamele mit zwei Höckern, geschmückt mit roten Kordeln und silbernen Glöckchen. Die Herrn der Karawane sind würdige, alte Mongolen, ihre Kinder tragen Pelze, die Kleinsten sind nackt, Mädchen mit schwarzen Zöpfen, auf dem Kopf jene spitzen dreieckigen Pelzmützen, die in den Büchern von Sven Hedin abgebildet sind.

Wir und die Bootsleute werden mit starkem grünem Tee bewirtet, in dem reichlich geräucherte Butter gelöst ist. Es soll sogleich weitergehen, kein Zweifel, der Aufbruch noch an diesem Morgen wird uns an das Ziel unserer Wünsche bringen, in die Wüste Gobi.

In allen Wüstenfahrten war die Wüste Gobi vorhanden, das Spiel der Sonne auf den Dünen und die Schatten der von den Winden geformten Felsen. Manchmal hat es uns doch beunruhigt, daß wir aus dem Zwischenstromland unmittelbar in den Norden gelangt sind. Eine andere Reise schiebt sich dazwischen.

Die Luft ist dünn. Himalaya? Da der Winter so plötzlich zu Ende ging, wie er im vergangenen Jahr gekommen war, rüsten sich die Tibeter zum Aufbruch. Auf den rasch grünenden Almwiesen tauchen immer neue Herden Yaks auf, mischen sich nicht mit den anderen, lassen sich geduldig mit Stangen und Zelten beladen, grasen derweil weiter und setzen sich erst in Bewegung, wenn der Stamm versammelt ist. Jenseits der Pässe liegen üppigere Weiden, hinter den noch verschneiten Pässen und Scharten gibt es Täler mit klaren Bächen, Wiesen mit Hafergras und Blumen.

Wir können uns nicht erinnern, wie es dazu kommt, daß wir mitziehen, ebensowenig erinnern wir uns an den Wechsel, unmittelbar aus dem Tal des Euphrat in die nördlichen Wüsten und Tundren. Wir gehen mit, weil uns der Trott der schnaufenden Yakochsen mitnimmt. Am Abend werden die Wanderzelte aus schwarzen Ziegenhaartüchern aufgestellt, sie lassen uns nicht draußen frieren, bitten uns ins Zelt, reichen Tee mit reichlich zerlassener Räucherbutter und diskutieren, wo die Fremden die Nacht zubringen sollen. Manchmal werden wir getrennt in verschiedene Zelte geleitet, dann wiederum zusammen. Jeder wird von zwei Kindern flankiert, Goldy von Mädchen, ich von Knaben, die sich dicht an uns schmiegen und mit ihren jungen Leibern unter dem nach außen gekehrten Sommerpelz dafür sorgen, daß wir es nicht kalt haben.

Diese Wanderung dauert drei oder vier Wochen, führt aber nicht hinüber in die trockenen Steppen der alten Sowjetunion. Wenn es in Augenblicksschnelle möglich ist, aus der Sahara ins Zwischenstromland zu gelangen – warum nicht ebenso mühelos über den Himalaya?

Die Erinnerung an die wundervolle Reise im Zwischenstromland meldet sich dann und wann, auf allen späteren Reisen, wir können (und wollen) nicht auf den gemeinsamen Traum verzichten.

Monsieur Paul

Ein Verleger aus Zürich war im Februar 1997 in ein Dogondorf gekommen, wo er als Tourist einige Tage blieb. Das Dorf liegt westlich von Bandiagara weitab von Sangha. Der »Älteste« des Dorfes hatte ihm von »Monsieur Paul« erzählt. Über diesen Mythos wollte er mit mir sprechen.

Vor einiger Zeit gab es im Dorf Sangha, das an der Falaise weit im Osten liegt, einen mächtigen Mann; der ist in unser Dorf gekommen. Er hieß Monsieur Paul. Er wollte mit allen Leuten sprechen. Viele unserer Männer und Jünglinge haben mit ihm gesprochen. Er sprach weder Sangha Sô noch einen anderen Dialekt unserer Sprache, auch nicht die Sprache der Bambara. Ich glaube, daß er Französisch sprach, denn er war ein Weißer.

Monsieur Paul hat von den Dogon alles gewußt, er hat alles verstanden, fast wie ein Dogon.

Er war hoch zu Roß gekommen, er ritt auf einem weißen Roß, wie es damals die Marabouts hatten, und ritt später weiter. Wohin? Das weiß niemand.

Es heißt, daß er immer wieder kommt, vielleicht erst nach vielen Jahren. Jetzt ist es bald soweit. Wahrscheinlich wird er in nächster Zeit kommen. Schon damals war er ein älterer Mann. Er hat gehinkt, und beim Gehen hat er sich auf einen Stock gestützt.

Wissen Sie etwas von Monsieur Paul? Ich hoffe, daß er bald erscheint … Denn wir Dogon haben heute viele Probleme. Ich habe guten Rat nötig. Nur einer, der unser Leben kennt, weil er mit allen gesprochen hat, könnte mir helfen.

Kein Zweifel: Ein »Monsieur Paul«, der mit allen sprechen will, der geheimnisvolle Reiter im Mythos, das bin ich selber.

Als wir im Jahr 1960 bei den Dogon waren, hatte ich die Gewohnheit, meine Kenntnisse über die Dogon in die »ethnopsychoanalytischen« Gespräche einzuflechten. Die Dogon, mit denen wir über ihre persönliche Geschichte sprechen wollten, begannen das Gespräch so, als ob wir genauso wie die französischen Ethnologen, die lange vor uns in Sangha geforscht hatten, nur das über Mythen und Bräuche hören wollten, wonach sie von den *informateurs* ausgefragt wurden. Um den Partner davon abzubringen, bediente ich mich meiner aus der Literatur stammenden Kenntnisse über die Ethnologie der Dogon. Aus dem Mund eines Fremden war das überraschend. Der Gesprächspartner wurde auf sein eigenes Erleben zurückgesteuert und das Gespräch zum psychoanalytischen Dialog strukturiert.

Warum aber jetzt und dort? Unser letzter Besuch in Sangha lag mehr als dreißig Jahre zurück. In das Dorf, in dem der Mythos erzählt wurde, war ich nie gekommen. Der Mythos schien einen Kern Wirklichkeit zu enthalten: der Name Paul, »mit allen reden«, »alles vom Leben der Dogon wissen« – meine ethnologischen Kenntnisse. Auch für die lange Zeit seither gibt es eine Erklärung. Die Dogon leben in einer »zyklischen« Zeit, vergangene Zeiten schieben sich teleskopartig zusammen. Als wir sechs Jahre nach unserem ersten Besuch wieder nach Sangha kamen, waren wir für unsere Freunde gerade vierzehn Tage weggewesen. Seither gab es Veränderungen im Dorf, den Tod einiger Dorfbewohner, Geburten, Auswanderungen. Das alles war nicht vergessen. Doch waren alle Umstände unseres ersten Besuchs, auch Einzelheiten, wie neu.

Schon damals war mein Gang hinkend. Junge Leute, die mich zu Krankenbesuchen begleitet hatten, machten oft Witze: Warum geht Monsieur Paul nicht aufrecht wie ein normaler Mensch über den Baumstamm, der als Brücke über einen Abgrund gelegt ist? Er reitet auf dem Holz wie auf einem Esel.

Aber der Stock? Damals und viele Jahre später habe ich keinen

Stock benutzt; heute schon. Alte Leute der Dogon leiden an Arthrosen der Hüftgelenke und an Schwäche der Beinmuskulatur, wie wir. Doch haben wir nie einen Greis oder eine Greisin gesehen, die sich auf einen Stock stützten. Alte Leute bleiben in ihrem Dorf, wagen sich nie auf die exponierten Pfade. Es kann durchaus sein, daß die Dogon dem Monsieur Paul zugeschrieben haben, was sie bei alten Europäern beobachtet hatten: Sie stützten sich auf einen Stock.

Im Dogon-Land bin ich nie geritten. Doch gibt es auch für das Reittier im Mythos eine Erklärung. Schon in alter Zeit, lange vor der Kolonisierung, waren islamische Missionare, die man Marabouts nennt, in Dogon-Dörfer gekommen. Sie wurden gastfreundlich aufgenommen, blieben oft lange im Dorf und ließen ihr Reittier draußen vor dem Dorf grasen. Als viel später die Regierung die Islamisierung befahl, verstand der Dorfchef, daß es für den Rest des Dorfes vorteilhaft wäre, einen Marabout zu beherbergen. Es kam aber keiner. So kaufte das Dorf auf dem Markt von Mopti ein weißes Rößlein. Als wir im Jahr 1966 zum zweiten Mal nach Sangha kamen, weidete ein Schimmel, dessen Schweif mit Henna rot gefärbt war, in der Mulde zwischen dem oberen und unteren Ogol. Niemand nahm Anstoß daran, daß man den Missionar nie zu Gesicht bekam. Es hieß, er studiert in seiner Kammer. Alle, die auf den Markt von Sangha kamen, haben in ihren Dörfern davon erzählt. Daß Monsieur Paul auf einem weißen Pferd geritten ist, hieß einfach: Er kam aus Sangha.

Mein Besucher war zufrieden, daß der Mythos eine Erklärung gefunden hatte. Er bedankte sich für meine Entschlüsselung der mythischen Erzählung.

Wir jedoch gerieten in ein ähnliches Spiel wie mit dem Traum von Ségou. Ein Erlebnis, das beinahe zwanzig Jahre zurücklag, ist wieder da.

Goldy hat meine Deutung des mythischen »Monsieur Paul« plausibel gefunden.
»Ich bin ja nie geritten«, sagte sie. »Doch, ein einziges Mal, um die Pyramiden.« (Das Reiten gehörte zu meiner Kindheit als »Grafensohn«.)
»Ich wollte gar nicht. Es war dann auch danach. Wiederholen wollte ich den Unsinn nicht. Wie war es damals? Kannst du dich erinnern?«

Ende der siebziger Jahre haben wir Henry in Kairo besucht. Pat war mit dem Buben nach Ägypten gekommen. Weil Henry ständig in der Redaktion arbeiten mußte, führte uns Pat herum. Der kleine Al kam manchmal mit. Oft blieb er lieber bei seinen Freunden, den Kindern tunesischer Diplomaten.

»Zum Reiten wird er mitkommen«, sagte Pat. In dem Dorf bei den großen Pyramiden gab es die Reitställe, die seinerzeit den Herrschaften der britischen Botschaft zum Nachmittagsvergnügen gedient hatten. In einigen der großen Gehöfte, die das Dorf gegen die Wüste abschließen, hielten Araber aus Nubien Mietpferde. Jeden Nachmittag standen die Rösser gestriegelt und gesattelt da, damit Europäer aus der Stadt gegen Abend, wenn es kühler wird, einen Ritt um die Pyramiden genießen konnten. Die meisten Ställe waren heruntergekommen, in einem jedoch, den Pat entdeckt hatte, gab es gute Reitpferde, sogar echte Vollblutaraber und englisches Sattelzeug,

Der Herr der schönen Pferde erwartete uns. Nubische Jungen hatten die Reittiere gesattelt. Es waren englische Halbblut, mit Arabern gekreuzt, lebhafte Rösser; eines, ein falber Hengst mit dunkler Mähne, war mit einem ägyptischen Sattel aus rotem Leder, mit einer gebogenen Kandare und seidenen Zügeln gezäumt, während die anderen mit englischen Sätteln und Zaumzeug angeschirrt waren.

Der Besitzer des Reitstalls sah nicht gerade sportlich aus: ein feiner

Kopf, kühne Hakennase, Adleraugen, dunkle Haut, darüber ein mächtiger weißer Turban mit einem grünen Seidenband, ein Hadsch, im übrigen aber ein kurzer mächtiger Leib, ein Klumpen aus Fett und Muskeln, hundert Kilo wabberndes Fleisch, das Ganze in wehende weiße Tücher gehüllt, über dem Burnus ein weißer Umhang, darüber eine blaue Indigoschärpe und noch ein bauschiger weißer Mantel aus Taft.

Noch sonderbarer als die Gestalt waren seine eleganten Formen; »Monsieur Sahib« nannten wir ihn, weil er alle, auch den elfjährigen Al, mit Sahib ansprach, sich jedesmal tief verneigend, beinahe stürzt er vornüber, dann aber auf dünnen Füßchen in rotledernen Pantoffeln behende weiterhastend, die nächsten Sahibs zu begrüßen. In weichen Wendungen umkreist er die Gäste, uns vier und zwei englische Touristen in Khaki, geleitet oder drängt oder verführt uns in das geräumige Zelt. Auf Bronzetischchen ist grüner Tee in chinesischem Porzellan angerichtet, schottischer Zwieback und indische Biskuits, *avec un petit délice du Maroc*, mit ein wenig Haschisch gewürzt. Pat nimmt Al das Tellerchen weg und zieht eine Tafel Schweizer Schokolade heraus, die sie für ihn mitgebracht hat. In der Ecke hockt ein Musikant, zupft die bauchige arabische Gitarre, summt kehlig und läßt sich vom nubischen Jungen die Teetasse an den Mund führen, weil er blind ist.

Die höfisch-absurden Formen, ein Duft von Pfefferminz und Myrrhe schaffen eine exotische Stimmung. Pat erklärt Monsieur Sahib, daß heute nicht galoppiert werden darf; Madame ist noch nie auf einem Pferd gesessen. Goldy sagt: »Ich versuch' es halt, mehr als herunterfallen kann nicht passieren.« Inzwischen hat Al ein Haschischplätzchen stibitzt, Monsieur Sahib, seinen Redeschwall nicht unterbrechend, haut dem Jungen, natürlich nicht Sahib Al, sondern dem sanftäugigen Nubier, der das nicht verhindert hatte, mit der langen Lederpeitsche eins über die Finger.

Der Tee ist genippt, von Monsieur Sahibs Wortschwall hinausgeschwemmt, sind wir im eingefriedeten Sandplatz, wo die glänzend gestriegelten Pferde warten, in die Mähnen sind grüne Bänder geflochten. Jedes Tier wird von zwei Nubiern betreut, der eine Junge hält das Tier am Zaum, den Mund nahe am trensenbestückten Maul, und summt in die Nüstern, der andere reicht den Steigbügel und hilft ein wenig beim Aufsitzen, so daß es aussieht, als hätte man sich elegant in den Sattel geschwungen.

Alle sind aufgesessen, Steigbügel werden angepaßt, wie Monsieur Sahib es mit einem Blick angeordnet hat, man zupft sich die Kleider zurecht. Goldy sitzt auf einem feingliedrigen Hellbraunen, ich auf einem etwas höheren Fuchs, Pat hat einen Grauschimmel mit blauen statt grünen Bändern in der Mähne und Al »sein« Pferd, das mit einem Kindersattel aus weißem Ziegenleder angeschirrt ist, ein glänzendschwarzes, lebhaftes Tier mit einer weißen Marke auf der Nase.

Goldy neben mir sagt halblaut: »Hast du gesehen, ich bin zu schwer für das Tier, es mag nicht, es läßt die Ohren herunterhängen, soll ich wirklich mitkommen, das Tier hat gar keine Lust, alle anderen Pferde halten die Ohren gespitzt nach vorne, das Tier hat schon gemerkt, daß ich nicht reiten kann.«

Wir werden unterbrochen. Monsieur Sahib war in der Ecke des Sattelplatzes gehockt oder gestanden (bei seiner Gestalt konnte man das nicht sicher ausmachen), jetzt führte man sein Reittier herein, und alle verstummten.

Der falbe Araberhengst war etwas niedriger als die Mietpferde; aber welche Rasse! Dunkle, blitzende Augen, weite Nüstern, feine, spitze Ohren, der elegant gebogene Hals, die dunkle Mähne, der purpurfarbene Schweif in der Fortsetzung der runden Kruppe steht an der Wurzel ab und reicht leicht vibrierend bis zum Boden. Die kleinen Hufe sind nicht beschlagen wie die der Mietpferde.

Ohne merkliche Anstrengung und ohne Zutun der beiden Nubier, die rechts und links des edlen Pferdehauptes stehen, sitzt Monsieur Sahib plötzlich im Sattel, ordnet seine bauschigen Tücher so, daß Kruppe und Halsansatz im Glanzfell voll zur Geltung kommen. Die roten Pantöffelchen an den nackten Füssen stecken in kahnförmigen Steigbügeln, die hinten in den geraden arabischen Sporn auslaufen. Als Monsieur sein Reittier bestiegen hat, das unbewegt wie aus

Bronze dastand, tänzelt es, schlägt den langen Schweif an die Flanken, beugt den Hals, noch bevor der Reiter die Kandare berührt hat; es scheint ungeduldig, aber nicht scheu oder nervös, auf den Ritt zu warten. Der Reiter sitzt – man bemerkt seine massige Gestalt nicht mehr – entspannt, beinahe gemütlich, mit dem Reittier verwachsen im Sattel. Dem feinen Hengst ist er keine Last, eher eine Zierde, die Zügel locker in der Linken, weist er mit der Reitgerte zum aufgehenden Tor, die Tiere in fester Ordnung, voraus der Araber, an seiner Seite der Rappe von Al, der im Schritt mit stoßenden Gängen den kommenden Galopp anzeigt, dahinter Pat in Jodhpurs auf dem Apfelschimmel, neben ihr ein Nubier ohne Sattel, der noch mitkommt, dann mein Fuchs und daneben Goldys Brauner, der die Ohren noch immer hängen läßt. »Ich bin total unsicher, schau, wie unglücklich mein Reitvieh aussieht.« Ich zeige ihr, wie man aus den Trensenzügeln eine Brücke macht, um nicht nach vorne zu gleiten. Hinter uns noch die englischen Touristen.

In weitem Bogen zieht die Kavalkade gegen Süden, rechts, weit draußen, ist die Sphinx und dahinter die ockerfarbigen Pyramiden. Wir müssen sie weit umkreisen, Arbeiter bauen eifrig an der Asphaltstraße, auf der man bald an die Pyramiden heranfahren wird.

Die mächtigen Bauten heben sich filigran vom Himmel ab. Die makellos blaue Himmelskuppel wird pfirsichfarben, purpurne Streifen ziehen weit oben nach Norden. Fern, am Rand der Dünen, die Schatten von Palmen und Kamelen in den kleinen Oasen um die dunkler werdende Ebene.

Auf einmal sind unsere Pferde in wiegenden Galopp gefallen. Im Zauber des Abends merke ich erst jetzt, daß wir dahinstürmen. Al hatte seinem Rappenrößlein, das längst drängte, die Zügel schießen lassen. Mit einem kräftigen Satz ist der Araber wieder an seiner Seite, die anderen Rösser stimmen in den wiegenden Rhythmus ein. In gleicher Ordnung, eine Wolke feinen Staub aufwirbelnd, ziehen wir einen weiten Bogen um die Pyramiden; nach Westen erst, als die Sonne in dem Dunst am Horizont taucht. Die Landschaft schließt sich mit unserer kreis-, vielmehr ellipsenförmigen Bahn. Die Häuserfront mit den Reitställen, von der wir aufgebrochen sind, hebt sich ab. Im Dorf glitzern die ersten Lichter. Die Pferde fallen in Trab und sogleich in Schritt.

Als der Galopp einsetzte, versuchte ich gar nicht, Goldys Pferd am Zügel zu fassen und aufzuhalten; es war nicht nötig – das Tier hatte sich dem Galopp der Rösser vor und hinter uns angeschlossen – Goldy saß sehr aufrecht im Sattel, hielt die Zügel mit der »Brücke« fest in beiden Händen, die Füße ruhig in den Bügeln. »Ich fall' schon nicht runter«, rief sie.

Als die Pferde in Schritt fielen, entspannte sich ihre Haltung. »Der Lausbub hat sich natürlich von seinem Galopp nicht abbringen lassen. Es war sogar ganz schön, die phantastische Landschaft in der Abendsonne. Vielleicht bin ich nicht heruntergefallen, weil ich mein Tier nicht mehr beachtet habe.«

Im Hof brachten die Jungen einen Korb mit Karotten, so daß wir die Reittiere belohnen konnten. »Siehst du, jetzt, wo ich herunter bin, hat das Tier die Ohren nach vorne gespitzt wie die anderen.«

Das Ritual war noch nicht zu Ende. Monsieur Sahib, der wieder unförmig dick wirkte (der eben noch eleganteste Reiter gab seinem Araberhengst das Rübchen persönlich), leitete uns ins Zelt, wo Säfte von Mango, Grapefruit, Limonen, grüne und geröstete Pistazien, Weintrauben und Rosinen aufgestellt waren. Die Engländer zahlten mit Schecks und fuhren mit dem Taxi davon. Mich aber faßte der Junge, der mit uns geritten war, an der Hand und zog mich hinein ins Gehöft. Ich meinte, daß ich in die Stallungen kommen sollte. Durch eine mit Messing beschlagene Tür ging es aber in einen dämmrigen Raum, die feuchte Luft duftete nach Myrrhe und Orangenblüten, ein feiner Springbrunnen plätscherte.

Ich sollte Platz nehmen; da saß Monsieur Sahib mir gegenüber in einem niedrigen Lehnstuhl und führte genußvoll eine Wasserpfeife an die Lippen. Er hatte seine weißen Mäntel hinter sich drapiert, war darunter nackt und hatte die Schenkel gespreizt. Zwei Nubier rieben den kolossalen Leib des Patrons mit Tüchern ab, die mit Essenzen getränkt waren. »*Il faut rafraîchir*«, Zeit, sich zu erfrischen, sagte er und gab den Nubiern ein Zeichen, mich zu entkleiden. Ich schob die Jungen beiseite und ging hinaus. Goldy, Pat und Al warteten bereits beim Auto.

Erst im Hotel merkte Goldy, daß ihre Schenkel wund gerieben waren. »Das nächste Mal mußt du eine Reithose haben«, meinte ich. »Nein. Einmal genügt mir vollkommen.«

Es war nicht das erste Mal, daß ich zum Helden eines *Mythos* wurde. Am Ende des Buches *Es ist Krieg und wir gehen hin* wird erzählt: Kriegsverwundete aus Montenegro werden in unser Spital in Pančevo bei Belgrad gebracht. In Strophen, die dem Gesang ihres nationalen Dichterfürsten Njegoš nachgedichtet sind, besingen sie Taten jener heldenhaften Ärzte, die ihre verwundeten Krieger in der fernen Heimat aufopfernd gepflegt und mit ihrer ärztlichen Kunst dem Leben zurückgegeben haben. Die Gesänge des Heldenepos gingen weiter, als es sich herausgestellt hatte, daß die tüchtigen Schweizer Chirurgen im Spital für Wiederherstellungschirurgie keine anderen waren als die Protagonisten des Njegošschen Epos.

Einen anderen Mythos erfuhr ich, als ich 1952 begann, in Zürich als Therapeut psychoanalytisch zu arbeiten. Während einiger Jahre erzählten Analysanden, im Zuge der freien Assoziation: Der Doktor, von dem sie behandelt werden, sei gar kein Arzt, kein Psychoanalytiker und auch kein Schweizer. Parin sei in Wirklichkeit Italiener, in der Resistenza habe er Untaten, auch Morde, verübt, habe aus Italien fliehen müssen, sei auf der Flucht verwundet worden (der Beweis ist, daß er hinkt!), in die Schweiz geflohen, habe sich hier ein Arztdiplom und Ausweise über seine Ausbildung gekauft und genieße jetzt die Früchte seiner betrügerisch erworbenen Identität.

Nach einigen Jahren gab es keine neue Version des Mythos mehr. Das Vertrauen der Patienten wurde merkwürdigerweise nie erschüttert, ihre Therapien verliefen ungestört, obwohl sie der mythischen

Erzählung Glauben schenkten. Mehr als zwanzig Jahre später erfuhr ich während einer Analyse – auf dem gleichen Weg des freien Assoziierens –, wer den Mythos zuerst erfunden hatte: ein Psychiater, der mich seit meinen Studienjahren in der Schweiz gut gekannt hat. Mit dem selbsterfundenen Mythos hat er seinem Neid auf den erfolgreichen Kollegen und seinem Abscheu vor der gottlosen Psychoanalyse des Sigmund Freud Ausdruck gegeben. Dieser Analysand hatte kein Wort der mythischen Erzählung geglaubt. Der Mythos war für ihn lediglich die Form, in die der Psychiater eine üble Nachrede kleiden konnte.

Gerade als Goldy und ich daran gingen, unsere Vergangenheit nach weiteren Mythen abzusuchen, spielte ein neuer charismatischer Führer eine unheilvolle und unheimliche Rolle in der Politik: der serbische Diktator Slobodan Milošević.

Jeder der viel zu vielen Diktatoren und Machtmenschen unserer Zeit, von Francisco Franco und Benito Mussolini über Stalin bis zu Augusto Pinochet, war wieder ganz anders, einmalig, und doch blieb ihr Mythos lange Zeit, oft über ihren Sturz oder Tod hinaus, unangetastet, für ihre gläubigen Anhänger genauso wie für Dissidenten und Kritiker. Es kommt nicht auf das Talent, auf die dämonische Persönlichkeit des mythischen Helden an. Das darf ich aus den eigenen Erfahrungen schließen. Ein Mythos ist immer eine kollektive Bildung, es sind *collectively shared phantasies*, die aus einem Mann einen Helden oder Erlöser machen.

Auch im »satanischen« Helden Parin gibt es rationale Kerne. Tatsächlich bin ich Bürger eines Dorfes im italienischsprachigen Teil der Schweiz, im Tessin, in dem nicht ich, sondern mein Vater sich 1899 »eingekauft« hat. Ich hatte Sympathien für den bewaffneten Widerstand gegen Mussolini und seine nationalsozialistischen Nachfolger, meinem Schweizerdeutsch merkt man es noch heute an, daß ich es als Fremdsprache spreche.

Eines darf nicht geschehen, damit der Mythos nicht untergeht oder zerbricht: Monsieur Paul ist sicher in seiner Geschichte aufgehoben, solange man auf ihn wartet und er nicht wiederkommt. Die armen montenegrinischen, vom Krieg erschöpften, an Wunden leidenden Kämpferinnen und Kämpfer benötigten nicht einfach tüchtige Ärzte, allein ein mythischer Retter wäre geeignet, sie zu heilen. Der Neid des Zürcher Kollegen wäre ganz hilflos, könnte er seine Kränkung nicht wenigstens zur üblen Nachrede verarbeiten. Wenn allerdings ein Diktator seinem Volk als Held zum Retter wird, muß er dafür sorgen, daß Feinde da sind, vor denen das Volk gerettet werden muß. Wenn ein Diktator keine Feinde mehr hat, zerfällt sein Mythos. Seit jeher haben es die Mächtigen verstanden, sich Feinde zu machen; wenn Propaganda nicht genügt, kann man Gegner provozieren, bis sie selbst mit daran arbeiten, das Feld für den Mythos zu bestellen.

Mit dem Traum von Ségou ist unser Zwischenstromland wieder aufgetaucht; nach der Erinnerung an den ersten Halt am Ufer des Niger war unser Afrika wieder da. Das Lebendigste, das wir aus Afrika mitgebracht haben, war Tabou, der schöne Dianaaffe aus dem Regenwald; mehr als zwanzig Jahre lang hat er Afrika zu einem Teil unseres Lebens in Europa gemacht. Darum will ich die Geschichte der

Affenliebe

von A bis Z erzählen.

Wie jede Erzählung hat auch die über Tabou eine Vorgeschichte oder gar mehrere. Es gibt eine wunderschöne Photographie von Goldy aus Guiglo. (Dort machten wir einige Tage halt, um den schwierigsten Teil unserer Reise über die verfallene Urwaldstraße nach Tabou vorzubereiten.)

Goldy hat einen jungen Schimpansen, nicht größer als ein einjähriges Menschenkind, auf dem Arm. Der kleine Affe schmiegt sich an ihre Brust und hat seine rechte Hand an ihren Hals gelegt. Goldy stützt sein Köpfchen, das er aufrecht hält, mit der Rechten. Der Kleine blickt ihr nicht ins Gesicht. Er hat die Augen halb geschlossen, als ob er einschlafen wollte. Sie schaut aufmerksam auf das Affenkind hinunter.

Ein Mädchen mit dem jungen Schimpansen auf dem Arm war neugierig zu den Weißen gekommen. Kaum stand sie Goldy gegenüber, sprang der Affe aus dem Arm seiner Pflegerin hinüber zu Goldy, sie fing ihn auf, das Kindchen schmiegte sich an sie. Es kostete viel Geduld, das Affenkind an seine Beschützerin zurückzugeben. Als das schwarze Mädchen den Affen wieder hatte und lachend fortging, ließ der Kleine ein leises Knurren hören. Gerne wäre er bei der duftenden Weißen geblieben.

Als wir den Markt von Guiglo gerade verlassen wollten, lief uns ein kleiner Junge nach, der ein niedliches, kleines Dianaäffchen hinter sich herzog. Er hatte dem Affenkind eine Schnur um den Leib geknotet, hob es daran hoch, das Äffchen sträubte sich und quietschte. Der Junge wollte es verkaufen; es war klar, daß die allzu junge Meerkatze bei dem unverständigen Buben nicht mehr lange zu leben hätte. Bei uns siegte die Vernunft: Es hat keinen Sinn, die schwierige Reise, die uns bevorsteht, mit dem Affenbaby zu komplizieren. Wir überließen das Äffchen seinem Quälgeist, der es brutal an der Hanfschnur hochhob.

Erst viel später wurde uns eine weitere »Vorgeschichte« bewußt. In der Stadt Tabou hatten wir darauf verzichtet, den reizenden Jungen Totò zu adoptieren. So gerne wäre er mit uns nach Europa gekommen. Wieder siegte die Vernunft. Schweren Herzens überließen wir ihn seinem afrikanischen Schicksal.

Während der Tage in Tabou ging jeder von uns seiner Wege. Ruth spielte am Strand mit Kindern, Fréderic wanderte dem Ufer der Lagune entlang. Als er zurückkam, hielt Ruth ein junges Dianaäffchen in den Armen; es war ein wenig älter als das von uns verlassene in Guiglo, aber doch noch sehr klein. »Den habe ich gekauft. Ein Bub hat ihn gehabt. Er bleibt bei uns, und wir nehmen ihn mit. Ich habe ihn Tabou getauft.«

Wir mußten den Affen mitnehmen. Jäger vom Kru-Volk hatten seine Mutter mit einem Schrotschuß erlegt und wahrscheinlich verspeist. Am Kleinen war zu wenig Fleisch, sie gaben ihn dem Buben als Spielzeug. An der linken Hand fehlte ein Finger, den ein Schrotkorn abgerissen hatte.

Der kleine Affe schmiegte sich Tag und Nacht an Ruth. Er wollte keine Kondensmilch trinken, aß aber kleine Stückchen Banane und lernte aus metallenen Flaschendeckeln trinken, die er mit beiden Händen an den Mund führte. Man mußte das kleine Gefäß tropfenweise mit Fanta-Limonade nachfüllen.

Die Reise zurück nach Guiglo ging unerwartet gut. Dort war das erste, was wir trafen, der Bub mit dem Äffchen an der Schnur. Jetzt sagte uns die Vernunft: Wenn wir die verwaisten Äffchen retten wollen, müssen wir beide mitnehmen. Wir nannten das kleine Fräulein Thai, nach dem Dorf auf halbem Weg nach Tabou.

Dianameerkatzen sind sehr schön. Das Gesicht ist schwarz, die Augen goldgelb, an der Stirn ein weißer Querstreif; das Fell an der Kehle ist schneeweiß, auf dem Kopf dunkelgrün-grau gesprenkelt, geht auf dem Rücken in dunkles Mahagoni über und ist auf der Innenseite der Schenkel fuchsrot; der lange dünne Schwanz ist glänzend schwarz behaart. Der Charme dieser schönsten Meerkatzen geht vor allem von den Bewegungen aus; sie sind nicht einfach »menschlich«, sondern stark im Ausdruck, wie nur je bei einem Schauspieler. Wenn ein Dianaaffe unschlüssig ist, greift er sich mit einer Hand an den Hinterkopf. Sobald Ruth etwas aß, faßte Tabou behutsam ihre Lippen, lehnte sich ein wenig zurück (Meerkatzen sind weitsichtig) und blickte aufmerksam in ihren Mund; so lernte er, was eßbar ist und was nicht.

Im Regenwald, in dem die Dianaaffen zu Hause sind, ist es immer schwül, bei Tag und Nacht beinahe gleich heiß. Die Sonne scheint milde wie durch eine Mattscheibe von Nebelschwaden. Auch in der trockenen Jahreszeit gibt es oft heftige Gewitterstürme und Regengüsse. In der Nacht ist es nie still, der an- und abschwellende Chor der

Zikaden wiegt Mensch und Tier in den Schlaf. Der Weg nach Dakar wird uns durch die trockene Savanne führen. Heiß strahlt die Sonne vom ewig blauen Himmel, die Luft zittert in der Hitze. Die Nacht ist still, doch wer lauscht, hört das leise Knacken der Beißwerkzeuge von Millionen Termiten, die jedes Holz zu säuerlichem Staub zermahlen.

Den Tierchen aus dem Regenwald konnten wir die Fahrt durch die Mittagshitze der Savanne nicht zumuten. Wir änderten unsere Reisegewohnheiten, fuhren nur in den Morgen- und Abendstunden und stellten zu Mittag ein Zelt auf, Boden und Wände mit feuchten Tüchern bedeckt. Die Affen spielten oder schliefen und tranken immer wieder ihr Fanta. Tabou blieb bei Ruth, Thai bei Goldy, doch wollte sie nachts bei mir schlafen, weil es auf meiner Brust Haare gab, an denen sie sich anklammern konnte. An jedem Morgen versuchte sie, an meinen Brustwarzen zu saugen; da keine Milch kam, biß sie mit scharfen Zähnchen zu.

Am nächsten Nachmittag wurde mir klar, wie sehr ich mich unter dem Einfluß unserer Reisegefährten verändert hatte. Wir hatten an der Hotelbar in einer kleinen Stadt halt gemacht und nahmen die Äffchen mit auf die Terrasse, wo Beamte der Kolonialverwaltung sich den Apéro genehmigten. Es waren junge Lümmel, die sich frech und ungezogen benahmen, um herauszustreichen, daß sie die Herrn im Land sind. Natürlich machten sie Witze über uns und unsere Affen. Als ich beim Weggehen an ihrem Tisch vorbeikam, rief mir einer provozierend nach: »Ce singe-là, c'est un simple pleureur«, dieser Affe ist einfach ein Brüllaffe (so heißen die plumpen grünen Meerkatzen, die es in der Steppe gibt). Mich überkam eine Welle von Zorn, ich sah dem Schreier scharf ins Gesicht und sagte schneidend: »Espèce d'ignorant, c'est un Cercopithèque Diane«, Dummkopf, das ist ein Cercopithecus Diana; so der zoologische Name unserer Kindchen. Immer noch wütend, ging ich zu dem Wagen und mußte erst lachen, als die anderen herausplatzten.

Wir hörten auf, am Abend die Protokolle der Interviews zu diskutieren. Die Reise wurde zu einem Familienausflug. Fréderic meinte, daß Tabou gelernt hätte, auf die zarte Thai Rücksicht zu nehmen, denn sie wagte es jetzt, mit ihm herumzutollen. Als ich mit Goldy vom Markt in Guéckédou zum Zelt zurückkam, verschwand Goldy nochmals; ich trank bei Ruth kühlen Tee. Aus einem Plastiksack kramte sie gestrickte Babykleider, Hemdchen und Mützchen. »Die sind für ein Menschenbaby zu klein geraten. Wenn unsere Thai weiter so wächst, hat sie Kleider, die sie warm halten, wenn wir nach Dakar ans Meer kommen.« Ich staunte über Goldys Freude an den Kleidchen: »Du hättest dir doch ein Kindchen gewünscht.« Sie protestierte: »Nein, das ist nur vernünftig, usw.«. Diesen Streit haben wir später noch oft wiederholt.

Am siebten Tag lag das heiße Bergland von Guinea, die Fouta djalon, hinter uns, über die breite interkoloniale Straße fuhren wir auf die Grenze des Senegal zu. Da stand im einsamen, trockenen Buschwald ein Weißer in elegantem Khaki auf dem Weg und machte uns Zeichen anzuhalten. Es war Monsieur Hroubal, ein tschechischer Emigrant, den wir vor drei Jahren am Sassandrafluß getroffen hatten. Damals lebte er davon, nachts Krokodile vom Boot aus zu schießen und die Häute zu verkaufen. Hroubal war kein Abenteurer mehr. Er hatte nahe beim neuen Nationalpark ein Hotel gebaut. Zweifellos würden Gäste bei ihm einkehren, sobald sich im Schutzgebiet wieder Antilopen, Büffel und vielleicht Elephanten vermehrt hätten. Jetzt standen die Zimmer, afrikanische Rundhütten mit europäischem Komfort, leer. Monsieur Hroubal lud uns ein, einige Tage zu bleiben. Zum Dinner gab es als Vorspeise einen köstlichen Fisch mit rosa Sauce à l'Armoricaine. Erst nach dem Essen erfuhren wir, daß wir Fleisch vom Schwanz eines jungen Krokodils gegessen hatten.

Es war ein unerwartetes und friedliches Intermezzo. Nach dem Frühstück fuhren wir zu einem klaren Bergfluß. Die Affen spielten, Tabou erkannte sein Spiegelbild im Wasser und blickte auf den schönen Affen dort unten. Das Unglück geschah am Nachmittag.

Während der heißen Zeit legten wir uns in unserer Rundhütte auf das Bett. Thai spielte lustig im Zimmer herum. Plötzlich stieß sie einen spitzen Schrei aus. Sie hockte in einer Ecke, drückte beide Händchen auf die Brust und starrte auf eine häßliche schwarze Spinne, die eilig davonkroch. Die Stelle des Bisses schwoll sogleich an, schon nach einer Minute wurden Arme und Beine von Krämpfen geschüttelt. Eilig holte ich das Medikament heraus, das man gegen Kokainvergiftung gibt. Ich weiß nicht, ob ich zuwenig oder zuviel der krampflösenden Droge injiziert habe. Nach einer qualvollen Viertelstunde war unsere Thai steif und tot.

Goldy hielt die Hände vors Gesicht und weinte. »Ich will fort von hier«, sagte sie, ich lief weinend zum Bungalow von Fréderic und Ruth hinüber. »Unser Aeffli ist tot, eine giftige Spinne hat sie gebissen, Goldy ist verzweifelt und will fort vom Unglücksort.« »Gut, gut, fahrt gleich weiter, wir kommen mit Tabou nach. Wir treffen uns in Kaolack oder in Dakar.« Monsieur Hroubal erschien: »Il faut enterrer la petite Thai«, man solle die Kleine begraben. Er half uns die Sachen einzupakken und trug den steifen, kleinen Körper in seine Hütte. Auch Ruth hatte zu weinen begonnen. Ich versuchte, uns zu trösten: »Unsere Thai muß in Afrika bleiben. Die Spinne hat sie nicht fortgelassen.« »Es war Hybris«, sagte Goldy »wir hätten sie immer an der Brust halten sollen, wie es die Affenmütter tun. Dafür hat uns die böse Spinne bestraft.«

Über afrikanischen Straßen bleibt abends der Staub in dicken, stinkenden Schwaden in der Luft stehen, noch bevor es ganz dunkel ist. Als wir die Scheinwerfer andrehen mußten, waren die Löcher in der Straße überhaupt nicht mehr zu erkennen. Immer wieder sackte der Wagen metertief, dicker Staub bedeckte die Windschutzscheibe. Die mühsame Fahrt wirkte mit der Zeit beruhigend. Nur die Augen brannten vom Staub und den Tränen.

Noch vor Mitternacht hatten wir genug, mochten aber nicht im kalten, dornigen Busch bleiben, der säuerlich nach Termiten roch. Gerade, als ich sagen wollte, ich kann jetzt nicht mehr lange weiter, tauchten auf beiden Seiten Häuser auf: »Kaolack, es soll ein Rasthaus hier geben.« Die Hütten der Afrikaner lagen in tiefem Dunkel. Schon in der ersten Straße sahen wir Licht in einem stattlichen Haus. Ich hielt an. Auf der Terrasse erschien ein Weißer: »L'auberge est occupée; continuez donc«, das Wirtshaus ist besetzt, fahren Sie weiter, sagte er barsch. Der Mann stand als Silhouette vor dem Licht, das aus einer offenen Tür kam. Ich trat näher heran. »Partez des suite«, schrie er böse. Da erkannte ich die Stimme. Es war Monsieur Ménager, unser Freund aus der Sahara. Wir umarmten uns. »Natürlich bleibt ihr da.« Seine Reisegefährtin, eine blonde Holländerin, war im Spanischen Bürgerkrieg gewesen. »Was ist los, du weinst«, fragte sie Goldy. »Unser Kindchen, das kleine Äffchen Thai, ist tot. Eine giftige Spinne hat es gebissen.« Die Frau nickte nur, holte einen Plastikeimer mit warmem Wasser und wusch Goldy das Gesicht. Dann ging sie in die Küche, um etwas zu braten. Beim Essen lächelte Goldy wieder: »Afrika ist doch klein, zwei alte Freunde, zweitausend Kilometer vom Ort unserer ersten Begegnung.« Die Ménagers hatte einen neuen Wagen und brachen auf eine lange Reise nach Schwarzafrika auf, dahin, woher wir gekommen waren. »Vielleicht war das nicht unsere letzte Afrikareise«, sagte Goldy.

Schon am Vormittag sind Fréderic, Ruth und Tabou in Koalak aufgetaucht mit einer großen, orangeroten Blume aus dem Busch und einer Beileidskarte des Hoteliers.

Der Export von Wildtieren, besonders von Affen und gerade Affen dieser seltenen Meerkatzenart, war in der Kolonie verboten. Seit der »Communauté« hatten die Bürokraten ohnehin nichts Wichtigeres mehr zu tun. Also schlau sein, damit wir das Affenkind gut nach Zürich bringen.

In Dakar ist es Fréderic, der es liebt, mit Behörden zu verhandeln, gelungen, ein Gesundheitszeugnis des Amtstierarztes für Tabou zu beschaffen. »Die Meerkatze Cercopithecus Diana, männlich, ist gesund, überträgt keinerlei tropische Krankheit, wie Malaria, Gelbfieber, etc. etc.« Eine Ausfuhrbewilligung war das nicht.

Wir hatten Kabinen und Platz für die beiden Wagen in einem Bananier nach Marseille gebucht. Das waren bequeme Schiffe, die nicht mehr als zehn Passagiere mitnehmen durften. Sie mußten acht Tage für die Überfahrt brauchen (damit die Bananen in den Kühlräumen nachreifen); eine willkommene Erholungszeit beim Übergang ins gemäßigte, für uns jetzt viel zu kalte Klima.

Tabou lebte in der Kabine von Ruth und Fréderic. Wenn die Aufräumerin kam, nahm ihn Fréderic unter das Hemd und ging auf Deck spazieren. Er behauptete, Tabou brauche Bewegung und frische Luft. Doch war das Tierlein ja unter dem Hemd an seine Brust geklammert und nur er in Bewegung. Das gleiche nochmals am Nachmittag.

Wenn man Tabou allein ließ, wurde es ihm langweilig. Dann stieß er hohe Schreie aus. Glücklicherweise ist der Meerkatzenschrei dem der Möwen ähnlich. Niemand schöpfte Verdacht. Als wir schon weit von der Küste waren und über dem Schiff keine Möwe mehr kreiste, merkte es niemand. Auf Schiffen achtet man nicht allzusehr auf Naturerscheinungen draußen.

Als Fréderic einmal mit dem Äffchen an der Brust zur Kabine zurückstrebte, hielt ihn ein Matrose auf. Er hielt ihm eine Schale mit Früchten vors Gesicht: »Das ist für den Affen.« Fréderic erschrak: Ist unser Tabou verraten? Der Matrose aber nahm ihn mit in seine Koje. Dort hockte an einer Leine ein junger Schimpanse, den er heimlich exportieren wollte. Von Tabou hatte er keine Ahnung.

Da Fréderic und Ruth dem Äffchen Bananen und Gemüse brachten, spielte es damit, wie es alle Affen tun. Es geschah, daß Stücke eines Rübchens in die enghalsige Wasserkaraffe gerieten, die – wie in jedem französischen Hotel – neben dem Bett stand. Die Stewardeß fragte nicht eben freundlich, was sie tun sollte, das Gemüse war nicht aus der Flasche herauszukriegen: »Voyez, c'est que Madame est un peu souffrante à cause de la chaleur à l'interieur.« Sehen Sie, Madame ist ein wenig leidend wegen der Hitze im Innern Afrikas. Verständnisvoll ließ die Frau das Thema fallen. Es war ganz gut, daß es sich herumsprach, die Gattin des Arztes sei nicht ganz bei Verstand.

Dieses Gerücht bewährte sich, als es beinahe schiefgegangen wäre. Die übrigen Passagiere, Beamte der Kolonien mit ihren Damen, wollten uns jeden Nachmittag zum Apéritif einladen. Das war ein Ritual und Zeichen dafür, daß der ersehnte Urlaub bereits angefangen hat. Während wir jeden Abend Martini und Geplauder mitmachten, spazierte Fréderic mit schnellen Schritten, den Regenmantel über der Schulter, über das Deck. Da gelang es einem der Herren, ihn am Ärmel zu fassen und in die Runde zu ziehen, die den Apéritif zelebrierte. Er saß Ruth gegenüber. Madame, von der man wußte, daß sie von der Hitze etwas mitgenommen war, begann sonderbar zu gestikulieren. Alle schauten auf das sonderliche Gehabe der Dame. Fréderic nicht, er war über den Apéritif gebeugt. Schließlich sah er auf und verstand: Unten aus seinem Hemd hing ein langer, schwarzer Schwanz heraus, fast bis zum Boden. Blitzschnell zog Fréderic den Regenmantel darüber, niemand hatte es gemerkt, er mimte einen Hustenanfall und verschwand über die Stiege zum Unterdeck.

Bei der Landung in Marseille wußte der Kapitän bereits, Madame muß schnellstens zum Arzt. Mit Tabou unter dem Hemd verließ Ruth das Schiff als erste, während wir die Zollprozeduren und das Ausladen der Wagen über uns ergehen ließen.

In dem schönen Hotel in der Innenstadt bekam Tabou sein Nachtessen, Bananen, geschälte Orangen und Karotten, und schlief friedlich auf einer Vorhangstange sitzend ein. Als wir vom Nachtessen zurückkamen, war im schönen Hotelzimmer ein Chaos. Die Vorhänge waren heruntergerissen, und alle Tapeten – bekanntlich sind in Frankreich Hotelzimmer tapeziert – hingen in Streifen herunter. Damals wußten wir nicht, daß Meerkatzen hinter der Rinde von Bäumen, also auch hinter Tapeten, schmackhafte Insekten vermuten. Am Morgen verließen wir den Ort, bezahlten und fügten ein großes Trinkgeld hinzu. Dem Hotelier mußte das genug sein, das Zimmer wieder bewohnbar zu machen.

Die Einreise in die Schweiz machte uns wieder mehr Kopfzerbrechen. Schweizer Zöllner sind genauer als französische. Wir übernachteten in Lyon, um spätabends, wenn Tabou schlief, über einen kleinen Grenzübergang im Jura einzureisen. Der Affe schlief an Ruths Brust geschmiegt, die Prozedur mit den Papieren war rasch fertig. Doch entpuppte sich der Zöllner als Liebhaber afrikanischer Kunst. Ob er nicht etwas von den Statuetten und Masken, die wir sicherlich mitgebracht hätten, sehen dürfte. Fréderic konnte seinen Besitzerstolz nicht zügeln, er nahm ein Stück nach dem anderen heraus, die Bewunderung des Zöllners stachelte ihn an, weitere Kunstgegenstände auszupacken. Je länger die beiden Männer diskutierten, desto unruhiger wurde Tabou. Er krabbelte hinauf zum Hals von Ruth und ließ bereits einige Male den durchdringenden Möwenschrei hören. Fréderic erschrak, murmelte etwas von »größter Eile«, und Tabou war unkontrolliert und ohne Papiere Emigrant in der Schweiz.

Die Wohnung von Fréderic und Ruth in der Zürcher Altstadt bestand aus kleinen und niedrigen Zimmerchen, die um einen Lichthof angeordnet waren. Vom letzten Raum konnte man durch das Fenster ins Wohnzimmer sehen. Dort bekam der Affe sein eigenes Zimmer, reichlich versehen mit frischen Zweigen und gespannten Schnüren zum Klettern. Tabou wohnte bei Morgenthalers, er war ja ihr Affe. Goldy ging fast täglich zu Besuch in die Frankengasse. Im Affenzimmer war es im Winter wie im Sommer geheizt, nasse Tücher sorgten für Tropenklima, und Fréderic spielte morgens und abends lange mit dem afrikanischen Gast. Wenn aber Goldy kam, sprang er ihr auf die Schulter. Ihre Haare, die sie damals kurzgeschoren trug, eigneten sich am besten, dem kleinen Tabou das Gefühl zu geben, daß er sich am Pelz der Mutter festhielt. Von da an war Fréderic Spielgefährte und Ernährer, Goldy aber war die wichtigste Person, die Mutter. Wenn ihre Stimme drüben in der Wohnung zu hören war, tönte es im Affenzimmer laut und schnalzend: Komm zu mir!

Fast drei Jahre fügte sich Tabou in unser Leben, und wir vier fügten uns seinen Bedürfnissen. Da es im Winter natürlich keine Insekten gab, begnügte er sich – gern sogar – mit Crevetten, die er weitsichtig von sich hielt, sorgfältig von der Schale befreite und leise schmatzend verspeiste. Zur Banane und anderen Früchten kamen bald alle Gemüse der mittleren Breite hinzu – nur Lauch und Kohl mochte er nicht.

An heißen Sommertagen durfte Tabou ins Freie. Er ließ sich sehr ungern ein Gürtelchen um den Leib schnallen, die Leine brauchte er nicht, denn er saß fest auf Goldys Schulter und hielt sich mit beiden Händen an ihrem Haarfell fest. Unterwegs gab es beinahe Verkehrsunfälle. Die Fahrer der anderen Autos drehten sich nach hinten. Ein Affe sitzt einer Dame in einem Sportkabriolett auf der Schulter; nein, so was!

An einem einsamen Waldrand durfte Tabou losrasen. In eleganten Sätzen turnte er auf den Gipfel einer mächtigen Buche, ließ sich sogleich wieder von Ast zu Ast fallen, fing sich auf, wieder ging es hinauf bis zur Spitze. Drei- oder viermal, kraftvoll und behende, als ob er von den Baumriesen im Regenwald käme und nicht aus einer Kammer in der Zürcher Altstadt. Dann war er müde und vergnügte sich auf der Wiese. Die Grashüpfer, die es massenhaft gab, irritierten ihn. Jedesmal, wenn eine Heuschrecke aufhüpfte, griff er ins Leere. Offenbar gibt es im Regenwald keine hüpfenden Insekten. Auf allen vieren kroch ich mit dem Äffchen über die Wiese. Wenn sich eine Heuschrecke ein wenig bewegt, kann man sie leicht mit der Hand fangen, bevor sie losspringt. Tabou sah mir zu, nach einer halben Stunde hatte er gelernt, wie man es macht, fing jedes der Tierchen und verspeiste es mit der gleichen Eleganz wie die Crevetten.

Für unsere Freunde war Tabou kein Grund, uns sonderbar zu finden. Er paßte zu uns, und ein wenig Afrika war nicht unerwünscht. Erst im dritten Jahr seines Lebens zeichnete sich ein Problem ab. Tabou wurde unruhig, schrie und pfiff mehr als früher, zupfte immer wieder an seinem Geschlechtsteil – kurz, er war ein Mann geworden und brauchte eine Frau. Zwei Affen jedoch waren sogar für Fréderics Wohnung zuviel. Wir mußten uns trennen und eine Frau für Tabou finden. So leicht ging das nicht. Wir telephonierten, schrieben, besuchten zoologische Gärten in der Schweiz, in Österreich, Deutschland und Holland. Die Zoos jedoch hatten gerade damals fast alle den Ehrgeiz, eine Gruppe Menschenaffen zu erwerben. Im berühmten Zoo des Dr. Grzimek in Frankfurt hieß es: Ein Affe, der mit Menschen aufgewachsen ist, hat kaum Chancen, sich einzufügen; wenn es nicht gutgeht, müssen wir ihn abtun. Schockiert und beleidigt, unseren Tabou abtun!

Schließlich hatten wir nicht weniger als achtzehn zoologische Gärten besucht; gleich nach dem Eingang, wo der Flamingoteich ist, wußten wir bereits, ob es die Tiere hier gut haben. Bis wir schließlich – über Empfehlungen und Weiterempfehlungen – den »Zoo der zahmen Tiere« in Osnabrück entdeckten. Der Direktor, Herr Andreae, ließ sich von Fréderic überzeugen: Die Kleinaffen werden seinen kleinen Zoo berühmt machen.

Sobald der Käfig hergerichtet war, fuhren wir zu viert, Fréderic, Goldy, ich und der Affe, an einem schönen Sommertag bis Osnabrück. An den Raststätten durfte Tabou klettern und spielen. Sobald er merkte, daß wir fort wollten, raste er auf Goldy zu, setzte sich auf ihre Schulter und klammerte sich an ihren Haaren fest. Manchmal hatte er unterwegs blitzschnell eine Brille oder einen Kugelschreiber stibitzt, die Bestohlenen bemerkten es kaum und bekamen ihr Ding auch zurück. Das war Tabous Gewohnheit, sobald er das Glitzerzeug hatte, verlor er jedes Interesse daran und ließ es fallen.

Gegen abend wurde er müde; die Lichter der Autos, die entgegenkamen, irritierten ihn. Er hielt sich ein Papiertaschentuch vor die Augen, dann biß er mich sanft in den Unterarm. Hör auf, hieß das.

Ein großer Käfig im »Kleinaffenhaus« war eingerichtet. Statt sich nun zur Ruhe zu begeben, erkannte Tabou sein neues Territorium: Er stieß zwei- oder dreimal den Möwenschrei aus, satzte auf den höchsten Ast, sprang von dort gegen die blecherne Wand, stieß sich im Sprung gewendet mit den Hinterbeinen am Gitter ab, sprang weiter, den Käfig in höheren und wieder tieferen Luftspiralen ausmessend, donnerte mit beiden Fußsohlen gegen die stählernen Wände und zog sieghaft dröhnend seine Kreise, bis es in allen Käfigen des Hauses unruhig und laut wurde, Familien von Kleinaffen zu einer lauten Revolte erstarkten, die erst nach einer lange dauernden, wellenförmig an- und abschwellenden Lärmapokalypse zur Ruhe kam, während unser Tabou noch genüßlich ein Osnabrücker Menü aus Bananen und anderen

Früchten verspeiste, um schließlich auf dem höchsten Ast im Käfig – dem Lieblingssitz, den er beibehalten sollte – zur Ruhe kam.

Auf die uns schmerzlich bewußte Tatsache, daß der Käfig ein Gefängnis war, reagierten seine Affeninstinkte erst Jahre später, als er bereits den neuen Käfig bewohnte, den größten, den ein Kleinaffenrudel je bewohnt hat: Heranwachsende Söhne ärgerten ihn derart, daß sie entfernt werden mußten, während doch bekannt ist, daß Dianaaffen in den weitausladenden Baumkronen im Regenwald Westafrikas in mehreren monogamen Familien mit mehreren erwachsenen Männchen friedlich zusammenleben. Hüten wir uns, die sich wiederholenden Territorial- und Eroberungskriege, die unsere Spezies auszeichnen – die unsere menschliche Welt zu einer immer wieder gleich unmenschlich grausamen verunstalten –, von einem Territorialinstinkt abzuleiten. Erst feste Besiedlung und Kreuz-Vettern-Basen-Heirat bringen uns in jene Lage, die dem Cercopithecus seinen Käfig, seinen begrenzten Lebensbereich aufzwingt.

Es galt, die Gattin für Tabou zu finden. Ein ausgedehntes Netz von Tauschbeziehungen verbindet die Zoodirektoren; bereits für den kleinen Osnabrücker Zoo reichte es um den Erdball bis Wladiwostok und Sydney. Mit dem Austausch kostspieliger Telexbotschaften – es gab noch längst kein Fax – wurde schließlich jene Dianajungfrau gefunden und eingeflogen, die genau zu unserem Liebling zu passen schien: Zeichnung und Eleganz der Bewegungen entzückten uns. Doch das grazile Mädchen wirkte auf Tabou keineswegs anziehend. Eines Nachts biß er ihr ein Endchen des glänzendschwarzen Schwanzes ab. Wieder mußte man telegraphieren, die Kleine in den Londoner Zoo zurückbefördern, bis sich schließlich die Affendame fand, die wir die Belgierin nannten, obwohl ihre Heimat Sierra Leone war, jene etwas robustere Gattin, mit der unser Tabou in mehr als zwanzig Jahren dreizehn Söhne und Töchter gezeugt hat, ihr von Anbeginn erotisch und zärtlich zugewandt.

Unser erster Besuch in Osnabrück brachte ihn – und uns – in große Verlegenheit. Er hatte sich an das blonde, kurzhaarige Mädchen, das ihn im Zoo fütterte und pflegte, innig angeschlossen; das Auftauchen von Goldy, seiner ersten großen Liebe, bedeutete einen fast unlösbaren Konflikt zwischen zwei gleichwertigen Prägungen. Er entschied sich nach kurzem verzweifeltem Hin und Her, biß dann die Wärterin kräftig in den Arm und wollte bei Goldy bleiben. Die Trennung war schmerzlich. Doch konnte er seine Blonde wieder akzeptieren, der Verzicht lag auf seiten der menschlichen Partnerin. Während vieler Besuche in den kommenden Jahren bewunderte ihn Goldy nur aus der Ferne. Erst nach fünf oder sechs Jahren näherte sie sich dem Käfiggitter wieder. Tabou sah ihr mit seinen weitsichtigen Augen lange ernsthaft ins Gesicht, griff sich wie ein grübelnder Philosoph an den Hinterkopf, turnte dann aber betont langsam an die Besucherin heran und ließ sich lange genußvoll das Fell kraulen, »groomen«, wie es die Zoologen nennen, eine Wiederherstellung der Mutterbindung, die – wiederum anders als bei homo sapiens – das Liebesleben mit der auserwählten Gattin in keiner Weise stört oder beeinflußt.

Die Affenliebe griff um sich. Fréderic spendete dem wegen seiner unakademischen Qualifikation immer etwas gedrückten, städtischen Zoobeamten tausend Mark für eine erste Afrikareise. Der Direktor jenes zoologischen Gartens, in dem ein Dianaaffe, der laut Brehm nie über vierzehn Jahre alt wird, nahezu fünfundzwanzig erreichte, der sich angeblich nie in Gefangenschaft vermehrt, dreizehn einzelne Kindchen gezeugt hat (er spielte gerne mit ihnen, sie durften an seinem langen Schwanz geklammert schaukeln), jener gedrückte und von Honoratioren beargwöhnte Kleinstadtangestellte wurde zu einem weltweit begehrten Führer auf »ökologischen« Safaris, seine Vorträge, Lichtbilder und begeisterte Plädoyers für die Erhaltung bedrohter Tiere sind aus dem modernen Diskurs nicht wegzudenken. (Die Gesellschaft für die Erhaltung bedrohter Völker, die sich von Göttingen ausgehend auf viele Völker erstreckt und die bewirken möchte, daß Sinti und Roma, Albaner, Tutsi, Nupe und andere Indios »erhalten« werden, ist bei weitem weniger erfolgreich.)

Da die Psychoanalysekollegen und -Kolleginnen in Hamburg von unserer Affenliebe erfuhren, wurden wir, ohnehin wiederholt bis Osnabrück reisend, an das Hamburger Psychoanalytische Institut eingeladen. Ein wissenschaftlicher Austausch, Besuche und Gegenbesuche, setzte ein, die im Hitlerreich in Deutschland ausgerottete Freudsche Psychoanalyse erfuhr kräftige Impulse, bis schließlich – viele Jahre später – nicht etwa der Zeitgeist, sondern Privatisierung und neoliberale Sparsamkeit das Hamburger Institut zum Verschwinden brachten. Tragisch ist das nicht. Tragisch war jedoch das Ende von Tabou, seiner Familie und seines zoologischen Protektors.

Im neuen, prachtvollen Affenhaus hatten sich die Dianaaffen an das nordische Klima angepaßt, sie konnten im Schnee spielen und durch eine sinnvolle Plastiktürschleuse in die stromgespeiste Wärme zurück, bis eines Nachts die Ratten (ganz gewöhnliche deutsche oder hanseatische Tiere) an Kabeln nagend einen Kurzschluß erzeugten, was den städtischen Affenpalast in Brand setzte und alle, alle schönen Tiere im Rauch erstickten. Das Unglück hat Herr Andreae nicht lange überlebt. Bald nach dem Brand zeigten sich bei ihm Symptome eines bösartigen Nierentumors, an dem er trotz aller ärztlichen Kunst nach zwei Monaten starb.

In unserem Schicksal hat sich die Affenliebe keineswegs tragisch bemerkbar gemacht. Vielleicht wäre die Entwicklung und Verbreitung der neuen Methode der Humanwissenschaften, der Ethnopsychoanalyse, die heute Professoren, Studenten, Forscher und Forscherinnen in vielen Ländern und Universitäten beschäftigt und belebt, nie zustande gekommen, wenn unsere doch ganz anders als aus Liebe zu den Menschen entstandene Affenliebe uns Autoren nicht erst einmal in der Fachwelt als liebenswürdige Narren hätte erscheinen lassen.

Wer Meerkatzen, Cercopitheci, also nicht nur Diana, sondern auch andere, wie zum Beispiel Blaumaulmeerkatzen, kennt, weiß, daß sie eine unergründliche, unerbittliche Abneigung, ja einen Haß auf Pferde haben. Auf der Fahrt von Zürich nach Osnabrück sieht man bekanntlich kaum Pferde. Wenn jedoch irgendwo fern auf den wohlbestellten Feldern Deutschlands ein Ackergaul auszumachen war, wurde Tabou erregt, drohte, wütete und schrie; er wäre blaß vor Wut geworden, wenn sein Gesicht nicht mit glänzendschwarzer Haut bedeckt wäre. Im Zoo der zahmen Tiere gab es natürlich eine kleine Karawane Ponys, auf denen die Kinder reiten durften. Wenn sie am Affenhaus vorbeikamen, gerieten alle Meerkatzen in Wut, drohten und schrien. Noch lange nachdem das letzte Pony in den Büschen verschwunden war, kletterten sie auf die höchste Wölbung des Gitters über dem Käfig, um einen Blick auf die ekleu Tiere zu erhaschen und ihnen ihre Wut laut schimpfend und drohend nachzuschicken.

Diese Abneigung ist nicht gegenseitig. Die Pferde kümmerten sich nicht um Affen. Die Kinder aber fanden es drollig und wollten die schönen Affen von nahem sehen. Eine deutsche Mutter konnte der Wißbegier ihres Sprößlings Genüge tun. »Mutti, was sind das für süße Affen?« »Das siehst du doch«, sagte sie, »du hast ja lesen gelernt, das sind Morgenthalerlis.« Am Käfig war ein Täfelchen angebracht, auf dem zu lesen stand: »Geschenk von Dr. med. Fritz Morgenthaler, Zürich.«

Wir wissen nicht, warum Meerkatzen Pferde hassen. Dort im westafrikanischen Regenwald gibt es keine Pferde; sie würden das Klima nicht ertragen. Es gibt auch keine anderen pferdeähnlichen Tiere, etwa Antilopen. Das einzige größere Tier, das den Meerkatzen gefährlich werden könnte, ist der afrikanische Leopard, der für die visuell so begabten Affen keinerlei Ähnlichkeit mit einem Pferd oder Pony hat. Hingegen läßt sich die genuine Abneigung des Cercopithecus gegen Pferde jederzeit und überall experimentell nachweisen. Meerkatzen also haben keine biologisch oder sonstwie erklärbaren Gründe für ihren Haß, der sie derart beseelt, daß sie keine Mühe scheuen, das Objekt ihrer Abneigung zu erblicken, sei es auch nur von ferne.

Hingegen sind viele Menschen, vorab dieser Autor, genauso wie Meerkatzen; metaphorisch gleichnishaft gesprochen. Zeitlebens versuchen wir, von woher auch immer, aus der Vergangenheit und Gegenwart jene unsere Abscheu erregenden Phänomene zur Ansicht zu bringen: den Mord an Indios im Amazonaswald, die Vernichtung der Juden in Europa, Ausbeutung und Erniedrigung, das Verhungern von Männern, Frauen und Kindern, Tötung und Schändung, Mißbrauch und Ausrottung allüberall. Wir schreiben Pamphlete und Bücher, reden am Fernsehen und skandieren bei Demonstrationen, protestieren in Parlamenten, möchten Kerker sprengen und die Quälgeister und ihre Instrumente, Börsen, Kanonen und Maschinengewehre, bannen und vernichten. Ob wir Gründe dazu haben? Wir liefern sie aus dem Vorrat unserer Philosophien und Künste. Den Objekten unserer Tiraden sind wir gleichgültig, sie reagieren kaum mehr als die Osnabrücker Ponys auf die blöden kleinen Meerkatzen in ihrem Käfig. Wir selber aber haben immerhin einen Anlaß, den Meerkatzen nicht haben. Das was uns empört, ist unseresgleichen, während Pferde keinerlei Ähnlichkeit mit Kleinaffen aufweisen.

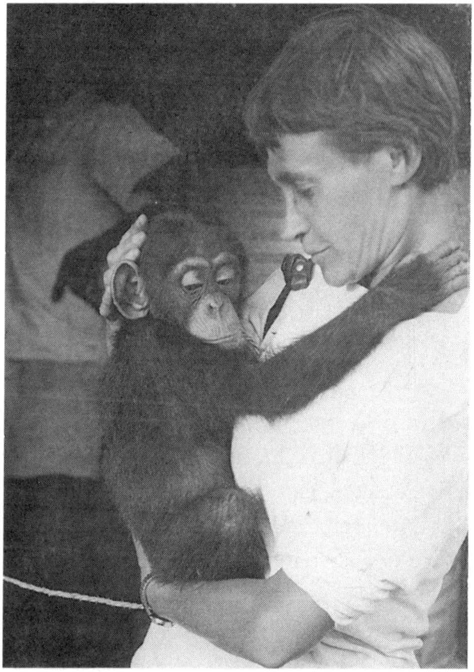

Fünfzig Jahre Widerspruch

Fragmente

»... seit den Anfängen der Literatur (sei) der
wesentliche Antrieb zum Schreiben Widerspruch.«
Jurek Becker, Drei Vorlesungen[1]

1

»Warum schreibst du immer über die Zeit vor 1945? Wir möchten lesen, wie ihr es angestellt habt, mehr als ein halbes Jahrhundert an eurer Utopie festzuhalten, eure Kritik nicht aufzugeben, Widerstand zu leisten, nicht enttäuscht und nicht resigniert.«

»Das haben wir doch bereits geschrieben: über Psychoanalyse, über Afrika, über Ethnopsychoanalyse in Afrika und in unserer Kultur, wissenschaftlich und literarisch.«

»Das kennen wir. Wir wollen, daß du erzählst, wie ihr euer Leben seit dem Ende des Krieges gestaltet habt.«

Auch Goldy hat gemeint, ich soll schreiben, was wir getan und was wir unterlassen haben. Vielleicht wird es uns klarer werden, wann wir uns angepaßt haben und wogegen wir kämpften. Welches waren unsere Ideale, wer unsere Vorbilder, welches unsere Symbole? Es gibt sie noch, überlebende »Linke«, nicht Renegaten und Nicht-mehr-Enthusiasten.

2

Im Herbst 1946 kamen wir aus Titos Jugoslawien in die Schweiz zurück. Der antifaschistische Befreiungskrieg war zu einer Staatsbürokratie verkommen. Die Geheimpolizei hieß in Jugoslawien OZNA, in der Sowjetunion NKWD.

»Der Faschismus ist tot, die Antifaschisten sind am Ziel.«

Aus Paris kamen Zeitschriften mit Texten französischer Intellektueller, die man Nouveaux Philosophes genannt hätte, hätte es diese Bezeichnung damals gegeben. Die Titel der Zeitschriften waren griechisch, sie hießen *Ulysse*, *Icare*, usw. Ich weiß nicht mehr, wie das Heft hieß, in dem unsere Lage, in dem eleganten Stil, in dem man damals noch schreiben durfte, auf den Begriff gebracht war. Der Autor Roger Caillois galt damals als Freund von Jean-Paul Sartre. Auf der ersten Seite sein Essays »Etres du crépuscule«, »Wesen der Dämmerung« – gemeint war: die Abenddämmerung, nach Sonnenuntergang. Diese Wesen waren wir.

»Es gibt sie noch, die braven und kühnen Antifaschisten, die ihre Jugend dem Ideal von Menschlichkeit und Recht geopfert haben. Sie haben in Spanien gekämpft, dann in den Armeen, hinter den Fronten als Partisanen und im Widerstand. Es sind nur noch wenige übrig, die meisten sind gefallen oder verkommen, in Lagern zu Tode gefoltert, in Niederlagen aufgerieben. Der Feind ist besiegt. Sieger sind die Armeen der Alliierten und die Armee der Sowjetunion, die nach ungeheuren Verlusten aus dem ›Großen vaterländischen Krieg‹ überlebt haben.«

»Die Sieger sind es, welche die Früchte des Sieges ernten«, schrieb Caillois, »ihre Bürokraten und Militärs werden das übernehmen, wofür so viele Genossinnen und Genossen ihr Leben hingegeben haben. Euch benötigt man nicht.

Die Kohorten der Sieger werden die befreite Welt ordnen und verwalten, wie es ihnen paßt. Ihr, Wesen der Dämmerung, mit euren Träumen von einer besseren Welt, könnt abtreten, ihr seid überflüssig wie verbrauchtes Kriegsmaterial, Schrott der Geschichte.«

Der Kalte Krieg hatte angefangen. Im Sommer 1946 schrieb ich aus Zürich an Goldy in Prijedor: »Die Italiener sind aus der *resistenza* heimgekehrt und haben nicht genug zu essen. Sie würden lieber amerikanischen Weizen bekommen, auf Kredit natürlich, doch müssen sie statt dessen unbrauchbare amerikanische Kanonen kaufen – und bezahlen. Damit sollen sie den Westen gegen die Kommunisten verteidigen.«

Caillois, der scharfzüngige Autor, hatte geschrieben, was wir fühlten. Doch hat uns das Urteil der Geschichte nicht gelähmt.

3

Ich sollte erzählen, wie wir unser Leben gestaltet haben. Weiter oben schildere ich, wie ich den ungewollten Stillstand – *writers block* – mit Schlauheit und gegen die lähmende Müdigkeit des Alters umgangen habe. (Warum heißt es »weiter oben«, »weiter unten«? Ein Buch wird mit einem Turm oder einer Pyramide verglichen, absurderweise fängt es oben an und schreitet nach unten fort.)

Um unsere beiden Lebensgeschichten zu erzählen, müßten wir die Erinnerungen mit jenen Gefühlen und Emotionen darstellen, die wir damals hatten. Während ich es versuche, hat sich herausgestellt, daß unser Leben keine erzählbare Geschichte ergibt. Die Hauptdarsteller waren da; ich kann sie nicht neu erfinden. Wir waren Protagonisten, die manches versucht und vieles unterlassen, deren Taten nichts bewirkt haben. Unsere Lebensgeschichte ist also als Stoff für eine Erzählung ungeeignet.

Vielleicht meine ich das nur, weil ich fürchte, daß der Schmerz der Trennung mich wieder lähmt, wenn ich versuchte, unser Leben wie eine Geschichte zu erzählen.

Wir haben fachlich, wissenschaftlich, essayistisch und erzählend geschrieben. Doch ergibt sich daraus keine Ästhetik des Widerstands. Statt einfach zu erzählen, will ich Materialien zusammentragen. Es sind keine Bausteine aus festem Material, sondern Deutungen und

Projektionen, die sich verändern, je nachdem, von wem und wann sie gelesen werden. Die Erzählung *Bartleby*[2] hat mir erlaubt zu verstehen, wie wir aus vielen Abenteuern unbeschädigt, wenn auch nicht unberührt herausgefunden haben.

Bartleby heißt eine Erzählung von Herman Melville, dem Autor des Romans *Moby Dick*, die er um die Mitte des 19. Jahrhunderts verfaßt hat, die jedoch erst 1968 in einer Sammlung seiner Erzählungen gedruckt worden ist.

Bartleby ist Kopist oder Abschreiber, ein Beruf, den man damals auch *scrivener* nannte. Er schreibt Dokumente ab, die sein Arbeitgeber, ein ältlicher Kanzleirichter in seinem Büro in der Wallstreet, New York, verfaßt und in vielfacher Ausfertigung weitergeben muß. Da sich die Aufträge erfreulich vermehrt hatten, war es nötig geworden, zu den drei Kopisten, die er beschäftigte, einen vierten anzustellen.

Dieser, ein sorgfältig gekleideter, schmaler junger Mann, machte sich sogleich an die Arbeit, schrieb rasch und unermüdlich in schöner, sauberer Handschrift von früh bis spät. Auffallend war sein stilles, immer höfliches Betragen, die Blässe des ernsten Gesichts und vielleicht der Umstand, daß er sich weder mit seinem Chef noch mit den Kollegen in ein Gespräch einließ. Wie die anderen Kopisten ließ er sich zu Mittag vom jüngsten Angestellten, einem zwölfjährigen Lehrling, einige Ingwer-Nuß-Zwiebacks bringen. Er verließ seinen Arbeitsplatz nicht, um zu Mittag zu essen; am Abend, wenn der Kanzleirichter das Büro verließ, war er noch da.

Am dritten Tag seiner Tätigkeit rief ihn der Chef, um eine abgeschriebene Kopie gegenzulesen; eine durchaus übliche Arbeit. Zum Erstaunen des Kanzleirichters kam Bartleby nicht von seinem Schreibtisch, der hinter einem Vorhang stand, hervor, sondern sagte mit einer einmalig höflichen und festen Stimme: »*I would prefer not to*« – ich möchte lieber nicht.

Dieses »Ich möchte lieber nicht« wiederholte sich bald darauf, als er zusammen mit den drei anderen Angestellten die vier Kopien eines wichtigen Dokuments gegenlesen sollte. Eine Erklärung seines ungewöhnlichen Verhaltens war nicht zu erlangen. Auf Fragen wieder das gleiche: Ich möchte lieber nicht.

Der Chef wäre wütend geworden und hätte ihn sofort entlassen, wenn ihm nur ein Anflug von Frechheit oder überhaupt eine einfühlbare menschliche Regung anzumerken gewesen wäre.

Der Rest der Erzählung, die fast fünfzig Druckseiten lang ist, befaßt sich mit den Versuchen des Kanzleirichters, seinen Angestellten irgendwie zu verstehen. Die anderen Angestellten wären aggressiv gegen ihn vorgegangen. Dazu gab es keinen Grund. Gefühle des Mitleids stellten sich ein; eine Entlassung mit einem größeren Geldgeschenk, die Offerte, einen ihm besser zusagenden Arbeitsplatz zu finden, stießen auf dasselbe höfliche und bestimmte »Ich möchte lieber nicht«. Die Ablehnung jedes Ansinnens dehnte sich aus. Bartleby sprach gar nicht mehr, schrieb auch nicht mehr, starrte durch das Fenster auf die Brandmauer des Lichtschachts, aus dem Licht auf seinen Schreibtisch fiel. Er verließ seinen Arbeitsplatz überhaupt nicht mehr. Korrekt, höflich und stumm störte er schließlich auch die Mandanten des Kanzleirichters. Da es ihm nicht gelang, seinen Kopisten loszuwerden, entschloß er sich, seine Kanzlei mit dem unheimlichen Bartleby zu verlassen und sich anderswo einzumieten.

Die Nachfolger in der Miete haben den sonderlichen Mann dann doch durch die Polizei abholen lassen. Zum letzten Mal sah der Kanzleirichter den Bartleby im Irrenhaus. Dort saß er still und adrett gekleidet wie immer allein in einer Ecke. Auf Fragen, wie es ihm seither ergangen sei, gab er keine Antwort, auch nicht sein »Ich möchte lieber nicht«. Er war tot.

Melville hat keine Erklärung für das verstörte Wesen seines Bartleby.

Nebenbei erfahren wir: Die langweilige, schlecht bezahlte Arbeit, der Arbeitsplatz hinter einem Vorhang in der Kanzlei des Chefs, der Blick aus dem Fenster auf die Brandmauer im Lichthof sind eigentlich unerträglich. Doch sichert die Kanzlei dem Chef ein gutes Einkommen, gesellschaftliches Ansehen und Zufriedenheit mit dem eigenen Leben. Diese Umstände wirken auf Bartleby wie unabänderliche Naturtatsachen und lassen keine Hoffnung auf Veränderung aufkommen. Sie sind Anlaß, sich ohne Auflehnung still aus dem Leben zu entfernen; er »möchte lieber nicht« so leben.

Auf den ersten Blick überrascht es, daß uns Bartleby einen Schlüssel für unser Schicksal gibt: natürlich nicht für unser Leben »im Widerspruch«. Wir hatten eine besondere Fähigkeit, uns zurückzuziehen, wenn wir an Umständen, die uns unerträglich schienen, nichts ändern konnten; doch ohne die skurrile und unheimliche Verstörung des Kopisten.

Ich hole weiter aus. Bei uns beiden, die sich zu einem Paar verbunden hatten, war der Widerspruch gegen die bürgerliche Lebensform und Familienmoral schon in der Kindheit angelegt. Während beinahe die ganze Welt vom Wahnsinn des Zweiten Weltkriegs erschüttert wurde, fanden wir in der relativ intakten Schweiz jene kapitalistische Ordnung, die uns einen selbständigen, soliden und sogar höchst anziehenden Beruf mit einer entsprechenden Existenzgrundlage garantierte. Im Krieg war die Eidgenossenschaft unter dem Slogan der Neutralität immer auf seiten der Stärkeren; zum rücksichtslosen Kapitalismus, den wir damals – wie ich heute – ablehnten, bot sich keine vernünftige Alternative. Dementsprechend ist meine erste schriftliche Arbeit, die medizinische Dissertation über die Bauchtuberkulose im Kindesalter, harmlos und derart ohne wissenschaftlichen Wert, daß Goldy wahrscheinlich die einzige Person ist, die sie gelesen hat. Mein Doktorvater, der berühmte Pädiater Fanconi, war hochbefriedigt, ohne vom Inhalt Kenntnis zu nehmen.

Als Arzt war ich zureichend legitimiert und verfaßte eine lange Reihe widerständiger Schriften. Eine erste wissenschaftliche Arbeit schrieb ich mit meinem Freund und Kollegen Guido Piderman auf Grund unserer Erfahrungen bei der Jugoslawischen Volksbefreiungsarmee. Mit der Methode des russischen Professors Judin gelang es uns, viele Verwundete mit schwerverletzten und infizierten Extremitäten vor der Amputation zu bewahren. Erst nach drei Jahren konnte die Arbeit in einer wenig bekannten medizinischen Zeitschrift erscheinen. In den ersten Jahren des Kalten Krieges galt es eher als verschroben und nicht als widerständig, über einen medizinischen Fortschritt aus dem Reich des Bösen zu berichten. Die Ergebnisse wurden nicht beachtet, und die Verfasser wandten sich anderen Themen zu.

Im Januar 1997, als Goldy schon dem Tod nahe war, haben wir zum letzten Mal einen politischen Text zusammen verfaßt. Die Initianten des *Manifests vom 21. Januar*, der Historiker Stefan Keller, der Parlamentarier Paul Rechsteiner und ein Bundesrichter, wollten uns als Zeitzeugen an der Redaktion beteiligen. Die Aufdeckung der Zusammenarbeit der Eidgenossenschaft mit dem Hitler-Reich hatte mit mehr als fünfzig Jahren Verspätung als außenpolitisches und finanzielles Dilemma begonnen. Es gelang uns, eine innenpolitische Diskussion in Gang zu bringen mit den auch in anderen Ländern üblichen Verzögerungen und Beschönigungen. Nach der ersten Pressekonferenz konnte ich mich in das Privatleben eines Achtzigjährigen zurückziehen.

Ich könnte ein oder zwei Dutzend Aktionen aufzählen, an denen wir stets als Teil einer solidarischen Gruppe im Widerspruch zu einer herrschenden Mehrheit oder Übermacht aufgetreten sind. Es waren sehr verschiedene Anlässe: Sprecher im Zürcher Manifest gegen die Repression auf die 68er-Revolte, Sprecher für den Zürcher Protest um das Autonome Jugend-Zentrum 1980, mit den Ärzten und den Naturwissenschaftlern gegen die nukleare Aufrüstung, Proteste gegen »Deutschland im Herbst 1977«, in der Psychoanalyse seit dem »Ersten Gegenkongreß der I. P. A.«, 1969, zahllose Aktionen gegen konservativ erstarrte Institutionen der Psychoanalyse, Artikel gegen Medikozentrismus, Eurozentrismus u.v.a. Eine Intervention zur Rettung des Helden der Nelkenrevolution in Portugal aus einer manipulierten Verurteilung zu achtzehn Jahren Gefängnis, Ansprache über einen illegalen Sender zu Wahlen in Kärnten, Aufsätze und Reden zur Rassenfrage in den USA, zur Ausländerpolitik der Schweiz u. a. m. Immer konnten wir uns zurückziehen, ohne Verrat, Proselytentum oder persönliches Leiden, höflich wie Bartleby.

Da wir nie Politiker oder Berufsrevolutionäre geworden sind, konnten wir für unsere utopischen Wünsche eintreten und mußten sie nie bis zur Niederlage verfechten, wie es Kämpfer für die gute Sache tun. Das war um so leichter, als wir zu zweit waren.

Der Psychoanalytiker und Familientherapeut Horst Eberhard Richter beschrieb die »Festungsehe«. Ein Paar ist in allen wichtigen Fragen der gleichen Meinung. Alles Böse wird nach außen projiziert. Für uns stimmt das nicht. In Fragen der Ausbildung zur Psychoanalyse, mit der ich mich jahrelang intensiv beschäftigt habe, hatte Goldy eine ganz andere Meinung. Als ich im Konflikt mit der Mehrheit der Schweizer Psychoanalytiker endgültig unterlegen war, störte das unsere Beziehung nicht. Sie hatte eben recht und ich nicht.

Freud hat ein Verfahren entwickelt, in dem man dem Analysanden zum Freund wird und gleichzeitig ein Fremder bleibt. Die Übung der in den Analysen erforderlichen »Abstinenz« hat uns geholfen, uns nach leidenschaftlicher Teilnahme zurückzuziehen.

Die Illusion, durch unseren Widerstand eine Änderung der unerwünschten Verhältnisse herbeizuführen, hatten wir nicht. Gefühle der Ohnmacht, die viele Intellektuelle zu immer neuen aussichtslosen Unternehmungen veranlassen, blieben aus. Allein der gewöhnliche Realitätssinn, *reality testing*, der ernüchternde Blick auf die Machtverhältnisse, erlaubte es uns, in das Reich der Worte hinüberzugleiten.

Es heißt, daß nur eine Spaltung der Persönlichkeit es erlaubt, mit aller Kraft gegen die gesellschaftliche Ordnung zu kämpfen, ohne an den Erfolg zu glauben. Es geht auch ohne Spaltung. Zahlreiche Kriminelle wissen das. Sie wissen, daß sie endlich unterliegen werden. Doch ist ihnen die Illusion, der Übermacht wenigstens dies eine Mal ein Schnippchen zu schlagen, jeden Einsatz wert. Es ist nicht unrichtig, Revolutionäre psychologisch gleich neben die Kriminellen einzustufen. Den ersten gelingt die Spaltung – wenn auch wenigen so gut wie uns –, den zweiten eben nicht.

Bartleby war zu höflich und wohlerzogen, doch brachte sein Betragen den geordneten Betrieb des Kanzleirichters gehörig durcheinander. Wäre er ein wenig normaler gewesen, als Melville ihn darstellt, wäre er mit der Kasse auf und davon. Melville, der Erfinder des Bartleby, lebte als Schulmeister und Bankangestellter. Plötzlich ging er zur See, segelte in tropischen Meeren. Zurückgekehrt, ist er zum Schriftsteller geworden, der von seinen Abenteuern wunderbar erzählen konnte. Mit Bartleby hat er einen Sinn in unserem Leben bloßgelegt. Doch sind wir dem Schöpfer ähnlicher als seiner Erfindung.

4

Als mir auf Vorschlag von Christa Wolf der Preis der Internationalen Erich Fried Gesellschaft für Literatur und Sprache zugesprochen wurde, war ich stolz und sehr zufrieden. Es gab keinen Zweifel mehr, daß ich in die Welt der Literatur eingegangen bin.

Bei anderen Ehrungen, die mir zugesprochen wurden, war ich anfangs gar nicht erfreut. Das ist ein Zeichen, daß du alt bist, niemand nimmt wahr, was du schreibst, du bist ein Monument geworden, das niemandem weh tut. Doch Goldy hat ganz anders reagiert. Als Helga Rabenstein bewirkt hatte, daß ich zum Ehrendoktor der Universität Klagenfurt ernannt wurde, fand sie das »wunderbar«. Es paßt für dich, es wird sehr lustig, wir werden es schön haben. Sogleich habe ich mich mit ihrer Freude identifiziert, wir freuten uns beide auf die Feierlichkeiten.

In Klagenfurt war unsere Ethnopsychoanalyse ein akademisches Fach geworden. Der alternative Kulturverein UNIKUM veranstaltete ein Fest, das eine Absage an jeden Nationalismus, ohne Diskriminierung anderer Menschen, anderer Sprachen, anderer Kulturen, symbolisierte.

Bei der ersten Ehrung, die mir nach Goldys Tod zufiel, dem Sigmund-Freud-Preis für wissenschaftliche Prosa der Akademie in Darmstadt, konnte ich mich nicht freuen. Als Freunde und Freundinnen mir zusprachen, war ich gerührt und mimte Zufriedenheit.

In seiner Begründung sagte Karl Markus Michel: »… die Charakterisierung dieser Rolle (der Psychoanalytiker), die sich wie ein roter Faden durch deine Schriften zieht – die Analytiker seien unerbittliche Kritiker der Gesellschaft, die mit täglicher subversiver Wühlarbeit die Sache der unterdrückten Triebwünsche vertreten und die bestehenden Machtverhältnisse attackieren –, das ist offensichtlich ein Idealbild, das du deinen Kollegen, die in ihrer Mehrzahl ganz anderes im Schilde führen, listig vorhältst. Im Grunde beschreibt es nur deine Rolle, nein: deine *Existenz*.«[3]

Karl Markus Michel hat unsere *Utopie* erraten. Utopie war für uns nie das unerreicht wunderbare Land und nicht der Neue Mensch. Wir haben sie nicht erfunden oder erdacht, sondern beobachtet: In noch so düsteren Zeiten fangen Protest und Revolte wieder an. »So ist es nicht gut! Wir wollen die Verhältnisse ändern, wollen unser Leben verbessern.«

Einmal habe ich geschrieben: »Utopien bieten kein Ziel. Sie sind wie Satelliten, die wir selber in Umlauf gebracht haben. Manchmal stürzt einer ab und verglüht. Andere kreisen weiter. Stillstehen können sie nicht. Das ist ihr Gesetz.«[4]

In Deutschland hat Utopie seit dem Fall der Berliner Mauer eine andere Bedeutung. Allzu viele hatten allzu lange auf einen Sozialismus mit menschlichem Antlitz gewartet. Nach dem Zusammenbruch der Macht in der Sowjetunion und in den anderen realexistierenden sozialistischen Staaten hieß Utopie nur noch Illusion oder Irrglaube. Für uns war Utopie die Formel für unsere Neugier, die uns davor bewahrt hat, als Wesen der Dämmerung abzusterben.

5

In seiner Abschiedsrede für Goldy hat unser Freund Berthold Rothschild gesagt, daß sie, die achtundfünfzig Jahre in Zürich gelebt hat, immer eine Emigrantin geblieben ist. Das gleiche gilt für mich.

Wir waren mit einem Schweizer Paß ausgestattet, also niemals die

zur Emigration gezwungenen Kosmopoliten, *»resident expatriate cosmopolitans«*.
Als die Erich Fried Gesellschaft die Frage »Wieviel Heimat braucht der Mensch?« zum Thema einer Tagung bestimmt hat, habe ich versucht, unsere Antwort darauf zu geben:

Heimat, eine Plombe

Fritz Hochwälder, ein junger Tapezierergeselle aus Wien, ist 1938 als jüdischer Flüchtling in die Schweiz gekommen. Nach der Entlassung aus dem Lager ist er der bedeutende und erfolgreiche Dramatiker geworden. Er hat bis zu seinem Tod im Alter von 75 Jahren in Zürich gewohnt. Oft hat er seinen Abscheu vor dieser kalten und engstirnigen Stadt ausgedrückt, böse und ironisch, nie klagend. Bis ich ihn einmal fragte: »Warum gehst du nicht fort? Alles, was du zum Leben brauchst, ist deine Schreibmaschine. Die ist leicht mitzunehmen.« »Das ist es ja«, sagte er, »überall fühl' ich mich besser als hier. Bin ich vierzehn Tage in Wien, hab' ich wieder mein Kaffeehaus, die Freunde und bin ein Wiener. Paris habe ich ausprobiert, da hat es etwas länger gedauert, so drei, vier Wochen, und ich war an der *rive gauche* zu Hause.« Sogar aus London, wohin er zur englischen Uraufführung seines Dramas *Reich Gottes auf Erden* gefahren war, reiste Fritz Hochwälder bald fluchtartig ab. »Du weißt ja, ich spreche nur ein paar Worte englisch, aber ich kam im Fernsehen, ich hatte gleich mein *pub*, alle kannten mich dort, und ich hab' gespürt, du mußt weg.«

Hochwälder ging es in seinen Stücken immer um eines: um die Gerechtigkeit. Wenn es um Gerechtigkeit geht, muß der Dichter den Ort und die Epoche aufsuchen, wo Gerechtigkeit als ein gewachsener Fels gerade noch herausragt, aus dem trüben Schlamm. Im dramatischen Ablauf steht dann der Fels, an dem sich alles bricht, vor aller Augen da. Um diesen Ort in jener Zeit zu finden, darf man nirgends »zu Hause« sein. Fritz Hochwälder meinte, das Heimatgefühl, das ihn so leicht ergriff, mache den Blick trüb wie ein schlammiger Regen. Ein Dichter, der so leicht einer Heimat verfällt und wegen seines Themas Heimatgefühle nicht brauchen kann, ist vielleicht kein geeigneter Zeuge.

Da nehme ich lieber einen, der keine Heimat hat, mich selber. Biographisch ist es so, daß ich in Noviklošter in der Südsteiermark geboren, im gleichen Noviklošter in Slowenien im Königreich Jugoslawien aufgewachsen bin und – damals freiwillig – nach Zürich zog, wo ich seit 56 Jahren wohne. Als mich unlängst die Kulturredakteurin einer Zeitschrift ermahnt hat: »Dann ist doch Zürich Ihre Heimat!«, sagte ich: »Nein. Ich bin zwar in Zürich enorm seßhaft; aber eine Heimat ist es für mich nicht«, und zur Erläuterung: »Zürich macht es einem leicht, sich nicht daheim zu fühlen.« Weil sie das nicht gleich verstand, fand ich ein Gegenbeispiel, den bekannten Schweizer Fernsehjournalisten Frank A. Meyer. Als er mich am Telephon um ein Interview für eine einstündige Sendung bat, sagte ich: »Ja, aber ich werde hochdeutsch sprechen. Sie können ruhig bei Ihrem Berndeutsch bleiben.« »Ich spreche nicht Berndeutsch, ich spreche Bieler Deutsch«, erwiderte Frank A. Meyer, hörbar beleidigt. Ich hatte die beiden Dialekte, die einander ähnlich sind, verwechselt. Es brauchte einiges, um meinen Partner zu versöhnen. Mein Irrtum über seine engere Heimat hatte ihn ernsthaft gekränkt. Das nenne ich ein richtiges Heimatgefühl.

Weil mein erstes Erzählbuch über die Jahre in Slowenien mit dem großzügigen Geburtstagsgeschenk von Kollegen und Kolleginnen für die Übersetzungskosten in slowenischer Sprache herauskam, lud mich Anka Krčmar, die Leiterin der Gemeindebibliothek Žalec, einer kleinen Stadt nahe von Noviklošter, ein. Wir vereinbarten vorerst einen privaten Besuch. Es gab aber einen Empfang, der Bürgermeister war da, sein Stellvertreter, Frau Krčmar und die Übersetzerin Milena Pobežin, es gab Ansprachen, Blumen für die Frau Gemahlin, eine Führung zu einigen Schlössern, die renoviert werden sollten, zu einer Barockkirche, die bereits sehr schön renoviert worden war, und als Geschenk einen Prachtband von einem Professor der Kastellologie und Vedutologie über Schlösser Sloweniens. In meiner Dankrede sagte ich, diese Schlösser hätten mir dreimal im Leben Freude bereitet, zuerst, als ich in einem solchen Schloß aufwuchs, dann, als die Schlösser endlich angezündet wurden, und heute, wo sie mit Kunstverstand renoviert werden. Das vom Anzünden hörte man gar nicht gern. Als die Partisanen Noviklošter anzündeten, hauste darin die Gestapo. Für die slowenischen Freunde bin ich seither ein slowenischer Dichter, obwohl ich nicht slowenisch spreche. Ein Sohn der Heimat, dessen Leben zurückreicht in die mythisch gewordene Zeit der k. und k. Monarchie und der eine Brückenfigur zum Westen ist, in die Zukunft Sloweniens.

Ich fand die neuen Freunde sehr liebenswürdig, konnte in mir aber keine Rührung oder andere Heimatgefühle wahrnehmen. Darum machte ich mich auf die Suche. Wenn alle eine Heimat haben, wieso gerade ich nicht! Schließlich entdeckte ich, daß die Berge, die das liebliche Sanntal umrahmen, den Horizont mit schöneren Linien begrenzen als anderswo. Sonst ist die Gegend nicht spektakulär, Alpenvorland. Immerhin, in meiner ästhetischen Wahrnehmung steckt doch eine Stückchen »Heimat«. Seither sind jedoch Freunde nach Slowenien gereist und haben mir spontan erzählt: »Im Sanntal, in deiner Heimat, ist es wunderschön; die Berge dort haben schönere Linien als anderswo.«

Es ist also wieder nichts mit meinem Heimatgefühl. Hab' ich da einen Defekt? Kommt es daher, daß ich als Großbürger, aus dem sozialen Gefüge herausgehoben, aufgewachsen bin? Vielleicht ist so einer in seiner Klasse daheim und braucht keine andere Heimat.

Dagegen sind meine Geschwister Kronzeugen. Mein jüngerer Bruder, der mit mir aufgewachsen ist und 1949 als Dreißigjähriger nach Amerika ausgewandert ist, sprach slowenisch und hat in kroatischer Sprache die Matura abgelegt. Als er Noviklošter in den siebziger Jahren zum ersten Mal wieder besuchte, fühlte er sich fremd und hatte beide slawischen Sprachen vollständig vergessen. In Pennsylvania, wo er die letzten Jahre gelebt hat und wo er gestorben ist, hatte er das Gefühl, eine Heimat gefunden zu haben. Meine Schwester, die in Lugano lebt, hat Sehnsucht, die »alte Heimat« wiederzusehen, derart, daß sie gewiß ist, eine Stadt, die ich buchstäblich erfunden habe, aus

Merkmalen zweier Orte zusammengedichtet, existiere wirklich. Sie kenne ihre Heimat.

Wahrscheinlich haben die Slowenen recht. Heimat ist einfach dort, wo man geboren ist. Im Französischen heißt es *pays natal* oder *patrie*, englisch *home*, *homeland* oder einfach *native country*, italienisch *terra natia* oder *patria*. Vaterland ist aber doch noch etwas anderes als das deutsche Wort »Heimat«. Gerade wegen der nationalen Etikette, die der Heimat anhaftet, ist mir die tatsächliche Trennung vom Land der Geburt immer angenehm gewesen. Internationale Solidarität verbindet mich mit allen Menschen dieser Welt, ich bin Weltbürger. Das ist meine Heimat.

Seit die Werte der Aufklärung obsolet zu werden drohen, seit es anscheinend nur noch Nationen und Stämme gibt oder zu geben scheint und keine Welt der Menschen, die guten Willens sind, gilt das nicht mehr. Ich stamme aus einer verflossenen Epoche. Damit wären mein Begriff von Heimat und meine persönlichen Heimatgefühle hinfällig.

Und dennoch gibt es Heimat: ganz ohne Vaterland oder Nation oder Deutschtum. Auf dem Weg zu den Dogon in der Republik Mali lernten wir in Agadez, am Südrand der Sahara, mehr als 2000 Kilometer vom Dogon-Land entfernt, den ersten Dogon kennen, einen jungen Soldaten der französischen Kolonialarmee. Im Tornister trug er den dicken Band des französischen Ethnologen Marcel Griaule, *Les masques Dogon*, mit sich. Wenn er sich einsam fühle oder traurig sei, lese er darin, und dann sei er wieder daheim. Er gab uns Grüße mit in die »schönste Stadt der Welt«, Bandiagara im Dogon-Land.

Es ist also möglich, aus einem cartesianisch trockenen Buch tiefe Heimatgefühle zu beziehen. Wieviel eher aus einem uralten Glauben, einer geistigen Überlieferung, aus heiligen Büchern. Eretz Israel, die großartigste Stiftung von Heimat, war längst zur Heimat von Juden der Diaspora geworden – am wenigsten vielleicht der im Land Israel geborenen Sabra –, lange bevor ihnen der Hitler-Staat nach den Worten von Paul Celan ein »Grab in den Wolken« bereitet hatte. Die Geschichte des Staates Israel seit seiner Gründung dauert erst dreiundfünfzig Jahre. Darum können wir leicht zurückverfolgen, wie sich die biblische Heimat unter dem Druck der Verhältnisse in jenes gefühlsgetragene Vaterland verwandelt hat, das die Bürgerinnen und Bürger, die ihre Vorväter in altehrwürdigen Schriften und archäologischen Grabungen zu finden hoffen, wahrlich nicht gesucht haben; sie vermissen die verheißene Heimat.

Ich habe an die Heimat der Juden erinnert, um nicht in die Falle einer nationalen Etikettierung zu geraten. Allzu leicht sind wir geneigt, »Heimat« als etwas spezifisch deutsches, als ein rückständiges, sentimentales und mit Ressentiments beladenes Phänomen zu betrachten: Heimatverbände, Heimatvolksgruppen, Heimatvereine und -chöre und dergleichen. Diese alle enthalten eine Perversion von Heimat, die unschwer auf den Begriff zu bringen ist. Was ich damit sagen will, ist leicht zu verstehen, wenn man etwa die Gedenktafel aus Bronze betrachtet, die auf dem Schloßberg in Graz (über den Kasematten, in denen die Opfer der Heiligen Inquisition und politische Gefangene des österreichischen Imperiums schmachteten) angebracht ist. Eine völkische Familie, Vater, Mutter, Söhnchen und Dirndl richten den Blick traurig, aber entschlossen, nach Süden. »Südsteiermark, verlorene Heimat« heißt es auf der Tafel, die ein sozialdemokratischer Bürgermeister eingeweiht hat. Die »verlorenen« Städte sind mit deutschen Namen eingetragen, Marburg, Pettau, Laibach, Gotschee. Die Heimat der Slowenen ist ausgelöscht oder soll ausgelöscht werden.

Diese Art Heimat meine ich nicht, wenn ich von Heimat spreche. Heimatlos sein ist auch kein Gegensatz zu Heimat, die man hat, die man braucht, die man in sich hat oder eben nicht, durch Verlust oder Verzicht. Wer heimatlos geworden ist, kann sehr wohl zeitlebens Heimat in sich tragen, und wer daheim geblieben ist, ohne Heimat sein.

Dichter bezeichnen manchmal ihre Muttersprache als Heimat. Hatte Heinrich Heine, als er in der Nacht an Deutschland dachte, Heimatgefühle, oder war er Patriot, oder doch ein Weltbürger und maß sein Preußen, sein Deutschland, am sittlichen Ideal der Menschheit? Und Thomas Mann, und Bertolt Brecht? Von unserem Erich Fried weiß ich: Heimat und Sprache sind zwei ganz verschiedene Dinge. Er bezeichnete sich als österreichischer oder auch als deutscher Dichter, der Sprache gemäß. Diese oder jene Heimat, die jüdische, die Londoner, die Wiener Heimat, diese alle waren für ihn unwichtige und zumeist überflüssige Etiketten, die einem angeheftet werden.

Ich will Heimat keineswegs verleugnen. Dommo, ein tüchtiger junger Pflanzer aus dem Dorf Andioumbolo im Dogon-Land, ist mit uns in die nächste Stadt Mopti gefahren, um seine Geschäfte zu erledigen. Er konnte noch die Säcke mit Hirse, die er mitgebracht hatte, gegen Salz tauschen. Dann verfiel er in einen katatonen Stupor, verlor die Sprache und wurde starr und gelähmt. Ausgetrocknet und halbverdurstet hockte er in praller Sonne, keine zwanzig Schritt von den Fluten des Nigerstromes. Wir mußten ihn in den Schatten tragen und ihm Wasser einflößen. Auf der Fahrt zurück ins Dogon-Land kam er bald zu sich. Als die Felszacken, die trockenen gelben Halden und die Brotfruchtbäume des Dogon-Landes auftauchten, gewann er die Sprache zurück und war bald wieder der gesprächige, intelligente und tatkräftige Mann, der er vor der Reise gewesen war; so, wie er in seiner Heimat gelebt hatte und weiterleben wird.

Ich gestehe, daß mich das Thema dieser Tagung: »Wieviel Heimat braucht der Mensch?«, erst einmal konsterniert hat. Nicht wegen »Heimat«. Mit Heimatgefühlen, Sehnsucht, Geborgenheit, Verlust und Suche nach Heimat habe ich mich als Psychoanalytiker befaßt, beinahe bei jeder Frau und jedem Mann, die zu einer Analyse gekommen sind. Was mich betroffen gemacht und beinahe verärgert hat, war das Allgemeine in der Frage: »Wieviel braucht der Mensch«. Heimat ist nach meiner Erfahrung ein obligat individuelles Phänomen, jeder Mann und jede Frau mag Heimat brauchen, eine ureigenste Heimat, wie auch jedes Kind »daheim« sein müßte, bis es erwachsen ist und unter Umständen der Heimat entraten oder sich eine neue Heimat suchen kann. Sobald »der Mensch« darauf befragt wird, ob er Heimat braucht, rücken wir ihn in bedenkliche Nähe zu den postmodernen Suchern, Vermittlern und Kämpfern um Identität, mit der heute jede nationale, völkische oder sonstwie kollektive Abgrenzung oder Ausgrenzung legitimiert, jeder beliebige Herrschafts- und Machtanspruch begründet, schließlich jede mitmenschliche Solidarität in Frage gestellt wird. Gewiß sind Kinder auf eine Heimat, auf Sicherheit und Geborgenheit angewiesen, auf ein Minimum, einen Stall von Bethlehem oder auch nur das Tragtuch einer liebenden Nomadenmutter. Was das Heimatgefühl der Erwachsenen betrifft, mag es die Seele nötig haben, wenn Kälte, Einsamkeit, Depression, Verlust und Orientierungslosigkeit drohen, wenn das Selbstgefühl erschüttert ist und zu zerbrechen droht. Für Psychoanalytiker hat Heimat die Bedeutung einer seelischen Plombe. Sie dient dazu, Lücken auszufüllen, unerträgliche Traumen aufzufangen, seelische Brüche zu überbrücken, die Seele wieder ganz zu machen. Je schlimmer es um einen Menschen bestellt ist, je brüchiger sein Selbstgefühl ist, desto nötiger hat er Heimatgefühle, die wir darum eine Plombe für das Selbstgefühl nennen. Psychoanalytiker haben es leichter als jene, die sich um Heimat in diesem oder jenem Land, in diesem Staat, jener Nation, um Heimat in einer Weltanschauung, Dichtung, Religion oder Sprache kümmern.

Wir sagen: Wer ein gutes Selbstgefühl hat, der hat Heimat, wem es daran gebricht, der habe Heimat.

6

Eine Heimat ist uns Zürich nicht geworden. Doch fanden wir und andere Antifaschisten, die aus dem Osten gekommen waren, im Café Select den kulturellen Ort, eine kleine antifaschistische Gegenwelt, die wir brauchten. Da das Café Select aufgehört hat zu existieren, widme ich ihm das

Ich war Anfang November 1938 nach Zürich gekommen, ein richtiger Auslandschweizer. Zürich war mir neu und sehr fremd. Ein Zimmer mieten, beim »Lebensmittelverein« einkaufen, war mir nur in französischer oder italienischer Sprache möglich. Wer hochdeutsch sprach, wurde nicht bedient. In der geschäftigen und provinziell verschlossenen Stadt kannte ich keinen Menschen. Im Odéon und zwei anderen »Wiener« Kaffeehäusern an der Bahnhofstraße und einem dritten an der unteren Weinbergstraße ging es so vornehm zu, daß ich mit niemandem ins Gespräch kommen konnte. Da entdeckte ich das Café Dom an der unteren Kirchgasse. Dort saßen sie jeden Abend, die »Fremden«, Emigranten, Künstler, Schriftsteller, Journalisten. Jeder kannte jeden, alle waren besorgt über die Weltlage, informiert, redselig. Bald war ein Freundeskreis zusammen, großstädtisch, ein wenig armselig, aber lebendig. Doch war das Café Dom am Ende, das Mobiliar verschlissen, die Stühle und Tische wackelig, und der alte Oberkellner verkündete gerade, als ich zum dritten oder vierten Mal auf einen Abendespresso hereinkam: Morgen schließen wir das Dom; es kommt unter den Hammer.

Ich war betroffen. Gibt es in Zürich denn gar keinen Ort, an dem ein Fremder aus dem von den deutschen Nationalsozialisten bedrohten Europa mit Gleichgesinnten über seine Sorgen und Hoffnungen reden kann? Meine neuen Freunde, die letzten Gäste des Dom, trösteten mich. Es gibt wieder etwas, gleich da unten am Limmatquai eröffnet der Architekt Boesiger, ein Schüler von Le Corbusier, ein Intellektuellen- und Studentenkaffee.

Am nächsten Abend war ich im Café Select, die Besucher waren bereits da, als hätten sie darauf gewartet. Kein vornehmes Ambiente, niedrige Preise, alkoholfrei wie ein Tearoom, aber sonst genau das, was es in den europäischen Großstädten gegeben hat. Ein Café, wie in Paris und Wien, die es noch heute gibt; sogar in Berlin hat das berühmte Café Einstein kürzlich ein zweites Lokal »unter den Linden« eröffnet.

Es war November 1938, kurz nach dem Pogrom gegen die Juden im Hitler-Reich. In wenigen Tagen war im Select die Atmosphäre entstanden, die ich brauchte, um geistig zu überleben. In einer Ecke saß Manoli, der letzte echte Bohémien, mit Mädchen, die ihn anhimmelten, und jungen Studenten, die von seiner skeptischen Lebensweisheit etwas mitbekommen wollten. Zu Mittag oder am Abend waren die Journalisten von der *Weltwoche* des »K.v. S.« und vom *St. Galler Tagblatt* da, die nicht alles schreiben durften, was sie wußten; dann Dr. Walter Lesch, der das Cabaret Cornichon gegründet hatte, seine Schauspieler, seine Freunde, die aus Berlin geflohen waren, ihre Schweizer Kollegen, Kolleginnen, einige Studenten aus der Romandie und natürlich die schönen Mädchen, die das Haar – ohne den Knoten im Nacken, der in Zürich »Ribbel« hieß – offen trugen und in den schönen Köpfchen etwas drinnen hatten.

Es würde sich nicht lohnen, heute über das Select zu schreiben, wenn es allein eine angenehme Gaststätte für solche Randexistenzen geblieben wäre. Bald wurde das Select Zentrum und geistiger Mittelpunkt mit einer Ausstrahlung, aus der die »andere« Schweiz entstanden ist, die sich über die Zeit des Krieges hinaus in die Jahre des Kalten Krieges erhalten hat. Die »andere« Schweiz hielt nichts vom »Geist der Landi«; sie blieb kritisch, alternativ und links. Als Selectianer in Uniform aus dem Aktivdienst ins Café kamen, waren sie ganz ohne nationale Begeisterung; sie wußten, was draußen im immer zerstörteren Europa Hitlers vor sich ging.

Zum letzten Tag des Select kam ich durch Zufall. Schon lange gingen wir nicht mehr hin: seit sie Manoli hinauskomplimentiert hatten, weil er zuwenig konsumierte. Auch Lilly Boesiger hatte es längst aufgegeben, das wunderbare Programm alternativer Filme im Kino NordSüd zu organisieren. Über Niedergang und Dekadenz des Select ließe sich ein Roman schreiben. Nur eines war wieder gleich wie damals: die Emigranten.

Am Samstag, den 28. März 1998, hatten »Alleinerziehende Mütter« aus Bosnien-Herzegowina (ihre Männer waren umgebracht worden) zum Banquet Républicain in die Wasserkirche eingeladen. Ihre Kinder, seit einigen Jahren in der Schweiz eingeschult und bestens integriert, sollten nach bundesrätlichem Beschluß und trotz der Warnungen der Flüchtlingsorganisationen der Schweiz und der Vereinten Nationen herausgerissen werden, in das Land zurückgeschickt, in dem sie keinen Ort mehr finden. Seelenmord an Kindern. Medienleute und Flüchtlingsfürsorger hatten eingeladen, und die bosnischen Mütter, die erschütternde Geschichten von ihren Kindern erzählten, deren Leben nun endgültig zerstört werden sollte. Es gab auch Lieder und bosnisches Gebäck, das allzu trocken geraten war; Emigration tut der Kochkunst nicht gut.

Am selben Abend hielt der Bundesrat Koller, Minister für Justiz und Polizei, im Parlamentssaal des Rathauses an der nächsten Brücke limmatabwärts eine Rede über die humanitäre Sendung der Schweiz.

Ich strebte nach Hause an den Utoquai. Beim Select verspürte ich Durst, von den trockenen Emigrationskuchen. »Neuerdings soll es da Wein geben«, dachte ich. Es gab Viertelliterfläschchen Dole, wie im Speisewagen. Am Montag stand im *Tages Anzeiger*: Das Select hat gestern aufgehört zu existieren; das Lokal wird von einer Pizzeria-Restaurantkette umgebaut und bald wieder eröffnet.

Kultur entsteht nur da, wo Menschen zusammenkommen; sonst gibt es keine Kultur: »an keinem Ort, nirgends«. Hier entstand das Cabaret Cornichon, der einzige Ort in Europa, an dem die bissige und witzige Kritik an den Achsenmächten in deutscher Sprache nicht zum Schweigen gebracht wurde. Da trafen sich Walter Lesch, C.F. Vaucher, Max Werner Lenz, Margrit Rainer, Voli Geiler, Zarli Carigiet. Journalisten kamen ins Select, Robert Jungk, der später berühmte Futurologe, der immigrierte Tünnes, Werner Rings, der wichtigste Zeithistoriker der Schweiz, Heini Tanner von der Agence United Press, der später berühmte Henry Tanner, der fünfunddreißig Jahre lang der *New York Times* und *Herald Tribune* aus allen heißen Punkten der Welt berichtet hat. Sie trafen auf Emigranten, die hinkamen, wenn sie Urlaub aus dem Flüchtlingslager hatten. Dort gab man mir *Die Moorsoldaten*, das Buch von Wolfgang Langhoff, zu lesen, dort wußte man, was Dr. Rothmund unternahm, um der »Verjudung« der Schweiz vorzubeugen, dort sah ich zum ersten Mal einen deutschen Paß mit dem J-Stempel und so weiter.

Eine intellektuelle Kultur wird nur von vielen Engagierten zusammen, nie von einzelnen Individuen, »gemacht«. Ich kann behaupten, daß das *Zürcher Manifest* gegen die Repression der Bewegung von 1968, der zähe Kampf der protestierenden Jugend der achtziger Jahre um ihr Autonomes Jugend-Zentrum – der immerhin die Rote Fabrik geboren hat – und schließlich die »andere«, ihrer Geschichte bewußte Schweiz des *Manifests vom 21. Januar 1997* nicht entstanden wären, wenn das Select, sogar in den Jahren seines Niedergangs, dem Geist der Kritik und des Widerstands nicht Raum gegeben hätte.

Ich schreibe diese Zeilen auch aus Dankbarkeit. Unsere Erste Chirurgische Hilfsmission zu Titos Partisanenarmee, die einzige Schweizer Mission auf die Seite der Alliierten – nach den großen offiziellen Missionen zur Hilfe an Hitler-Armeen –, wäre nicht zustande gekommen, wenn wir uns nicht im Select getroffen hätten. Hannes M. zeigte uns die chirurgischen Instrumente, die todesmutige Genossen aus dem Badischen über den Rhein geschmuggelt hatten; Guido P., Elio C., Gustl M. und ich verpackten sie in Hannes' Wohnung im Haus »Zum Raben« gegenüber. Auch unser Aufbruch nach Westafrika im Dezember 1954, zur ersten der Expeditionen, aus denen sich später die neue Wissenschaft der Ethnopsychoanalyse entwickelt hat, ist vom Café Select losgegangen. Manoli hat den Jeep für die *Neuen Zürcher Nachrichten* fotografiert.

Wenn sich das Geschichtsbewußtsein der Schweiz weiter so beschleunigt entwickeln sollte wie in den letzten Jahren, wird es vielleicht nicht fünfzig, sondern nur dreißig oder vierzig Jahre dauern, bis die Geschichte des Café Select geschrieben wird.

7

Vielleicht ist es nur die »Gnade der frühen Geburt«, der Faktor Zeit, der uns von anderen Antifaschisten unterscheidet. Die Erfahrungen im Ersten Weltkrieg haben uns frühzeitig davor gewarnt, Nationalismen irgendwelcher Art gutzuheißen, und uns als Pazifisten prädestiniert.

Goldy, die 1911 zur Welt gekommen war, kann sich nur an ein einziges Ereignis aus der Zeit des Ersten Weltkriegs erinnern. Die Köchin stürzte ins Frühstückszimmer herein und rief: »Unser Kaiser ist tot!« (Der österreichische Kaiser Franz Josef, geboren 1830, der letzte Monarch des alten Europa, hatte 68 Jahre regiert, von 1848 bis zu seinem Tode 1916.) Alt und Jung weinten.

Goldys Großvater, ein Sohn hugenottischer Einwanderer im Schweizer Kanton Neuenburg, war noch im vorigen Jahrhundert nach Graz in die damals florierende österreichische Monarchie ausgewandert. Dort heiratete er eine begüterte und tüchtige Frau aus dem gehobenen Bürgerstand, gründete eine Fabrik für Buntdruck und hinterließ seinen Kindern ein stattliches Anwesen: ein großes Wohnhaus, den Zierpark, Gemüsegärten, Obstgarten und dahinter die geräumigen Fabrikhallen. Der Vater war Kunstmaler, lebte mit seiner schönen Frau und den beiden Kindern das Leben eines reichen Künstlers und Nichtstuers. Als der ältere Bruder, der den Betrieb übernehmen sollte, an Tuberkulose starb, mußte Goldys Vater das Unternehmen fortführen. Dazu war er gänzlich ungeeignet. Zu Ende des Weltkriegs stand die Familie, die in vornehmer Isolierung inmitten der katholischen großen Kleinstadt Graz gelebt hatte, völlig mittellos da und mußte froh sein, ein Kellergeschoß im Haus der Familie zu beziehen. Goldys Mutter brachte als Putzfrau die Familie so weit durch, daß der Bruder das Klassische Gymnasium und Goldy das Mädchen-Gymnasium besuchen konnten.

Der finanzielle Zusammenbruch wurde in der Familie als Folge des Krieges dargestellt.

Ich, geboren 1916, habe ebenfalls nur wenige Erinnerungen an den Krieg. Die russischen Kriegsgefangenen, die mir Spielzeug aus Holz geschnitzt hatten, mußten fort. Irgendwann dröhnte der Himmel von Flugzeugen. Es hieß, der Nationalist und Dichter Gabriele d'Annunzio wollte mit Fliegerbomben Fiume für Italien erobern. In den Kriegsjahrgängen der Illustrierten *Die Woche* blätterte ich schon fasziniert und abgestoßen, bevor ich selbst lesen konnte.

Wer so früh den Weltkrieg im Nacken gespürt hat, für den war es leichter, die neuen Kriegsdrohungen ernst zu nehmen und den neu erwachenden Nationalismus Deutschlands zu fürchten.

Ich glaube, daß auch der Zweite Weltkrieg viele Pazifisten gemacht hat, die vielleicht nicht einmal wissen, daß der vergangene Krieg sie früh schon gewarnt hat.

8

Klassensprung – *salto di classe* – war in den Seminaren mit den Kollegen in Bologna ein immer wiederkehrendes Thema. Es ließ sich nicht leugnen: Die Helden und Denker der marxistischen Bewegung stammten nicht aus dem Proletariat, sondern aus bürgerlichen oder adligen Familien, angefangen mit Karl Marx, Engels und Michael Bakunin. Unsere Freunde, Kritiker der autoritären Struktur der Partei um die Zeitung *Manifesto*, kamen alle aus bürgerlichen und großbürgerlichen Familien. Es war kein einziger Proletarier unter ihnen. Schade für Karl Marx' Theorie.

Bei mir kam der Klassensprung direkt aus der bürgerlichen Familie. Wie meine Leser längst erfahren haben, war mein Vater ein »absoluter Herrscher« zuallererst über Frau und Kinder, ohne einen Anflug an Kritik an etablierten Autoritäten. Als patriarchaler Familienvater des 19. Jahrhunderts hatte er das Erbe der Aufklärung, ein Bündel von liberalen Ideen, die er zur Schau trug. Ich nannte das sein »Rotkreuzideal«. Humanitär sorgte er für Kranke und Verfolgte, war Republikaner, im Ersten Weltkrieg Delegierter des Internationalen Komitees des Roten Kreuzes. Daneben verehrte er Mussolini. Später, als der Duce in Italien Hitlers Judengesetze einführte, wurde Winston Churchill sein Ideal und blieb es durch die Jahre des Kalten Krieges.

Mein »undogmatischer Sozialismus« ist ein Destillat aus dem »aufgeklärten« Anteil der elterlichen Weltanschauung. In meinem »geläuterten« liberalen Humanismus spielten die jüdischen Traditionen oder andere religiöse Motive keine Rolle. Autoritäten, Helden und Führer brauchte ich nicht.

Die Genossen in Bologna wollten nicht wahrhaben, daß das marxistische Denken die Moral des bürgerlichen Zeitalters übernommen hatte, die sich aus den Ideen der Aufklärung entwickelte. Als sie dies nach langen Diskussionen einsahen, entstand ein anderes Dilemma: Wie kann ein Kleinkind die Weltanschauung der Eltern so klar durchleuchten, um seine eigene daraus zu destillieren?

Die Frage ließ sich leicht beantworten. Marxist wird man erst später, in der Adoleszenz.

Gewiß haben viele der späteren Marxisten ihre Eltern schon frühzeitig entthront. Goldy hatte einen schwachen, enttäuschenden Vater. Ihre Mutter ließ die Tochter emotional fallen, als sie ein zweites Kind, den Goldsohn, bekam. Erst als die Familie ganz verarmt war und die Mutter, eine sehr bürgerliche Dame, die Familie als Putzfrau über die Runden brachte, gewann sie eine gewisse Achtung, aber nicht die Liebe ihrer Tochter zurück. – Bei mir war es ganz ähnlich. Eine gründliche Enttäuschung an den Autoritäten, und dann viel später erst die Wahl: Ich werde Revolutionär, Marxist, Anarchist. Ich werde für das eintreten, was in turbulenten und gefährlichen Zeiten meinen Idealen entspricht und meinem eigenen Leben einen Sinn gibt.

Ich glaube, daß der doppelte Irrtum so entstanden ist: Die frühe und weichenstellende Enttäuschung an den Idealfiguren der Kindheit fehlt in keiner Frühgeschichte der »echten« Marxisten. Dies allein ist jedoch keine Gewähr dafür, daß es später zum Klassensprung kommt. Im Gegenteil: Früh enttäuschte, von den Autoritäten verlassene, verwahrloste Kinder gibt es viel zahlreicher in Randgruppen, bei Nationalisten, bei den Selbstgerechten und den Entrechteten.

Wenn man die Kindheit in der Geborgenheit einer privilegierten großbürgerlichen Familie erlebt hat, aber an den Autoritäten enttäuscht war, konnte es geschehen, daß man später in Widerspruch geriet. Erst in der Adoleszenz kommt es zur Weichenstellung: Solidarität statt Autorität. Der Klassensprung ist passiert und kann nicht mehr rückgängig gemacht werden.

9

Als wir Gojko Nikoliš in seinem Ferienhaus im Dorf Reževici an der montenegrinischen Küste besuchten, hatte er auf seinem Schreibtisch ein Bildchen unter Glas stehen. Es war der polnische Gewerkschaftsführer Lech Walesa.

»Ich bin drauf gekommen«, sagte er, »daß ich ein lebendiges Ideal brauche. Ohne das kann ich nicht sein. Heute ist Walesa der Mensch, der zeigt, daß es sich lohnt, gegen die Macht zu kämpfen, gegen den Staat mit seiner Armee und Polizei, gegen die korrupte Partei, die korrupte Justiz, die verlogene Ideologie.« Etwas verlegen fügte er hinzu: »Ich glaube, ihr braucht das nicht. Ihr könnt mich auslachen. Doch seid ihr die einzigen Ausnahmen, die ich kenne.«

Gojko war unser Freund. Es lag uns fern, über ihn zu lachen. Er war seit seiner Jugend Kommunist und war der mutigste und scharfsinnigste Kritiker der sozialistischen Praxis im Tito-Staat.

Goldy kannte Gojko, weil er als junger Arzt beim Sanitätsdienst der Internationalen Brigaden gearbeitet hatte. Im Krieg war er der Leiter der Sanitätsdienste der Partisanenarmee. Als er zu Beginn der achtziger Jahre begann, die Partei und den zu einer Nomenklatura verkommenen Staatsapparat öffentlich zu kritisieren und die Politik des Bundes der Kommunisten zu verurteilen, konnte er seine Kritik sogar publizieren. Jeder andere wäre unweigerlich ins Gefängnis gewandert.

Gojko meinte, daß man ihn gewähren ließ, weil er als Arzt von den Parteigewaltigen nicht ernstgenommen wurde. Als er einsah, daß er gegen die Macht der neuen Klasse nichts ausrichten konnte, schickte er 1985 sein Parteibuch zurück und emigrierte 1991 nach Frankreich. Dort lebte er fast mittellos in einem Dorf, schrieb und wetterte weiter gegen die entarteten Kommunisten und starb, ohne sein sozialistisches Ideal verraten zu haben.

Gojko litt unsäglich. Er war überzeugt, daß seine humane Utopie doch einmal siegen würde. Auch wir haben nicht verzichtet; gelitten haben wir nicht.

Es war traurig zu erleben, daß auch der Selbstverwaltungssozialismus nicht gehalten hat, was sich Tito, Kardelj und ihre Mitarbeiter versprochen hatten. Da wir ihnen längst nicht mehr geglaubt haben, blieb uns der Schmerz enttäuschter Hoffnung erspart.

10

Da wir keinen Helden hatten, haben wir nicht selber erlebt, wie es ist, wenn man das Vorbild, den Helden, verliert.

Wenn es keinen Kaiser gibt, kann er nicht plötzlich nackt dastehen, ohne die Kleider seiner Macht.

Der bekannte Personenkult wird nicht vom Führer, Diktator, vom Helden der Revolution, auch nicht vom Volk oder der Nation allein erfunden. Das Bedürfnis, einem Vorbild zu folgen, ist über die Völker und über die Grenzen der Nationen und Kulturen hinweg so allgemein, daß kaum ein Machthaber darauf verzichten wird, zur Figur des Kults zu werden. Schlimm für die, die dem Trugbild gefolgt sind.

Das Urbild des Führers scheint eine biologische Gestalt zu haben: den Vater der Urhorde. So ist es beim »Urmenschen« und beim Schimpansen. Das Kleinkind wiederholt nur, was sein Erbe ihm aufzwingt.

Das Kleinkind des Menschen folgt jedoch nicht der Biologie. Es folgt nicht einem Vorbild. Es trägt sein Ideal mit sich, verinnerlicht, eine mächtige starke Gestalt, die alle Probleme löst und alles beherrscht. In welcher Gestalt auch immer diese Vater-Imago auftritt, bleibt sie das Ideal. Und wird auf den Mächtigsten projiziert.

Doch wissen wir, daß es Völker gibt, die ein solches Introjekt nicht ausbilden. Bei den Dogon, die ein patriarchales Gesellschaftsgefüge haben, ist es das Kollektiv, sind es die Geister der verstorbenen Vorfahren, die für die Gemeinschaft sorgen. Erst die Herrschaft der Kolonialmacht, die Unordnung und die wirtschaftlichen Probleme der Unabhängigkeit haben einen Mythos mit einer solchen Vaterfigur entstehen lassen: Das Idol bin ich; der Mythos ist schwach und wird mit seinem Erfinder verschwinden.

Andere Völker, wie einige der matrilinearen Akan-Kulturen in Westafrika, hatten zwar Könige und Heerführer, kannten aber keine verinnerlichte väterliche Autorität.

Wir selber sind, trotz einer in Westeuropa üblichen Kindheit, durch einige Besonderheiten der Familiengeschichte ohne die verinnerlichte Vater-Imago großgeworden. Statt Gehorsam kennen wir den Widerspruch, statt einem Führer sind wir der Solidarität verpflichtet. Philosophen mögen einwenden: Widerspruch ist ex negativo das gleiche wie Zustimmung. Will man ideologisch argumentieren, dann sind wir Anarchisten.

Die Werte, die von der Autorität der Staatsgewalt vertreten werden, sind nicht hinfällig. Das scheint so, weil immer mehr Individuen, Männer häufiger als Frauen, kriminelle Taten begehen. Es scheint, als ob die herkömmliche Moral für viele, für die Armen oder Entrechteten, nicht mehr gelten würde.

Die zur Weltmacht gewordene Großmacht, die Vereinigten Staaten von Amerika, ist eifrig bestrebt, die traditionellen Werte auszubessern, wo sie scheinbar Schaden gelitten haben. Als Sexualtabus geringer wurden, erfand man *political correctness*, als immer mehr Kinder zu Mördern wurden, fand man heraus, daß es nicht verwahrloste Kinder, sondern genetisch abnorme sind. Da schließlich ein Defizit an Tabus befürchtet werden mußte, wurden neue eingeführt: Rauchen ist schädlich, auch für passive Raucher, bestimmte Drogen schaden der Moral, ihre Verbreitung wird verfolgt und gilt als Verbrechen.

Die Gebote und Verbote der väterlichen Autorität werden nicht nur in Diktaturen, sondern auch in demokratischen Staaten aufrechterhalten und durchgesetzt. Wenn allerdings die staatliche Macht sich ganz in den Dienst eines globalisierten freien Marktes gestellt haben wird, ist der Ausgang ungewiß. Wird der Eigentümer des größten Kapitals als Vater, König oder Papst das weltweite Bedürfnis, sich einer Autorität zu unterwerfen, befriedigen; oder wird er seine Herrschaft andauernd mit Mitteln staatlicher Gewalt durchsetzen müssen?

11

In Albacete, dem Zentrum der Internationalen Brigaden im Spanischen Bürgerkrieg, ist ein von der Partei hoch eingeschätzter Genosse aufgetaucht. Er gab Kurse zur politischen Schulung. Gundl Herrnstadt, eine junge Kommunistin aus Wien, die mit Goldy zeitlebens befreundet blieb, erzählt: »Wir alle waren begeistert. Goldy ging nur einmal hin. Dann nicht mehr. ›Warum?‹ habe ich sie gefragt, und Goldy hat geantwortet: ›Ich geh' nicht mehr hin. Der ist ein falscher Siegfried.‹ (Später stellte es sich heraus, daß der Genosse unter so vielen zu Unrecht Verdächtigten tatsächlich ein Saboteur gewesen war.) Woher wußte sie das?«

Später hat Goldy das erklärt: »Ich war damals längst erwachsen. Darum hab' ich gewußt, daß man selber schauen muß. Auf niemand ist ein Verlaß, am wenigsten auf eine Partei.«

Etwa zur gleichen Zeit, im Winter 1937/38, fuhr ich nach Wien und Graz. Ich wollte Freunde, denen es nach einem Einmarsch der Hitler-Armee schlecht gehen würde, warnen; sie sollten emigrieren. Kein einziger folgte meinem Rat. Es waren Juden, Sozialisten, jüdische Sozialisten. Dabei war es doch klar: Hitler wird Österreich besetzen. Bald, nachdem ich meine Warnungsreise beendet hatte, kam es zum »Anschluß«. Aus Österreich wurde die Ostmark. Meine Freunde kamen in Konzentrationslager.

Auch meine Eltern blieben, wo sie waren. Die bürgerlichen Familien lebten im Wahn, uns wird nichts passieren; die Sozialisten hatten ihren eigenen Wahn. Ich war enttäuscht, ja, erschüttert. Ich muß allein für mich schauen. Auf niemanden kann man sich verlassen. Ich darf auf niemanden hören; am wenigsten auf meine Eltern. Und schon gar nicht auf Genossen in irgendeiner Partei.

Verzichten darauf, die Wirklichkeit nach irgendeiner Mentalität oder Doktrin zu verfälschen, war für junge Leute damals lebensrettend. Selber herausfinden, wie es ist. Das nannten wir »Neugier«.

Die Lebenserfahrung hatte uns beigebracht, daß nichts gefährlicher ist als eine Illusion. Es war relativ selten, daß junge Menschen genügend Selbstvertrauen hatten, um dabeizubleiben. Offenbar haben wir aus ganz unterschiedlichen Erfahrungen einen Ausweg gefunden, der ein Leben lang anhielt: erst widersprechen, dann die Verhältnisse durchschauen, jedem noch so verlockenden Wahn zu mißtrauen.

12

Als wir zur ersten Reise nach Afrika aufbrachen, hatten wir keine andere Absicht, als endlich dem grau werdenden Alltag in Zürich zu entkommen. Der Wiederaufbau Europas unter dem Schutz der atomaren Bedrohung bot uns keine lohnende Aufgabe. Endlich konnten wir unserer Neugier folgen, euphorisch reisen, in unser Zwischenstromland. Die Reise war ein voller Erfolg.

Fréderic hatte die Leica seiner Mutter geborgt, ich hatte eine Contax, die ich für chirurgische Dokumentationen gebraucht hatte. Wir brachten 1500 Aufnahmen mit, die nebenbei entstanden waren. Manoli hat über tausend Vergrößerungen angefertigt. Thema der Fotos waren ausschließlich Menschen im Gespräch. Männer, Frauen, Kinder, schöne und häßliche. Keine afrikanische Hütte, keine Landschaft, keine Tiere.

Manoli lachte: Dieser Test ist eindeutig. Ihr seid Psychoanalytiker geblieben. Auch in Afrika. Er sollte recht behalten.

So unbefangen wie damals als Fotoamateur bin ich heute nicht. Wenn ich mich aber gerne an etwas erinnere, dann sind es die Menschen, die wir kennengelernt haben. Wer kein inneres Bild davon hat, was von Menschen zu erwarten ist, kann kaum enttäuscht werden, hat es aber auch leichter, Freunde zu finden.

Drei Freunde

In meinen früheren Erzählungen kann man einige meiner Freunde kennenlernen. Sogar in erfundenen Gestalten sind einige versteckt. Im Buch *Karakul* kommt Gvić vor, der vom Dämon Schizophrenie ergriffen wurde, in der *Sonnenuhr* Antoine, der in Kanada genetische Forschungen trieb und am Übereifer des Forschers gestorben ist.
Mit einigem Erstaunen stelle ich fest, daß ich nur von Freunden aus alter Zeit erzähle. Vielleicht möchte ich die heutigen Freunde nicht in eine Erzählung bannen; sie sind ja noch da, und auch ich bin für sie noch nicht gestorben.
Für Freundschaft ist die Jugend offener. Man läßt den Freund bestehen, wie er ist, trennt sich auch wieder, ohne den Schmerz des endgültigen Endes. Wenn man auseinandergeht, haben sich beide verändert.
Die Geschichten von drei Freunden haben, so verschieden sie voneinander waren, gemeinsam, daß mein Leben anders verlaufen wäre, wenn ich sie nicht getroffen hätte: Goldys Bruder Thaddeus, Dulli, ein Freund meiner Jugendjahre, und Manoli, der letzte *bohémien*.

Fluchtbrillanten

Den Blauen Krug gibt es noch, am Rand der Zürcher Altstadt. Heute geht von uns niemand mehr hin. Die Wirtin, die das Lokal über die Sperrstunde hinaus offenhielt (nach der Mobilmachung im August 1939 war das nicht mehr gestattet), ist längst gestorben, der Schwiegersohn hat Geld aufgenommen und ein feines Restaurant draus gemacht. Die Veränderung hat damit angefangen, daß die Wirtin sich entschloß, Calvados auszuschenken, weil wir *Arc de Triomphe* von Erich Maria Remarque (dem Autor des berühmten Romans *Im Westen nichts Neues*) gelesen hatten, in dem die Emigranten der Pariser Boheme Calvados trinken gehen, wenn dem Autor nichts Spannenderes einfällt. Damals war der Blaue Krug eine Quartierbeiz, wie es in Zürich heißt, eine einfache Kneipe, in der sich die Trinker aus dem Stadtteil, dem »Quartier«, abends treffen. Die Stammkunden hatten nichts dagegen, daß immer mehr von uns hingingen: Schauspieler, Studenten, der Manoli und das übrige Gesindel, von dem man nicht weiß, was es treibt. Der runde Tisch in der Ecke wurde ohnehin gegen neun Uhr frei. Die Süffel zahlten uns manchmal einen Dreier; einige gewöhnten sich an Calvados.

Thaddeus hatte den Blauen Krug, den Ort unserer Freundschaften, entdeckt. Ich glaube, daß auch Manoli, der immer alles witterte, erst nach ihm hinkam. Die anderen kamen und gingen; Thaddeus, unstet, wie er war, blieb bald weg. Doch hätte sich ohne ihn die Boheme der Emigranten nie zusammengefunden.

Von denen ist niemand mehr da. Zweifellos denken noch einige Frauen an ihn, die kaum von ihm sprechen und nicht über ihn schreiben werden. In meinen Erzählungen ist er immer wieder aufgetaucht, in letzter Zeit seltener. Bevor ich ihn ganz verliere, möchte ich von ihm erzählen.

Thaddeus war eine auffallende Erscheinung, großgewachsen, schlank und muskulös wie ein Olympiakämpfer, breite Schultern, kleiner Kopf mit gewellten dunklen Haaren, einer breiten Stirn und dem brennenden Blick seiner schwarzen Augen. In den Jahren, von denen ich erzähle, war er gekleidet, wie man sich früher, vor dem Ersten Weltkrieg, den Anarchisten vorgestellt hat: ein enger, schwarzer Rock, helle Hosen, ein breitrandiger, schwarzer Schlapphut, den er drin im Lokal nicht abnahm, um den Hals ein blutrotes Tuch. Den Mann hätte man sich gemerkt, auch wenn er sich weniger auffallend bewegt hätte. Mit weiten, offenen Gesten, elegant wie ein Tangotänzer, wirkte er gespannt, anders als wir von der Bande. Auf der Straße blieben die Leute stehen und sahen ihm nach. Ein fremder Vogel; oder aus einer anderen Zeit.

So einen Menschen kann man nur kennenlernen, wenn man zumindest eines seiner Abenteuer miterlebt. Er hat aus seinem Leben eine Kette von Abenteuern gemacht, bis er mit siebenundvierzig Jahren als Regierungsarzt des Äthiopischen Reiches im eritreischen Adua gestorben ist.

Als David Cohn seine Bekanntschaft machte, kam Thaddeus noch oft in den Blauen Krug; er war sechsundzwanzig, Schweizer und Medizinstudent wie ich. David Cohn heißt erst seit kurzem so, seit er Emigrant ist. Früher hieß er anders. In Berlin sprach man ihn mit dem Titel seines Blattes an, der größten Morgenzeitung der Stadt. Der Herausgeber und Chefredakteur konnte sich selber nicht von seinem Blatt unterscheiden. Wenn er die Redaktion endlich verließ, pflegte er zu sagen: »Die Morgenzeitung macht Nacht und geht schlafen.«

Hier in Zürich war er einfach der Emigrant David Cohn, unterschied sich aber doch von den anderen jüdischen Flüchtlingen, die in der Pension Harsch im »Kreis Sechs« wohnten oder vegetierten; denn wohnen kann man das zitternde Warten kaum nennen. Herr Cohn wohnte in einer Pension ganz in der Nähe, die aussah wie die Villa reicher Leute, ein klassizistischer Bau mit französischen Fenstern hinter alten Thujen und Platanen. Da er ein geselliger Mann war, konnte es nicht ausbleiben, daß ihm die Berliner Emigranten Thaddeus vorstellten. Er trank einen Wermut mit dem jungen Mann, und sie verabredeten einen Spaziergang oben im Wald des Zürichbergs. Anscheinend kam das Treffen zustande, denn Thaddeus fuhr wenige Tage später nach Berlin.

David Cohn, der damals noch nicht so hieß, ging täglich eisern in die Redaktion. Ein falsches Wort konnte das Ende sein, das der Zeitung und sein eigenes. Darum las er jede Zeile und kontrollierte die Fahnen noch einmal, bevor die Zeitung hinausging. Seit er Witwer war, bereitete er sich jeden Tag um sieben einen Tee, kaufte unterwegs ein Brötchen und trank an der Stehkneipe an der Ecke noch einen Korn. »Dort treffe ich meinen SA-Vierkarat; der heißt so, weil er eine schmuddelige SA-Uniform anhat und zwei Doppelkorn trinkt.«

An diesem Morgen hatte sein Freund bereits den zweiten Doppelkorn gekippt. »Morjen, Morjenzeitung«, begrüßte er ihn, »zahlste mir noch den dritten, sonst bring' ich es nicht raus. Ich wär' schon weg. Gut, daß du noch kommst. Eisenbahn, Eisenbahn.« Er rückte nahe heran, der Redakteur lehnte sich zu ihm hin. Als der SA-Mann fertig war, »alles raus«, legte er ihm seine Pranke auf die Glatze, was er noch nie getan hatte, und stapfte mit »Heil Hitler« hinaus.

Die Botschaft war eindeutig: »Heute kommen wir dich besuchen. Wenn du in der Redaktion bist, machst du gleich Gegenbesuch bei uns.«

»Schade, daß ich den Überzieher zu Hause gelassen habe«, dachte Cohn. Es war ein sonniger Morgen, ein wenig kühl, mit weißen Wölkchen am blauen Himmel über Berlin. Auf der Straße die gleichen Leute wie sonst um diese Zeit. Cohn nahm die Straßenbahn zum Bahnhof und löste ein Billett 1. Klasse nach Hannover. In der Brusttasche seines Tweedrocks hatte er den Presseausweis der Reichskanzlei, befristet auf einen Monat, Paß mit den nötigen Visa, Affidavit für die USA, Moneten. Im Zickzack fuhr er mit der Bahn durch Deutschland und war am nächsten Morgen um neun Uhr in Lörrach, der letzten Station vor der Schweizer Grenze. Sein Blatt war schon am Kiosk, das Impressum unverändert, alles wie sonst, nur über dem Titel der Adler mit dem Hakenkreuz, nicht sehr auffallend.

Er verließ den Bahnhof und nahm eine Taxe »nach Basel«. Der Grenzbeamte stempelte den Paß und grinste: »Haben Sie genug von Berlin? Ist es bei den Eidgenossen schöner?« »Blitzbesuch«, sagte Cohn, »morgen können Sie in der Zeitung lesen, was dort so läuft.«

Die Emigranten in der Pension Harsch staunten: Der Cohn ist smart getürmt. (Einen Regenmantel kaufte er später beim Fein-Kaller in der Bahnhofstraße.) Sonst schien er alles beisammen zu haben, war auch gut informiert, von Kollegen an der *Neuen Zürcher Zeitung* oder sonstwie. Daß sich der solide Herr mit dem Anarchotyp anfreundete, sprach sich bald herum. Warum wohl? Das paßte nicht zu Cohn.

David Cohn hatte es sich gut überlegt: Wenn mir irgendwer den Aktenkoffer aus meiner Wohnung holen kann, so ist es der. Einen weniger auffallenden Typ würden sie sofort schnappen. Den wird man nicht so leicht als Judenknecht ausmachen. Er weiß, daß es lebensgefährlich ist. Ich hab' es ihm ausdrücklich gesagt. »In dem Koffer sind alle Papiere, die ich brauche, Depotscheine, Kontoauszüge und ein Ledersäckchen mit ungefaßten Brillanten; die allein machen ein mittelgroßes Vermögen aus.«

Thaddeus freute sich auf die Reise. Als Herr Cohn ihm andeutete, er würde sich erkenntlich erweisen, grinste er: »Wo denken Sie hin, Herr Cohn, das ist endlich etwas, was mir Spaß macht. Ich habe verstanden. Der Safe in Ihrer Wohnung ist leer. Dahinter ist der Lederkoffer versteckt. Ich nehme alles heraus und tu den Kram in meine Reisetasche. Man wird mir glauben, daß ich die Reichshauptstadt unter der Sonne der Neuen Zeit bewundern will. Das zieht uns kleine Schweizer gewaltig an.«

Unterwegs mußte Thaddeus seine Bewunderung für Führer und Reich mehrere Male kundtun. Den durchdringenden Blick seiner dunklen Augen hielt keiner aus. Schon der erste deutsche Schaffner pflaumte ihn an. Immer wieder blätterte ein Polizist in seinem jungfräulichen Schweizer Paß. Weil er die Beamten unverschämt anstarrte, gab es jedesmal einen Wortwechsel. »Glauben Sie, daß es nichts zu sehen gibt in der Reichshauptstadt? Darf ein kleiner Schweizer nicht die Luft einer judenreinen Stadt atmen? Wissen Sie nicht, daß der Führer gesagt hat, die Welt soll wissen, was das deutsche Volk vermag? Wollen Sie den Aufbruch der Deutschen Nation vor der Welt verstekken? Schämen Sie sich, oder haben Sie Angst vor mir?« Kopfschüttelnd gab ihm der Uniformierte den Paß zurück, »Heil Hitler«, und knallte die Tür des Abteils ins Schloß.

Der Kurfürstendamm war so früh am Morgen menschenleer. Thaddeus spazierte zweimal »unauffällig« hin und her, machte einen Umweg über die Lietzenburgerstraße und bog dann erst in die Wielandstraße ein. Ein Dienstmädchen kam mit Milchkanne und Brötchen zurück. Sonst niemand. Unbemerkt öffnete der Fremde das schwere Tor und stieg die Treppe zum zweiten Stock hinauf. An der Tür ein Messingschild »Morgenzeitung«. Das flache Schlüsselchen, das ihm Cohn gegeben hatte, paßte ins Schloß.

In der Wohnung roch es muffig, die Fensterläden waren halb heruntergelassen, die Vorhänge für die Nacht gezogen. Die Fenster von Schlafzimmer, Küche und Bad gingen nach hinten hinaus. Im Arbeitszimmer war es dunkel. Thaddeus zog die Rolladen hinauf und warf einen Blick hinunter. Die Wielandstraße war noch immer menschenleer.

An der Wand gegenüber der dunkelgrüne Samtvorhang, vor dem ein Ölbild im Stil von Lucas Cranach d. Ä. hing, Cohns bestes Stück. Thaddeus trat zurück, um das Porträt des *Mannes mit Buch* zu betrachten; vielleicht Philipp Melanchton in jungen Jahren, ein gläubiger Blick, beinahe fanatisch. »Wollen mal sehen, was dahinter ist.« Der Besucher schob den Vorhang beiseite: tatsächlich die Nische mit dem Safe Marke Wertheim und dahinter das bewußte Köfferchen aus Rindsleder mit Messingschloß.

Thaddeus stellte den Koffer auf die Schreibtischplatte. Oben lag eine Agenda. Der Verleger hatte Termine über den Tag seiner Abreise hinaus eingetragen. Er leerte den Inhalt des Koffers auf den Tisch, sichtete einen Umschlag nach dem andern und legte sie zurück. Alles war da. »Am besten nehme ich den Koffer mit, wie er ist. Nein, das geht nicht; am Messingschloß das Monogramm. Will sehen, wie ich die Sachen in meine Reisetasche hineinkriege.« In einer Ecke des Koffers lag das Säckchen aus weichem Rehleder. Er zog die Seidenschnur auf und leerte den Inhalt in die hohle Hand, etwa ein Dutzend Steinchen, die meisten unansehnlich, nur an den größeren war zu erkennen, daß es geschliffene Edelsteine waren.

Gerade als er alles wieder in den Koffer zurückgelegt hatte, kam von der Straße ein Lärm herauf. Er trat ans Fenster, ohne es zu öffnen. An der gegenüber liegenden Seite der Wielandstraße hielten zwei Polizeiwagen, aus denen Männer in braunen Uniformen heraussprangen und sich gegen den Eingang seines Hauses zu bewegten. »In die Falle geraten«, dachte er, leerte die Steinchen in die Hand, lies sie in die Brusttasche gleiten und stopfte das Seidentüchlein darüber, das er immer trug. Dann verschloß er den Koffer mit den Papieren, stellte ihn hinter den Safe, zog den Vorhang mit dem Porträt des Reformators zurecht, raste ins Vorzimmer, knipste das Licht an und schloß die Wohnungstür auf. Im Treppenhaus waren Männerstimmen zu hören; schwere Schritte kamen die Treppe herauf. »Den Schlüssel zur Wohnung muß ich loswerden«, dachte er und warf das flache Metall unter den Küchenschrank. Dann drückte er den Hut in die Stirn und trat aus der Tür in den Flur.

Rechts und links packte ihn je ein stämmiger SA-Mann am Arm. Sie rochen nach Schweiß. Eben kam der Anführer des Trupps mit einer ganzen Bande die Treppe herauf.

»Heil Hitler«, sagte Thaddeus laut, »der Jud' ist ausgeflogen, letzte Scheiße.« Der Kommandant schob die Mütze zurück und glotzte ihn an. »Was machen Sie da? Wie kommen Sie in die Judenhöhle?« »Das Schwein ist mir Geld schuldig, tausend Mark für zwei Artikel. In der Redaktion war er nicht. Man hat mir gesagt, wo er wohnt. Ich soll das Geld von ihm holen. Die Tür war offen: niemand da. Ich glaub', das Geld ist futsch. Scheiße.«

Der Anführer grinste. »Recht so. Wenn man für ein Judenblatt schreibt, wird man beschissen. Wir werden nachsehen. Wenn wir Geld finden, schicken wir es dir nach. Scher dich zum Teufel, Schreiberling.«

Die Männer ließen Thaddeus los. Er tippte an den Hut. »Viel Glück auf der Jagd«, sagte er noch, pfiff vor sich hin, schritt erhobenen Hauptes die Treppe hinunter, an den Wachen vorbei und auf die Straße.

Auf der Rückreise gab es genauere Kontrollen, mehrmals wurde die Reisetasche ausgeleert, einmal mußte er Schuhe und Strümpfe ausziehen. Das Seidentüchlein, das aus der Brusttasche des Sakkos hing, erregte kein Interesse. »Wie war es in Berlin?« hieß es, oder mißtrauisch: »Was haben Sie in Berlin gemacht?« »Ich war in der Reichshauptstadt. Es hat sich gelohnt. Schauen Sie auch mal hin. Dann wissen Sie, wie das ganze Deutsche Reich bald sein wird, groß und prächtig.«

Im Blauen Krug mußte man sich nicht lange fragen, ob Thaddeus zurückkommen würde. In weniger als einer Woche war er wieder da. Von seiner Reise erzählte er nichts. Einer der Emigranten war jedoch im Bilde. Er hatte gesehen, daß David Cohn mit seinem Anarchisten in das feine Herrenmodegeschäft hineinging und sie wenig später herauskamen, Cohn mit einem englischen Regenmantel, der Student in einem langen, weiten Mantel aus dunkelbraunem Plüsch. »Er sah aus wie ein Bär«, erzählte der Emigrant im Blauen Krug. Einer zitierte: Thaddeus Tatzeltupf der Braune. Daher der Übername des Anarchisten, den ich beibehalten habe. – Mir leuchtet ein, wie Manoli, der immer alles durchschaut, die Affäre gedeutet hat: Der Student wollte kein Geld für seine Mission annehmen, ließ sich aber überreden, seinen Auftraggeber, der einen Mantel brauchte, in das Geschäft Fein-Kaller zu begleiten. Cohn ließ dem jungen Mann, der ein dünnes, verschlissenes Mäntelchen trug, verschiedene Wintermäntel, darunter den prächtigen Plüschmantel, zeigen. Dem konnte der Anarchist nicht widerstehen.

Es war November 1938 – ein kalter Winter war zu erwarten.

Dulli

Nicht selten stellt sich zwischen zwei jungen Leuten, Burschen (oder auch Mädchen), gerade bevor sie erwachsen sind, eine besondere Art von Freundschaft ein. Die beiden sind sehr verschieden voneinander. Plötzlich sind sie unzertrennlich. Nach einigen Jahren oder Monaten ist die Freundschaft zu Ende. Niemand weiß, warum, kein zwingender Grund, kein Streit. Später stellt man fest, daß der eine Eigenschaften des anderen übernommen hat und zeitlebens daran festhält. Ebenso geht es dem anderen. Austausch durch Identifikation.

Gerade so ein Freund war Dulli. Später, als ich bereits in der Schweiz war, hat er mit meinem Bruder, der damals in Ljubljana lebte, ein Jahr lang eine ebensolche Freundschaft gehabt, die abriß, als Otto beim Einmarsch der Hitler-Armee in die Schweiz fliehen mußte und Dulli verschwand.

Dulli war großgewachsen, athletisch gebaut, hatte ein kühnes Profil, in den grauen Augen einen frechen Blick und immer einen ironischen Spruch auf den sinnlichen Lippen. Als der Umgang mit Mädchen wichtig wurde, hatte er viel vor mir voraus. Schon in Wien war er »ausgegangen« und gefiel den Mädchen sehr.

Ich war schüchtern, wohlerzogen und immer zu ernst, gar kein frecher und unbekümmerter Held. Von ihm nahm ich den Rat an, den Nazis in Graz zu trotzen; ich wäre weggelaufen. Als es in Jugoslawien kompliziert wurde, geriet er leicht in eine Lage, in der er nicht aus und ein wußte. Ich war »politisch«, gut informiert und konnte durchschauen, was unser Leben vergiftet.

Als Kind mochte ich ihn nicht leiden. Wenn das hochtourige Auto der Goldens zu hören war, verschwand ich im Wald. Seine freche und wilde Art machte mir angst.

Allmählich entdeckten wir Gemeinsames. Wir fischten Forellen in seiner Losica, gingen zusammen auf die Wildschweinjagd, er kam nach Noviklošter, wir ritten auf meinen Pferden.

Vor allem möchte ich Dulli seinen richtigen Namen zurückgeben. In seinem Paß stand Georg, später in Kanada George. In früheren Erzählungen nenne ich ihn Juro. Als Zwangsarbeiter im Bergwerk von Zaječar hieß er Gjuro; aus dem ist bei der Übersetzung aus dem Zyrillischen Juro geworden.

Juro kommt vor in einer Erzählung, in *Untrügliche Zeichen von Veränderung*. Später, in *Karakul,* sagt seine Mutter Ilona Golden: »Der Dulli (Juro, wie ich ihn nannte) ist verlorengegangen, weiß Gott, was mit ihm ist«, ich weiter unten, »er hat den Krieg überlebt, doch das ist eine andere Geschichte«.

Diese Geschichte will ich erzählen.

Am 6. April 1941 kam Dulli etwas später ins Café Union, als es seine Gewohnheit war. Er hatte die Nacht bei einem Mädchen verbracht und wollte nicht in die Firma gehen. Wenn wirklich ein Brief nach England zu schreiben war, konnte das bis Montag waren.

Er nahm das *Morgenblatt* und setzte sich an sein Tischchen. Bevor er einen Blick in die Zeitung getan hatte, wurde das Radio angedreht. Radio Beromünster, Nachrichten in deutscher Sprache: Beograd heute morgen von der Luftwaffe bombardiert, massive Zerstörungen. Deutsche und italienische Truppen haben die Grenzen des Königreichs überschritten. Etwa zwölf motorisierte Kolonnen, kein nennenswerter Widerstand der jugoslawischen Armee. Als die Sendung zu Ende war, bat Dulli den Kellner, Radio Belgrad einzustellen. Tanzmusik.

Dulli rief den Kellner zurück, bestellte drei Spiegeleier und drei Buttersemmeln. Er saß da und starrte mit halbgeschlossenen Augen in die Ferne. Dann schien er zu erwachen, aß sein Frühstück rasch, aber nicht ohne es zu genießen, steckte zwei Semmeln in die Tasche seines Regenmantels, zahlte, *na svidenje* – auf Wiedersehen – und trat auf die Straße. In Ljubljana war es ruhig, wie immer am Samstag.

»Mich werden sie nicht schnappen. Ich muß nach Jurklošter. Wir organisieren den Widerstand in den Wäldern. Scheiße, daß mein Fahrrad kaputt ist.«

In seiner Bude zog er sich um wie zur Jagd, genagelte Bergschuhe, Lederhose, kariertes Hemd, Schladmingerjacke. Er steckte das Kleingeld in die Tasche, die großen Noten versorgte er in den Kleidern, aus der Schreibtischlade nahm er das wertvollste Stück, eine goldene

Zigarettendose mit einem Saphir als Verschluß. Bevor er ging, zog er die Brieftasche heraus, zerriß Briefe und Papiere, auf denen sein Name stand, in kleine Stücke und spülte die Schnitzel im Klosett herunter. In ein Kuvert legte er eine Tausendernote und einen Zettel: Da ist die Miete für drei Monate plus Trinkgeld, ich werde wiederkommen; auf den Umschlag schrieb er mit seiner großzügigen Schrift »für Marija« und legte ihn auf den Schreibtisch.

Der Ausläufer der Firma hatte ein feines neues Fahrrad, Marke Steyr. Er fand den jungen Mann im Büro, wo er damit beschäftigt war, die Papierkörbe zu leeren; sonst war niemand da.

»Wart' einen Moment, da ist noch was zum Wegwerfen.« Er tat den Paß und Jagdschein in den Papierkorb, den der Junge hinaustrug. Als er zurück war, rief er ihn an seinen Schreibtisch. »Stane, ich muß dein Velo haben. Du mußt es mir verkaufen.« Der Junge schaute verdutzt drein. »Ich geb' dir das dafür«, und er legte die goldene Dose auf den Tisch. »Mach keine Witze, das ist echtes Gold. Was soll ich damit, ich habe mein Fahrrad gern.« »Du kannst dir dafür fünf oder zehn Velos kaufen. Das ist so viel wert. Ich brauche das Fahrrad jetzt gleich, und am Samstag sind die Läden geschlossen.« Der Junge nahm das Etui in die Hand, klappte es auf, roch an den feinen Vardar, die drin waren, klappte die Dose wieder zu.

Dulli ging in den Hof und prüfte die Reifen. Der Junge saß da und starrte auf das goldene Ding. Als er endlich unten im Hof ankam, fuhr Dulli gerade los. Er winkte noch mit der Hand.

»Es ist besser, daß ich entlang der Save fahre, das ist etwas weiter, aber die deutschen Truppen werden nicht den Umweg nehmen.«

Bei der ersten Brücke, gleich nach Domžale, stieg er ab und faßte mit beiden Händen in den feuchten Lehm am Ufer. Dort hatten Bauern, die bei der Feldarbeit überrascht worden waren, Gerät abgelegt. Er wählte eine kleine Haue, tat sie in den Gepäckträger und machte sich wieder auf den Weg.

Als wir Dulli im August 1945 wiedersahen, erzählte er uns ganz genau, wie der Krieg für ihn anfing. »Du siehst, daß ich von dir gelernt habe. Ich habe alles überlegt, oder fast alles. Ich selber wäre nie drauf gekommen. Ich sah aus wie ein Bauer, der vom Feld heimfährt.« Die Straße war ausgestorben, auf den Feldern arbeitete niemand. Zweimal wurde er von motorisierten Kolonnen überholt, aber nicht angehalten.

»Bis zur Potpetnike, der unteren Fabrik der Goldens, sind es mehr als hundertfünfzig Kilometer. Ich war am frühen Nachmittag dort, habe das teure Fahrrad in einen Schuppen gestellt und bin direkt durch den Wald aufgestiegen.

Als ich beim Hof von Lojze Dolanc ankam, war es schon dunkel. Lojze saß beim Radio, seine Frau war in der Küche. Erst dachte ich, daß er sich mächtig freut. Der Hund hat mich umarmt. ›Wir gehen in den Wald‹, hab' ich gesagt. Er war erstaunt. ›Ja, noch heute nacht, es muß schnell gehen, bring das Gewehr.‹ Er verschwand in der Tür zum Keller und kam mit meinem Mannlicherkarabiner und dem schweren Rucksack mit den Patronen zurück. Während ich den Verschluß geprüft und gleich Patronen hineingetan habe, ist er nochmals hinuntergestiegen und hat Speck, einen Haufen *kobaze* und zwei Laib Brot gebracht.

Es ist ein richtig gemütlicher Abend geworden. Noch zwei Burschen, die ich von der Wildscheinjagd kannte, sind dazugekommen. Lojze hat Wein gebracht und zwei oder drei Flaschen Sliwowitz. Er hat nicht viel gesprochen. Das ist mir nicht aufgefallen, die Jagden habe immer ich organisiert. Wir wollten eine Partisanentruppe auf der Velka planina sammeln. Aus den oberen Almen würden sicher noch mehr Burschen zu uns kommen. Bis die Deutschen das herausfinden, sind wir stark genug.

Wir sind richtig laut geworden vor Begeisterung und haben viel gegessen und getrunken, er hat mir immer eingeschenkt; ich war durstig von der Fahrt. Die zwei anderen waren längst weg, er mußte mich zum Bett bringen. ›Gut, ich schlafe jetzt, weck mich um vier Uhr, dann gehen wir los.‹

Als ich endlich geweckt wurde, war es später als vier Uhr, und die Scheiße war perfekt. Lojze, der Hund, ist gleich, nachdem ich eingeschlafen bin, hinunter ins Tal gerannt und hat mich verpfiffen. Zwei Gendarmen aus Rimske waren da und rüttelten mich wach. Der eine hatte meinen Karabiner umgehängt. Hinter ihnen stand ein Unteroffizier in deutscher Uniform mit einer Maschinenpistole.

›Ich muß schiffen‹, war das erste, was ich sagen konnte. ›Gut, geh‹, sagte der Gendarm auf slowenisch. Der Deutsche kam mit. Er hatte seine Pistole entsichert. Als ich fertig war, legten sie mir Handschellen an und luden mir den schweren Rucksack mit den Patronen auf den Buckel. Dann trat der Deutsche vor mich hin und sagte auf deutsch: ›Du bist ein Bandit. Du wirst sehen, was wir mit solchen Lumpen machen, jetzt einmal das‹, er haute mir zwei Ohrfeigen ins Gesicht. So hat mein Partisanenkrieg angefangen.

Ich hatte alles gut geplant, weil ich von dir gelernt habe. Aber in einer wichtigen Sache war ich leichtsinnig wie der alte Dulli. Du hast oft gesagt, der Lojze ist ein falscher Hund, er will nur mit den reichen Goldens Geschäfte machen. Ich aber habe gedacht, daß er mein Freund ist. Natürlich hätte ich denken müssen, daß er sich bei den Deutschen einschmeicheln will.«

Zu viert marschierten sie hinunter ins Savinjatal, Dulli mit dem Rucksack auf dem Rücken. Am Fluß unten haben die Gendarmen getrunken. »Ich hatte fürchterlichen Durst, sie haben mich aus ihren Gamellen trinken lassen, mir aber die Handschellen nicht abgenommen.

Wir marschierten weiter bis Laško. Im Areal der Brauerei war das Lager. Es waren mehr als fünfzig Gefangene da, Slowenen aus der Gegend. Den Braumeister kannte ich und wollte ihn begrüßen. ›Das ist verboten‹, schrie der Deutsche und schlug mir mit dem Kolben auf den Schädel.

Um das Lager herum war Stacheldraht, Wachtürme mit deutschen Soldaten, drinnen taten die slowenischen Gendarmen Dienst. Das waren keine Unmenschen. Wir bekamen zweimal am Tag Essen und konnten in Baracken schlafen. Bald waren so viele da, daß auf jeder Pritsche zwei oder drei liegen mußten.

Jeden Morgen wurden wir zum Bahnhof geführt. Dort nahm man uns die Handschellen ab. Wir mußten Zementsäcke aus einem Waggon zu leeren Wagen auf einem anderen Gleis tragen und die Säcke ordentlich aufschichten. Jeder Gefangene hatte einen eigenen Aufpasser mit entsichertem Gewehr. Weglaufen kam nicht in Frage, draußen waren noch genug Soldaten, die uns überwacht haben.

Im Lager gab es ein Gerücht – und die Gendarmen haben es bestätigt: Sobald die Arbeit mit den Zementsäcken erledigt ist, kommt eine Kommission der Gestapo, der Unteroffizier legt die Liste der Gefangenen vor, die Hälfte wird als kriminelle Banditen eingestuft und sofort erschossen, die andere Hälfte für irgendeinen Einsatz als Zwangsarbeiter abtransportiert. Ich dachte, an den Unteroffizier muß ich mich halten; das ist der wichtigste Mann hier.«

Im Sommer nach dem Krieg war Dulli nicht schwer zu finden. In Slowenien wußte man, das ist der Partisanenheld Dulli, und man wußte auch, wo er war.

Wir stiegen in Rimske Toplice aus dem Zug und gingen zu Fuß zur Potpetnike. Man sah, daß die Fabrik stillstand. Nur eine Baracke sah bewohnt aus. Vor der Türe stand ein schweres Motorrad, Harley Davidson. Wir gingen hinein. Da saß Dulli, sah aus wie früher, war aber kahlgeschoren. Er war dabei, künstliche Fliegen für das Forellenfischzeug zu knüpfen, das da lag.

Er umarmte uns und rief nach hinten: »Ana, Anutschka, komm und schau, wir haben Besuch. Fein, daß ihr am Leben seid. Das hab' ich mir gedacht. Ihr bleibt hier, wir gehen fischen, Forellen gibt es noch, es ist aber zu wenig Wasser, wir müssen es mit der Fliege versuchen.«

Ana hatte Dulli gekannt, als sie noch ein Kind war. Als sie erfuhr, daß der berühmte Dulli als Kommissar der Fabriken seines Vaters in Rimske Toplice lebte, erschien sie und blieb gleich bei ihm. Dulli war mit dem jungen und schönen Mädchen zufrieden (sie verschwand sofort, um bei Bauern Hühner zu kaufen), zeigte uns das Jagdgewehr, einen Drilling, Express 9mm, und zwei Schrotläufe, sein Fischzeug und das Motorrad. »Ich habe mir ein großes Bett gezimmert und habe jetzt alles, was ich brauche.« Erst nach dem Essen kamen wir ins Erzählen.

Im Lager machte er seine Arbeit besser und schneller als die anderen, buckelte die Fünfzig-Kilo-Säcke und rannte im Laufschritt über die Geleise. Der Unteroffizier hielt ihn an. »Warum machst du das?« »Weil ich gerne arbeite«, sagte er. Sie kamen ins Gespräch. Beim nächsten Mal machte er dem mächtigen Mann einen Vorschlag. »Wenn die Gestapo kommt, trägst du mich auf der Liste der Zwangsarbeiter ein. Dafür kriegst du eine große Summe, wenn nicht, bleibt das Geld im Versteck, und ich werde erschossen.«

»Das werden wir sehen«, sagte der Mann und ließ ihn am Abend von seiner Pritsche wegholen. Man band ihn fest. Der Unteroffizier fing an, mit einem Ochsenziemer auf ihn einzuschlagen. Nach je zehn Schlägen hielt er an: »Du sagst mir, wo das Geld ist; ich hau' weiter, bis du sprichst.« Dulli blieb stumm, er hatte bemerkt, daß der Deutsche ihn nur auf Rücken und Gesäß schlug, er wollte nicht riskieren, einen kräftigen Arbeiter lahmzulegen. Nach einigen Nächten wurde er aus der Tortur entlassen. Mit dem wunden Rücken war das Säcketragen eine Qual. Sobald er den Unteroffizier zu sehen bekam, grinste er ihn an: »Du weißt, was ich will; wenn ich tot bin, kriegst du nichts.«

Eines Morgens war die Gestapo da und ließ die Häftlinge antreten. Der Unteroffizier rief sie alphabetisch auf, die einen mußten sich rechts, die anderen links aufstellen. Bevor man beim G war, wußte Dulli, daß er auf der Todesliste stand. »Ich muß pissen«, sagte er laut, die Gestapo schickte einen Mann, um aufzupassen. Als sie bei der Kommission vorbeikamen, stolperte er und fiel vornüber zu Boden. Der Unteroffizier sprang dazu, um Ordnung zu machen. Dulli zischte zwischen den Zähnen: »Das Geld ist noch da.« Während sich der Häftling Dulli langsam aufrappelte, sah er aus dem Augenwinkel, wie der Deutsche auf der einen Liste etwas ausstrich und auf der anderen einschrieb. Gerade, als Dulli mit seiner Wache vom Pinkeln zurück war, kam das G an die Reihe. Man nahm ihm die Handschellen ab, und er wurde zu den Männern gestellt, die »für den Sieg des Deutschen Reiches arbeiten wollen«.

Während die Todeskandidaten von einer Gestapo-Einheit abgeführt wurden, kam der Unteroffizier zu den anderen. »Kommen Sie«, sagte Dulli höflich. »Ich hab' was für Sie.« Mit den Fingern, die von den Handschellen noch steif waren, nestelte er am Kragen seines Hemdes. Das Hemd war von den Schlägen zerfetzt, die Ärmel hingen herunter, doch der doppelte Hemdkragen hatte gehalten. Darin war auf jeder Seite eine Zehntausend-Dinar-Note versteckt. Grinsend gab er sie dem Unteroffizier. »Du bist ein anständiger Bandit«, flüsterte der Deutsche, »ich war ein Idiot, daß ich dir das Hemd nicht weggenommen habe«.

Noch am gleichen Tag wurde Dulli mit dem Transport nach Süden verfrachtet. Es gab militärische Verpflegung und eine Wache in jedem Waggon. Die Häftlinge waren jetzt »Freiwillige Hilfsarbeiter an Betrieben der Deutschen Armee«.

Das Bleiwerk in Zaječar, einer serbischen Stadt an der bulgarischen Grenze, war wieder in Betrieb. Blei war kriegswichtig. Früher hatte man aus dem Erz auch Silber gewonnen. Dafür bestand kein Interesse.

Die Minen arbeiteten voll, die veraltete Technik sollte mit der Zeit ersetzt werden. Dulli war einer der Stärksten und wurde unter Tag eingesetzt. Er bekam einen Helm mit Lampe und arbeitete mit Krampen und Schaufeln sechs Tage die Woche. Sie schliefen in einer Baracke und bekamen Rationen für Schwerarbeit. Dulli fand die Arbeit ekelhaft, kam aber mit dem Vorarbeiter, einem Slowenen aus Kranj, der freiwillig da war, gut aus.

Im Herbst, er war seit einem halben Jahr in der Mine, fühlte sich Dulli müde und schwach. Die Haare fielen ihm büschelweise aus. Bleivergiftung, diagnostizierte der Vorarbeiter. »Wenn einer nicht mehr kann, wird er liquidiert«, sagte er, »für dich habe ich etwas Besseres. Du kannst doch lesen und rechnen?« Dulli hatte in Wien acht Klassen Gymnasium besucht.

Im Büro des Bergwerks war ein Chaos. Der deutsche Kommandant hatte dem Personalbeamten mit Erschießen gedroht, weil die Rechnungen am Monatsende nie stimmten. Er fragte den Minenarbeiter, ob er die Lohnlisten führen könne. Dulli sagte: »Gewiß, ich muß ein eigenes Büro haben und ein Zimmer, in dem ich schlafen kann. Wenn der Kopf nicht ausruht, gibt es Fehler.«

Bei der ersten Inspektion nach vierzehn Tagen waren alle Lohnlisten neu erstellt, es waren über vierhundert (später kamen mehr dazu), mit Namen, Geburtsjahr, Tarif. Man gestattete ihm, die alten Listen, die nie gestimmt hatten, wegzuwerfen; auf den neuen war nicht vermerkt, ob es Freiwillige waren oder Deportierte.

Bald führte Dulli ein annehmbares Leben. Anka, mit der er damals in Ljubljana gerade Schluß machen wollte, erschien plötzlich im Bergwerksbüro. Sie bekam die Erlaubnis, mit ihrem Verlobten zu leben. Der Direktor des Bergwerks nannte Dulli »Herr Personalchef« und besprach seine Probleme mit ihm; er war im Ruhrgebiet Bergarbeiter gewesen und hatte den Posten wegen seiner Verdienste um die NSDAP bekommen.

Anka half in der Kantine. Dafür durfte sie für den Herrn Personalchef separat kochen; man verstand, daß so ein Herr etwas Besseres braucht. Dulli wurde wieder kräftiger, nur die Haare wuchsen nicht nach. Am Sonntag fuhren sie mit geborgten Fahrrädern an die Donau. Jedesmal fing Dulli einige fette Karpfen, von denen mindestens einer in die Küche des Direktors wanderte. Das Fischzeug war kein Problem; schon in Friedenszeiten fuhr man an die Donau, Karpfen fangen.

Dulli konnte einem Deutschen, der an die Front mußte, einen Radioempfänger abkaufen. Nachts war ein Sowjetischer Militärsender und manchmal BBC gut zu hören. Oft besuchten ihn Slowenen, um am verbotenen Vergnügen teilzunehmen. In der Stadt hielt man ihn für einen Zivilangestellten der deutschen Bergwerksdirektion. Die Slowenen wußten es besser.

Schon im ersten Winter war die Rede davon, daß in der Gegend Partisanen ihr Unwesen trieben. Einmal fand man einen Wachsoldaten erschossen im Stacheldraht hängen. Aber erst im nächsten Jahr schickte der Sicherheitsdienst eine Gestapo-Einheit, die Jagd auf Partisanen machte. Wenn sie einen Verdächtigen aufgegriffen hatten, ließen sie anfragen, ob es ein deportierter Zwangsarbeiter war. Gleich der erste hatte ein Alibi, Name und Alter stimmten mit einer Lohnliste überein. Am Tag der verdächtigen Aktivitäten hatte er zwölf Stunden in der Grube gearbeitet und bekam dafür soundsoviel Dinar gutgeschrieben. Die Gestapo hatte sich geirrt.

Die Tätigkeit der Partisanen in der Gegend nahm ab, dann wieder zu. In der Grube wurde nicht sabotiert. Doch entgleiste ein mit Erz beladener Zug, ein Viadukt wurde gesprengt, ein anderes flog in die Luft, als der Zug drüberfuhr. Die Gestapo war immer zu spät; nachts wollten sie sich im Wald nicht mit den Banditen anlegen. So verhafteten sie Verdächtige in der Stadt und den umliegenden Dörfern. Leider unterlief ihnen ein Irrtum nach dem anderen. Die Gefangenen waren keine Partisanen, sondern brave Minenarbeiter, die für die Kriegsproduktion arbeiteten. Bis zum Kriegsende war kein einziger echter Bandit der Gestapo von Zaječar in die Hände gefallen; sie hatten mit der Zeit über hundert freilassen müssen.

Der Scharführer der Gestapo wollte mit dem Direktor sprechen und die Lohnlisten einsehen. Der Direktor war sichtlich erbost, daß man seinen Personalchef verdächtigte, der so gut deutsch sprach, immer guter Laune war und dem nicht der kleinste Fehler unterlief. Sehr gründlich war die Kontrolle nicht, die Lohnlisten waren sauber, und man wollte den Direktor nicht noch mehr ärgern. Niemand konnte erraten, wie das Rettungswunder zustande kam.

»Das System habe ich ausgedacht, als ich noch unter Tag gekrampft habe. Jeder Partisan mußte sich nur Namen, Geburtsort und Alter merken. Zwei, die man am Sonntag gefangen und sofort gefoltert hat, sind bei der Aussage geblieben und freigekommen.

Mein Gedächtnis war immer gut, weil ich mich im Gymnasium nie überanstrengt habe. Es ist nie ein Fehler passiert. Am Ende des Monats habe ich die Löhne der neuen Karten einfach nicht dazugerechnet. Der Anführer des Odred, der Partisanenabteilung, war früher Oberlehrer der Realschule. Er hat seine Leute instruiert und abgeprüft. Von meinen Radiogästen war fast immer einer da, mir zu melden, wer aufgeflogen ist. Wenn gerade niemand gewagt hat, mir zu melden, ist der Partisanenführer in Zivil zu mir in die Stadt gekommen, damit ich die Lohnliste rechtzeitig schreiben kann.«

Im Spätherbst 1944 ist Zaječar von den Tito-Truppen befreit worden. Der Direktor des Bergwerks hatte sich abgesetzt. Der Kommandant des Odreds wollte den »langen Slowenen«, wie ihn die nannten, die seinen Namen Dulli nicht kannten, dem General Peko Dapčević vorstellen. »Du hast über hundert Partisanen das Leben gerettet. Wie hast du das gemacht?« »Kao lisica«, wie ein Fuchs, sagte Dulli; mehr wollte er nicht erzählen. Er wollte etwas anderes: »Ich will nach Slowenien.« »Selbstverständlich«, sagte der General, »man wird dich demobilisieren, du bekommst die Objava, den Marschbefehl, und ein Schreiben an die Partei in Slowenien.« »Genosse Peko, demobilisieren kann man mich nicht. Ich bin nie mobilisiert worden. Die Deutschen wollten mich füsilieren, weil ein falscher Hund, ein gewisser Lojze Dolanc, mich verraten hat und sie mein Gewehr gefunden haben. Es hat mich eine Stange Geld gekostet, daß ich mich für das Reich abarbeiten und mit Blei vergiften durfte. Nach Slowenien will ich auch, weil ich dem Lojze die Nase einschlagen muß, wenn er noch am Leben ist.«

»Die Papiere bekam ich nach zehn Tagen. Ja, das hab' ich gar nicht erzählt. Mit der Anka gab es kein Problem, sie war schon weg. Im Mai hatte sie im Spital Zaječar ein Kind bekommen, ein süßes Mädchen. Ich wollte schon früher von ihr weg, dann aber war sie so fair, ist zu dem deportierten Nebbich nach Zaječar gekommen und hat für ihn gesorgt. Als die Kleine da war, ist ihr dummer Egoismus von früher wieder herausgekommen. Ich durfte die Kleine nicht einmal in die Arme nehmen. Mit dem ersten Transport von deportierten Slowenen ist sie abgefahren und hat mir einen Zettel hinterlassen: ›Ich bin fort, such mich nicht, leck mich.‹ Die Kleine, die ich hier habe, ist eine andere Anka.«

Demnächst wollte Dulli nachsehen, ob es in den Wäldern um Jurkloŝter wieder Wildschweine gab. Andere Pläne hatte er nicht. Als wir nach zwei Tagen fort mußten, ins Spital von Panćevo, sagte er noch: »Hoffentlich vergessen die Titoisten, daß ich ein Volksheld bin. Dann lassen sie mich leben, wie es mir paßt.«

Drei Monate später wußte in Ljubljana niemand, wo Dulli war. Dann riß der Kontakt ganz ab. Mehr als zwanzig Jahre später haben wir seine Schwester in Toronto besucht. Sie wußte, daß er mit Frau und Kindern in den Vereinigten Staaten lebte, hatte aber seine Adresse nicht oder wollte sie uns nicht geben.

Auf einer Reise nach Alaska im Jahre 1975 ist meine Leidenschaft für das Fischen mit der Fliege, die ich fast vergessen hatte, wiedererwacht. In den Jahren danach fuhren wir nach Slowenien, wo es mehr Forellen gab als in den Restwassermengen der Schweizer Alpenflüsse. Da sagte man uns in Ljubljana, daß Dullis Tochter Lehrerin in Ljubljana ist und daß er jedes Jahr nach Slowenien kommt, um sie zu besuchen. Am Telephon sagte sie in gebrochenem Deutsch: »Ich liebe Dulli. In Zaječar hat er Mutti und mich sitzen lassen. Jetzt aber kommt er jedes Jahr her zu Besuch und schickt mir Geld, mehr, als ich nötig habe.«

Zwei Tage aßen und tranken wir zusammen im Hotel Slon. Er war nicht allein, mit ihm war seine reizende junge Frau, die gut englisch sprach, mit ihm jedoch spanisch. »Ich habe sie beruflich kennen gelernt, sie ist die Dritte, sie ist aber die Liebste von allen. Sie kommt mit, wenn ich mit dem Boot auf Barracudas fahre. Andere Frauen wollen mit Schwertfischen nichts zu tun haben.«

Wie damals in der Potpetnika kamen wir erst am Abend ins Erzählen und saßen mit Wein und Sliwowitz bis in den Morgen zusammen.

Das Idyll als Kommissar der Fabrik hatte nicht lange gedauert. Eine Delegation der Partei holte ihn nach Ljubljana. Sie suchten sichere Antifaschisten für eine neue Regierung. Die Genossen sagten: »Wir brauchen dich. Sonst sind es wieder die Partisanen aus dem Wald, die allein regieren und die größten Dummheiten machen.« Dulli lachte:

»Vom Regieren verstehe ich noch weniger als die braven Burschen aus dem Wald. Das einzige, was ich kann, ist jagen und fischen.«

Dulli wurde als Minister der Republik Slowenien mit dem Ressort Jagd und Fischerei vereidigt, bekam einen Ausweis, ein Büro und eine Wohnung in der Stadt. Er lebte wieder allein, weil Anka zu ihren Eltern gezogen war; sie wollte am neuen Gymnasium Matura machen.

Dem Minister war es auch so recht. Er beschaffte Landkarten von Slowenien aus deutschen Beutebeständen. Dann verschwand er. In sein Büro kam er selten, zu den Sitzungen nie. Einmal traf ihn der Ministerpräsident, der nach Kočevje gekommen war, um ein Partisanendenkmal der Öffentlichkeit zu übergeben. Er ermahnte Dulli freundschaftlich, ab und zu bei den Sitzungen der Regierung zu erscheinen. Dulli lachte: »Ich habe gelobt, das Amt nach bestem Gewissen zu führen. Jetzt muß ich mich erst informieren, wie die Lage ist. Ich werde gelegentlich berichten.«

Von da an blieb der Stuhl in seiner Kanzlei leer. Wann immer man mit dem Minister sprechen wollte, war er nicht da. Den Genossen fiel das lange nicht auf; sie hatten andere Sorgen.

Dulli jagte und fischte in allen Revieren Sloweniens. Gleich nach seiner Ernennung zum Minister erlegte er einen kapitalen Zwölfender in Oberkrain. Er jagte Schnepfen im Laibacher Moor, Fasanen und Hasen in den Feldern bei Ptuj. Die Wildschweine der Velka planina hatten sich tatsächlich vermehrt, er erlegte einen kapitalen Keiler. So ging es durch die Jahreszeiten, zur Rehpirsch im Mai und zum Blatten auf den Rehbock bei Kočevje, von wo er einen der schweren Rehkrickel, für die diese Gegend berühmt ist, heimbrachte. Das Fischen kam nicht zu kurz, in der Kulpa mit dem Strömer, in der Savinjska bistrica und am Oberlauf der Soča übte er sich im Casting mit der künstlichen Fliege, ganz zu schweigen davon, daß er schon im Januar bei eisiger Kälte einen der seltenen vierzigpfündigen Huchen mit der Forellenleine aus der Savinja bei Mislinje gelandet hatte.

Dulli saß mit seinen Jagdkumpanen in seiner Lieblingskneipe in Voljski otok, Wolfsbüttel, das gerade zu einem Teil der sozialistischen

Hauptstadt erklärt worden war. Er hatte zwei feinnasige deutsche Kurzhaarrüden bei sich. Am nächsten Morgen wollten sie nach Ptuj fahren, um die Vorstehhunde auf Rebhühner zu probieren. Er wußte sogar das Datum: der 15. September. Die Schonzeiten waren durch ministeriellen Erlaß festgelegt worden; das war der Tag, an dem die Jagd auf Rebhühner freigegeben war. (Nach einem Jahr war dieser Erlaß das einzige Ergebnis seiner Amtszeit.)

Das Verhängnis nahte in Form von zwei Offizieren der OZNA, der Staatspolizei. Sie nahmen den geschätzten Genossen und Herrn Minister fest. Man hatte ihn mehrmals einberufen, seine Immunität schließlich aufgehoben und die Angelegenheit der OZNA übergeben. In der Kneipe, so hieß es, soll er sich nach reichlichem Genuß des gefährlichen Weißweins »Zwitschek« abfällig über den Genossen Marschall Tito geäußert haben.

Um die Rache an Lojze Voranc handelte es sich nicht. Erst im Gefängnis erfuhr er, daß der Verräter in den letzten Kriegstagen in der Uniform eines Nazi-Sturmscharführers aufgegriffen und sofort füsiliert worden sei. »Der arme Hund«, sagte Dulli mit einem leisen Bedauern für den entgleisten Jagdfreund.

Dulli saß zuerst im Polizeigefängnis, später in der Burg von Ljubljana, wo man ein Verlies für die Haft von Staatsfeinden eingerichtet hatte. »Ein Glück, daß Folter damals verboten war. Die Verhöre mit Scheinwerfern waren schlimm genug. Weil ich keine Haare habe, vergaßen die Polizisten nie, wen sie vor sich hatten, und wurden nie richtig grob.« Nur wenn er vor Müdigkeit einschlief, schüttelten sie einen Kübel kaltes Wasser über seinen Kopf und setzten das Verhör fort.

Sein Versagen als Minister hatte er sofort eingestanden. Er wies auf den Plan für Jagd und Fischerei hin, den die Sekretärin des Ministers abgeschrieben und weitergeleitet hatte, ohne Unterschrift, denn der Minister war »derzeit unterwegs«. Das Geständnis half nicht. Die Verhöre gingen weiter, als er oben in der Burg saß, nur noch zweimal wöchentlich. Offenbar durfte er nicht erfahren, welcher weitere Verdacht auf ihm lastete. Das Team wurde ausgewechselt, die Neuen kamen an jedem Montag, verhörten ihn sechs Stunden lang und verschwanden bis zur nächsten Woche. In den Protokollen, die er jedes Mal unterzeichnen mußte, war keine seiner Aussage als »wichtig« gekennzeichnet.

Erst nach Monaten konnte Dulli aus den Fragen der Polizisten erraten, daß man ihn der Spionage für eine ausländische Regierung bezichtigte. Beim nächsten Mal sagte er die Formel, daß er ein Geständnis ablegen wolle. Man ließ ihn reden, er leugnete und schloß mit zwei Fragen an die geschätzte Staatspolizei. Wie hätte er aus dem Gefängnis mit seinen angeblichen Auftraggebern verkehren können, und mit welchem Staat »zum Teufel«? In jedem Verhör kam Dulli auf die beiden Fragen zurück. Das wurde verboten, sie bestraften ihn aber nicht. Für den beglaubigten Helden des antifaschistischen Kampfes war Nahrungsentzug oder Bunker nicht erlaubt.

Einmal klagte ein Verhörpolizist, der mit den Nerven am Ende war: »Du sprichst ja alle Sprachen.« Dulli grinste und zählte auf: »Slowenisch, serbokroatisch, deutsch, englisch, etwas italienisch, französisch und jiddisch.« (Spanisch lernte er viel später.)

Die Haft zog sich hin. Die Häftlinge hatten sich ein Kartenspiel verschafft und lernten Poker und Bridge. Dulli hielt eine Diät (es gab weder Wein noch Schnaps), die er draußen nicht befolgt hätte. Schließlich bewährte sich seine Methode. Er sollte vom Justizminister persönlich einvernommen werden. Er bekam einen Anzug statt der zerrissenen Sträflingskleidung, ein Hemd (ohne Krawatte) und neue Schuhe, die ihm zu eng waren. Zur Vorführung wurden ihm Handschellen angelegt, aber im Vorzimmer des Ministeriums wieder abgenommen.

Der Justizminister, ein älterer Mann, wurde von einer Juristin des neuen Schlages assistiert. »Sie trug eine Brille, sah aber recht anziehend aus«, sagte er, »wahrscheinlich mußte sie über jedes Wort ihres Chefs der OZNA Rapport machen.«

Der Minister begann, ohne den Häftling auch nur anzusehen: Wir wissen, daß du für Kanada spionierst. Es war ein Bündel Briefe auf dem Tisch. Lies das.

Dulli las den ersten Brief. Plötzlich verzerrte sich sein Gesicht, von einem Lachanfall geschüttelt sprang er auf, umarmte den Minister und küßte ihn auf beide Wangen, bevor der verdutzte Polizist ihn abhalten konnte. Dann setzte er sich wieder und bat um eine Zigarette, die er aus der Packung des Ministers nehmen durfte.

Er wurde aufgefordert, die Briefe vorzulesen und sogleich ins Slowenische zu übersetzen, es waren sechs, alle aus Toronto, gezeichnet Ilona Golden, Adresse und Telephonnummer. Die ersten drei Briefe in der Handschrift der Mama, die drei anderen mit der Maschine geschrieben. In Toronto dachte man, daß in Ljubljana vielleicht niemand die krakelige Handschrift entziffern könnte; daß niemand Englisch verstand, überstieg die Phantasie der Emigranten. Man hatte davon abgesehen, eine Übersetzung zu veranlassen, weil es sich um geheime Dokumente in einer Spionageaffäre handelte; Übersetzer waren durchwegs frühere Gymnasiallehrer und galten deshalb als »unzuverlässig«.

Wieviel Zeit verging, bis er alle Ergüsse seiner Mama gelesen und übersetzt hatte, wußte Dulli nicht mehr. Jedenfalls ließ der Minister ausrichten, die nächste Audienz würde erst morgen stattfinden. Alle Goldens hatten sich nach Kanada gerettet. Es ging ihnen dort nicht schlecht. Dem Minister standen Tränen in den Augen. Eine solche Energie einer Mutter, den verlorenen Sohn zu suchen, rührte ihn. Dulli war heiterster Stimmung, der Verdacht war stillschweigend aufgegeben. Er vergaß nicht, dem Minister zu empfehlen, die Texte noch einmal durch einen – oder besser mehrere – Übersetzer nachprüfen zu lassen.

Er wurde in Handschellen in die Burg zurückgebracht. Sonst veränderte sich viel, man beließ ihm die Kleidung, die Verpflegung wurde besser, er verlangte ein neues Spiel Karten, Zigaretten, Wein und Schnaps, was er mit Ausnahme der Getränke umgehend bekam.

Zwei Wochen später wurde er wieder zum Minister gebracht, diesmal ohne Handschellen. Der Minister war kurz angebunden: »Genosse Dulli, es war ein Irrtum der OZNA. Du bist rehabilitiert. Du kannst sofort anmelden, welches Amt im Dienst der Republik Slowenien du übernehmen willst. Lediglich ein Ministerium kommt nicht in Frage.«

Dulli hatte sich seine Rede überlegt. Er mußte ein paarmal anhalten, um nicht ungebührlich in Lachen auszubrechen: Er dankte für die Entscheidung und gab zu Protokoll, daß man ihn trotz des schwerwiegenden Verdachts immer korrekt behandelt habe. Nach zehn Monaten Haft könnte er nicht mit der nötigen Begeisterung für den Aufbau des Sozialismus arbeiten. Er wünsche sich einen Reisepaß und ein Visum für Kanada. »Ich möchte meine Mutter in die Arme schließen.«

Der Minister nickte: »Führt den Häftling ins Hotel Slon, Zimmer auf Rechnung des Justizministeriums.« Noch etwas erbat Dulli: »Ich möchte noch einmal in die Festung, um mich von den Kumpels zu verabschieden.« »In Ordnung«, sagte der Minister: »Zehn Flaschen Zwitschek für den Genossen und seine Freunde.« Die Gefängniswärter durften mittrinken. Drei Wochen später wurde er ausgeflogen. Zum Flugplatz kamen zwei Beamte der OZNA mit; man weiß ja nie. Von ihnen erfuhr er, daß sein Plan für Jagd und Fischerei im neuen Gesetz für das Volkseigentum aufgenommen war.

Etwa so weit waren wir in der ersten Nacht im Slon gekommen; die zweite war zu kurz, um alles zu erzählen.

Nach dem glücklichen Wiedersehen in Toronto kaufte er sich Fischergeräte und brach in den Norden der Provinz Québec auf. Mit der Fliege fing er Äschen, die hier *arctic grayling* heißen, und große Regenbogenforellen, *stealheads,* und fing in den Seen vom Boot aus Seebarsche mit der Spinnangel. Mit einem Inuit-Mischling gründete er eine Fabrik für Kanus. Die Boote für Sportfischer waren aus Birkenholzbrettern gezimmert, nach dem Modell der Festlandeskimos. Die Boote waren teuer, wurden aber gern gekauft. Er organisierte auch sein Privatleben. »Wieder fand ich eine reizende slowenische Emigrantin. Wir heirateten bald; zur Hochzeit kamen wir nach Toronto.«

Die Goldens hätten ihn gerne ins Geschäft genommen. Es war aber

Zeit für die Pirsch auf Hirsche, *deer*, und er ging wieder nach dem Norden.

Das Aufkommen von Sportbooten aus Kunststoff fraß die Kundschaft weg. Kein Sportfischer mochte ein Jahr auf die Lieferung warten und viermal soviel zahlen. Er liquidierte die Firma. Sein Kumpan kaufte ein neues Jagdgewehr, tat sich mit einem Inuit-Mädchen zusammen und verschwand in den Wäldern.

Dulli hatte als Direktor einer Teppichweberei in Seattle einen Job. Dort blieb er, seine zwei Kinder kamen in die Highschool. Seit Frau Ilona Golden tot war, schrieb er nicht mehr nach Toronto. Seine Frau erkrankte an Multipler Sklerose, einer Krankheit, gegen die es bis heute kein Mittel gibt. Als sie nicht mehr gehen konnte und beinahe blind war, trug er sie buchstäblich auf den Armen. Als sie starb, schrieb sich Dullis Tochter gerade ins College ein. Das beträchtliche Vermögen wurde zugunsten der Kinder angelegt. Dulli verschwand nach Süden.

Beinahe hätte ich erraten, warum er sich gerade in Grand Caiman niedergelassen hatte. »Weil dort die Steuern am niedrigsten sind?« »Ja, das ist wahr. Aber das war nicht der Grund. Im Meer um Grand Caiman gibt es die tollsten Barrakudas. Es gibt in der Karibik etwa zwanzig Typen Schwertfische der gleichen Familie. Die hier wehren sich am stärksten. Du glaubst, daß du vierzig Pfund an der Leine hast. Wenn du ihn endlich herausziehst, sind es nur zwanzig.«

Die lustige Mercedes (die er mitunter irrtümlich Anka nannte) hatte sein Büro in Quito besorgt. Sie arbeitete, bis sie dreißig war, kaufte dann ihrer Mutter eine Wohnung in Quito und kam nach Grand Caiman. Sie fischte nicht selber. Im zweihundert PS-Boot gab es eine komplette Küche. Die zwölf Arten, wie man in der Karibik Fisch zubereitet, mit *riz créole,* hatte sie rasch gelernt. Der Bungalow im Norden der Insel hatte einen wunderbaren Garten mit Papayas und allen anderen tropischen Früchten. »Es ist ständig Honigmond«, sagte sie. »Der Dulli ist über sechzig. Er hat kein Haar am Leib. Ich finde das schön. Wenn er nackt ist, sieht er aus wie ein griechischer Gott. So ist das. Er säuft jetzt weniger.« Damit ging sie zu Bett.

Dulli hat uns noch erklärt: »Wenn der Tourismus bis an unser schönes Haus kommt, zieh' ich fort. Ich weiß schon, wohin. Dann schicke ich dir die neue Adresse. Vielleicht probierst du einmal vom Boot aus zu fischen. Wenn man so alt ist, ist das nicht ohne.«

Ich weiß nicht, ob Dulli noch lebt; er wäre heute 86. Wir mußten immer lachen, daß wir gleichzeitig für die Partisanen gearbeitet haben, ohne voneinander zu wissen. »Du warst immer der Schlauere, du bist nie in einem Gefängnis gehockt.« »Ja, aber ich war auch nie Minister für Jagd und Fischerei.«

So etwa ist unser letztes Gespräch zu Ende gegangen.

Manoli

Schon bald, nachdem wir nach Zürich gekommen waren, ist Manoli in unser Leben getreten. Diese Aussage ist ebenso unrichtig und irreführend, wie fast alles, was von Manoli zu erzählen ist.

Irgendwann im Winter 1938 saß Manoli im Café Odeon am Bellevueplatz. Da kam einer die Treppe herunter, von dort, wo die Kartenspieler und Schachspieler sitzen und die Billardtische stehen. Das war Goldys Bruder, den ich Thaddeus nenne.

»Den will ich mir ansehen, dachte ich« – so erzählt Manoli. Thaddeus, der zum Ausgang geeilt war (sein Gang war immer eilig, ja, hektisch), hält vor Manolis Tisch an und schaut auf ihn hinunter. »Ich habe nichts gesagt«, erinnert sich Manoli – wahrscheinlich war es so. Eine Geste mit der Hand, und der fremde Anarchist sitzt an seinem Tisch und bestellt einen Espresso. So hat die Freundschaft angefangen. (Ich war seit dem November 1938 in Zürich, Goldy erschien ein halbes Jahr später.)

»Ins Leben getreten« ist geradezu pervers, wenn man von Manoli spricht. Er saß gelassen da und spielte mit einem Zündholz. Manoli trat nie in etwas ein; in diesem Fall ließ er die Annäherung zu. Es mag eine Rolle gespielt haben, daß Thaddeus gekleidet war wie ein Anarchist der Jahrhundertwende. »Das ist ein Irrer, aber einer, bei dem es sich lohnt.« Was sich gelohnt hat, war die Freundschaft mit Thaddeus, mit Goldy und mir, bis Manoli alt wurde und mit weit über siebzig starb. Gelohnt hat es sich für beide Seiten, kann ich hinzufügen, sicher auch für ihn.

Die Freunde Manolis wurden auch unsere Freunde, und wir bewunderten die Schönen in seinem Reich. Sein Reich hatte keine Grenzen, er war der ruhige, stets bewegliche und bewegende Pol. Seine Macht kam nicht vom Charisma einer dämonischen Persönlichkeit, auch nicht vom Geheimnis seiner früheren Existenz. Seine Macht war eine radikale Aufklärung, die Kenntnis der menschlichen Verhältnisse, der seelischen Verstörungen, wirtschaftlichen Zwänge und der politischen Perversionen seiner Zeit. Die Verhältnisse konnte nur einer bloßlegen, der mit Konventionen, bürgerlichen und kleinbürgerlichen Vorurteilen, mit allem nationalistischen Firlefanz und archaischen, patriarchalen und sonstigen überholten Ideologien gebrochen hatte.

Wenn man mich gefragt hat, wer ist dieser geheimnisvolle Manoli – was oft geschah –, sagte ich: Er ist der letzte Bohemien.

Zu seinem 70. Geburtstag am 21. September 1978 brachte Giovanni Blumer eine Festschrift heraus, in der Manolis Freunde und Satelliten geschrieben haben. Er war einverstanden: »In meinem Alter sind Einsichten näher als Aussichten«, und zu den Porträtfotografien: »Die Bilder sind gut, wo ich schön bin.«

Ich wäre versucht, das ganze Heft abzudrucken. Alle ahnten, daß er bald sterben würde (er starb einige Jahre später). Goldy steuerte den Grabvers bei, den Katharina gedichtet hat:

»Es war Krieg und wir sind eine skeptische und böse Generation. Da fehlt mir ein Stück – oh heilige Fehlleistung – das ist ja richtig so:

Hier liegt nebst manchem Schutt und Tand
im Sande eines Geigers Hand

…
da liegt er nun, der nichts bereut,
in Gott, alias Sigmund Freud.«

Von mir ist ein langes Gedicht abgedruckt, aus dem ich zwei Strophen zitiere:

»Bauen wir
mit Hypothesen
eine neue
bessre Welt
Hast du Marx und
Freud gelesen,
weißt du, wie sie
dann zerfällt.«

Ich fügte hinzu: »… entdeckte ich Manoli und er mich: Manoli me tangere.«

Nach so vielen Jahren trete ich ihm schreibend nahe. Schon vor dem Ende der antifaschistischen Kriege hat er uns so beeinflußt, daß wir den Zusammenbruch der Illusionen, der andere Antifaschisten betroffen hat (als 1939 der Pakt von Hitler mit Stalin den Krieg auslöste), hinter uns hatten. Wir haben ihn nicht zum Ideal stilisiert, wußten aber, daß es ein ideales Leben gegeben hat.

Was war das für einer? Otto Weißgott, ein Pseudonym für Arno Blarer, schreibt:

»Berufsbezeichnung keine. Liebhaber mit vielen Liebhabereien: Musikant Nachdenker Hellseher Schwarzseher Fysiker Systemkritiker Filosof Jongleur Liedermacher Parapsychologe Dichter Psychologe Psychoanalytiker; indes auch Menschenkenner Terrorist Hypnotiseur scharf dunkeläugiger Fotograf Verächter Liebhaber Spötter Diogenesimfass.

Er ist:

unbeirrbar eigensinnig zartfühlend grob aufnehmend einnehmend grob-ablehnend geschmeidig unerbittlich verständig bis-hie-her-und-nicht-weiter-sagend freundlich offenherzig mißtrauisch fröhlich bitter entschlossen zweifelnd überzeugt wissend …«

Sitten und Bräuche sind ihm zuwider. Blumen, die den Geburtstagstisch zieren, die man dem Gastgeber mitbringt, nennt er Schaugemüse.

Einmal im Elsaß läßt er sich herbei, den edelsten Gewürztraminer zu kosten: »Schmeckt wie ein sehr gutes Haarwasser.«

Wer Gutes tut, dem ergeht es schlecht. Dreimal hat er sich zu einer Guttat verführen lassen; zwei habe ich vergessen, die dritte will ich erzählen.

Manoli hatte die Gewohnheit, nach Mitternacht durch die Straßen zu spazieren; endlich hat er die Stadt für sich allein. Da trifft er am Paradeplatz eine alte Bekannte, die Leu. Frau Leuenberger war in jungen Jahren Schauspielerin, betreibt eine Theateragentur und ist eine unerschrockene Frau, die aus Gurs, dem Lager der Vichy-Regierung, Internierte befreit hat. Für die Leu ist der Koffer, den sie schleppt, zu schwer, sie hinkt mehr als sonst, muß das Stück in einem Schließfach am Bahnhof deponieren. Manolis Bude ist ganz in der Nähe, obere Schlüsselgasse. »Willst du den Koffer bei mir lassen?« »Du bist ein Engel«, sagt die Leu mit dem Augenaufschlag, den sie als Naive hatte, und kommt mit, während Manoli das schwere Ding in den dritten Stock hinaufschleppt und hinter die Türe stellt. Als Manoli in der nächsten Nacht gerade von seinem Spaziergang zurück ist, dringen zwei Polizisten in seine Klause ein. Sie suchen Spionagematerial. Der Verdächtige kann sich ausweisen, wohnt hier, keine Fluchtgefahr; er muß sich um neun Uhr zum Verhör einfinden. Den Koffer nehmen sie mit. Erst nach dem sechsten Verhör wird Manoli aus dem Verdacht entlassen. Man glaubt ihm nicht, daß er den Inhalt nicht kannte. Doch hat es sich herausgestellt, daß das Spionagematerial, militärische Geheimakten, von einem Schweizer Offizier stammt, der es französischen Offizieren, die mit der Resistance konspirierten, zuspielen wollte. Da der Spion in gehobener Stellung war, durfte der Fall nicht aufgerollt werden.

Für einen, der nie, und schon gar nicht der Polizei, ausgeliefert sein will, eine schlimme Strafe für die kleine Guttat.

Unser Freund war überzeugt, daß ihn jede bezahlte Arbeit in verhängnisvolle Abhängigkeit versetzen würde. Nur wer nicht für Geld arbeitet, kann ein würdiges Leben haben. Er war ein begeisterter Bastler, baute Radioempfänger, einmal einen Sender. Noch in seiner letzten engen Bude sind alle erdenklichen Instrumente, Kabel, Batterien usw. säuberlich an Nägeln in der Wand aufgereiht. Beinahe geriet er ins Unglück: Er erfand den Wechselrahmen.

Ein wunderschönes Mädchen, restlos in ihn verliebt, hatte die Kopie eines Selbstporträts geklaut. »Ich werde sie in meiner Kammer an die Wand nageln.« »So ein Bild nagelt man nicht. Wart' ein wenig damit.«

Manoli ließ billige Glasplatten schneiden, kaufte Stahlklammern und Gummizüge, probierte, paßte an – bis der erste Wechselrahmen, unheimlich einfach, unwahrscheinlich billig, da war. Er kaufte geschliffenes Glas, verfeinerte die Klammern, wir durften ihm die Maße geben, bald hatten alle, die in seiner Gunst standen, ein solches Wunderding an der Wand. Die Warenhauskette Rheinbrücke in Basel bekam Wind. Sie waren bereit, das Patent (das es nicht gab) zu kaufen oder den Erfinder an der Lizenzproduktion zu beteiligen. Ein Herr Direktor saß jeden Abend im Select. Manoli war verschwunden. Nach vier Monaten wollten die Basler nicht länger warten, ließen vorsichtshalber eine Kleinigkeit an den Klammern ändern und warfen das Wunderding auf den Markt. Der Gewinn soll schon im ersten Jahr Millionen betragen haben.

Manoli saß wieder an seinem Tischchen im Select, bester Laune. Die Gefahr, zum Knecht des Geldes zu werden, war abgewendet. Er hatte im Café Verbano in Ascona Zuflucht gefunden. »Wenn man mich an die Rheinbrücke verraten hätte, wäre ich ins Ausland gegangen.«

An der Wand in unserer Küche ist ein Produkt seiner experimentellen Fotografie mit Reißnägeln befestigt: übereinander Stirnen und Augen der beiden Freunde Antoine und Manoli. Der Blick von Antoine ist gerade, offen, wissend, darüber Manolis Blick, skeptisch, so daß man sieht: Er glaubt nicht einmal das, was er selber erkannt hat.

Für mich war es keine Mühe, ihn kennenzulernen. Da saß ein fremdartiger Mann unbestimmten Alters, den skeptischen Blick im weichen, beweglichen Gesicht. Er sah auf, als ich in das Kaffeehaus kam, und rückte die Tassen zurecht, um Platz zu machen. Wenn ein Mädchen den schlanken Knaben da sitzen sah, begann jenes spannende, ins Ungewisse zielende Spiel der Blicke, kaum merklicher Gesten. In der Dornenhecke von Abweisung eine Lücke, Zulassen, Abweisen und Wiederanziehen. Wenn es ihr gelang, die endlich richtige Nähe und Distanz zu finden, war sie ihm verfallen. Ihm mochte es recht sein.

Ich habe lange nicht begriffen, wie der schweigsame Niemand, in abgetragener Kleidung, ohne Beruf, ohne Geld und Ansehen, die schönsten und liebreizendsten Geschöpfe derart fesseln konnte. »Sie mögen mich, und ich sie«, sagte er lapidar.

In einem Roman von Ricarda Huch kommt ein geheimnisvoller, junger Mann vor. Ein wunderschönes Mädchen ist in ihn verliebt. Sie ist verzweifelt, daß sie ihm nie wirklich nahekommen kann, ist in sein Zimmer hoch im Turm eingedrungen. »Was soll ich tun«, ruft sie, »soll ich aus dem Fenster springen, damit du mich wahrnimmst?« »Oui, Mademoiselle«, sagt der Junge im Roman. Sie springt. Wegen Manoli ist, soviel ich weiß, keine gesprungen. Der Dornenwall verschloß sich wieder, unaufhaltsam. Manoli war allein, bis eine nächste …

In der Denkschrift zum 70. Geburtstag hat Goldy geschrieben: »Damals wie heute ist er ein Kolkrabe, weise, unbestechlich, mit seinem schwarzen Rabenwitz, neugierig und nicht einzufangen und gar erst abzurichten zu läppisch angepaßtem Tun.

Schon früh hat er den mahnenden Namen, den ihm sein Vater gab, mitsamt allem Familienkram und -banden abgelegt und hinter sich gelassen. Aus eines verliebten Mädchens Mund empfing er seinen eigentlichen Namen, Manoli …

Halt, etwas hat er doch von seinem Vater mitgenommen, seine Geige, aber nicht, um in den sauren Berufsstapfen seines Vaters zu fideln, sondern einfach so zur Freude, auf der Straße, für ein Mädchen … mit seinem so reinen schönen Geigenton.«

Manolis Vater stammte aus Yverdon, einer Kleinstadt in der Westschweiz; er war bei der Stadt Reutlingen als Musikdirektor angestellt. Gewiß war er ein guter Musikdirektor, denn er hatte sein Leben einem einzigen hohen Ideal geweiht, der klassischen Musik. Daß er sein Amt nach dem Sturz des Kaisers behalten durfte, erfüllte ihn mit Dankbarkeit und mahnte ihn daran, daß sich Wohlangepaßtheit lohnt und für einen Künstler besonders nötig ist. Streng befolgte er alle Regeln, die ein deutscher Beamter einhalten muß. Es verstand sich von selbst, daß beide Kinder – es gab noch eine jüngere Schwester – den besten Musikunterricht erhielten und sich ihr Benehmen nie von dem der anderen Bürgerkinder der Kleinstadt unterscheiden durfte.

Die Mutter hatte aus der Schweiz eine engstirnige Moral mitgebracht, die sie mit frommen Sprüchen aus dem protestantischen Katechismus würzte. Sie ging jeden Sonntag zur Kirche und sah darauf, daß beide Kinder konfirmiert wurden, während der Vater der Ansicht war, daß sein Musizieren der Ehre Gottes genug tat. »Meine Mutter war zu dumm, um ihre Kinder zu lieben«, meinte Manoli. Einmal fuhr die Familie in die alte Heimat. An der Seilbahnstation auf die Rigi, den berühmten Aussichtsberg, ging das fünfjährige Söhnchen im Gedränge verloren. Als man ihn endlich fand und zur Mutter brachte, gab sie ihm eine Ohrfeige. Ähnliches gab es immer wieder. »Ich bin aber nicht vor ihr fortgelaufen. Die Wohnung war derart voll Kram, daß kein Platz für mich war.« Auch das ist nicht die ganze Wahrheit.

Manolis Schwester lebte verstört bei den Eltern; erst als beide gestorben waren, zog sie nach Lausanne, hatte ein Coming out als Lesbe und wurde eine beliebte Klavierlehrerin. Manoli schickte ihr zum Geburtstag Blumen, lieh sich sogar Geld dafür, was er sonst vermied, besuchte sie aber nicht alle Jahre.

Die Herren Studienräte am klassischen Gymnasium Reutlingen waren leider vollzählig aus dem Krieg zurückgekehrt und stellten ihre Autorität als deutsche Lehrer rasch wieder her: Sie waren provinziell, deutschnational und reaktionär. Ganz schlecht war die Schule wohl nicht, nie habe ich einen Schweizer getroffen, der im Gymnasium so gutes Deutsch schreiben gelernt hatte. Ich war so neugierig auf die ekelhafte Schule Manolis, daß ich auf dem Rückweg aus Tübingen einmal den Umweg über Reutlingen nahm. Da stand das Schulhaus, ein nicht eben imposanter Backsteinbau, sehr »deutsch« – ein ähnliches Schulhaus gab es in allen süddeutschen Städten.

Manoli ist bald nach dem Krieg mit dem Journalisten Walter Gyssling nach Reutlingen gefahren. Auf den Wink der damals allmächtigen französischen Kommandantur wurden sie von den Spitzen der Stadtbehörden mit allen Ehren empfangen; dies quittierte Manoli mit einem höflichen, aber leicht ironischen Lächeln.

Von Sport war in Manolis Jugendjahren nicht die Rede. Aus der badischen Folklore zitierte er gern den Vers:

D'Soldaate kommed obenaab
mit lauter Offizier
der Hauptma hed ind Hose gschisse
Papier, Papier, Papier.

Ob Manoli »schon mit zwölf« alle Lügen durchschaut hat, wie er zu sagen pflegte, weiß ich nicht. Mit siebzehn, knapp vor der Matura, kam es zum Ausbruch, Aufbruch, oder wie es allgemein hieß, zum Skandal.

Helga (wie ich sie nenne), die Tochter eines reichen Reeders aus Bremen, wurde aus dem Schoß der hanseatischen Familie geraubt oder entführt. Polizei, Presse und Detektive brachten den Fall in Zusammenhang mit dem Verschwinden eines Gymnasiasten, Sohn des

Musikdirektors von Reutlingen. Erst nach Wochen wurde die Suche aufgegeben. Zwei Jahre später tauchten die jungen Leute wieder auf.

Manoli hat nie gesagt, wie er Helga gefunden hat. Vielleicht hatten die Hanseaten in einem badischen Kurort Ferien gemacht, oder der junge Mann war in Bremen herumgestreunt. Es ist auch möglich, daß Manoli, der sich damals noch Sascha nannte, sie gesucht hat, denn Helga war prominent, wegen der exzentrischen Launen des eleganten Mädchens; sie hatte, als erste Frau, das Patent als Fallschirmspringer erworben.

Manoli verließ sein Elternhaus ohne ein Wort des Abschieds. Er nahm nur das Geld in der Haushaltskasse mit und einen Geigenkasten mit der besten Geige seines Vaters. Die mußte er nicht klauen, der Alte hatte sie ihm geschenkt, als er nicht neidlos, aber stolz einsah, daß der Sohn einen Ton und eine Virtuosität erreicht hatte, die ihm versagt waren. (Noch etwas ist Manoli als Andenken an seinen Vater geblieben. Er spielte nie mit einem Notenblatt, sondern immer auswendig. Wenn er die Noten las oder eine Melodie hörte, stand sie ihm zur Verfügung. Der Musikdirektor hatte verlangt, er müsse von Noten spielen, »weil das alle tun«.)

Die Liebenden zogen durch Frankreich nach Spanien. Die großen Städte mieden sie, bis die Zeitungen die Affäre aufgegeben hatten und keine Fotos der schönen Reederstochter mehr brachten. Bevor sie an der Plaza eines Städchens angekommen waren, hatte Manoli bereits populäre Liedchen aufgeschnappt, nahm die Geige heraus und begann zu spielen. Am besten waren die Abendstunden. Wenn Kenner unter den Hörern waren, ging er zu ernster Musik über. In der Pause ging die schöne Blonde mit Manolis Hut einsammeln.

»Wir litten nie Not, nur manchmal mußten wir noch am selben Abend weiter, weil sie uns dabehalten wollten. In Spanien war man ganz verrückt nach Musik, es gab damals noch kein Radio, TV oder Kassetten. Den Winter über blieben wir in Andalusien. Dort gefiel es uns am besten. In einem Kloster wollten die Mönche von mir Geige spielen lernen. Für Helga kauften wir ein langes Kleid und Kastagnetten. Wenn sie Flamenco tanzte, gerieten die guten Leute ganz aus dem Häuschen. Wir bekamen so viel Geld, daß wir nur noch spielten, wann es uns paßte.«

Ich weiß nicht, wie diese Zeit verstrichen ist und warum sie nach zwei Jahren zurückkamen. Manoli sagte nur: »Es war fein, so zu leben, wie wir wollten.« Noch vor dem Aufstand der Generäle tauchten sie in Zürich auf. In Deutschland war Hitler an der Macht, dorthin konnten sie nicht, hier tauchten sie in die Welt von Theater, Cabaret und Musik und freundeten sich mit Erika und Klaus Mann an.

Unvermittelt die Katastrophe: Helga hatte sich in den Musiker Rolf Liebermann verliebt und fuhr zu ihm nach Ascona. Wie sie es von Manoli gelernt hatte, ließ sie nur einen Zettel zurück: »Ich gehe fort zu Liebermann. Leb wohl.«

Doch Manoli wollte nicht mehr leben. Er nahm eine tödliche Dosis Schlafmittel, wurde durch Zufall entdeckt und ins Universitätsspital gebracht. Wegen eines Lungenabszeß lebte er viele Wochen lang zwischen Tod und Leben.

»Als ich sah, daß mir mein Tod mißlungen war, sagte ich den Ärzten dankeschön, mein Selbstmord war ein Unsinn. Darauf entließen sie mich, und ich bekam meine Geige zurück, die sie brav aufbewahrt hatten.«

Manoli hat Helga nicht wiedergesehen. Sie wurde die erste Frau ihres neuen Liebhabers, schön und geheimnisvoll. Nach einigen Jahren warf sie sich vor den Schnellzug bei Bellinzona. Manoli las es in der Zeitung. »Als wir zusammen waren, hat sie nie an so etwas gedacht. Ich wußte aber, daß sie schon als junges Mädchen oft gewünscht hat, daß sich der Fallschirm nicht öffnet, wenn sie in die Tiefe springt.«

Im zweiten Leben unseres Freundes war das erste Leben, auch Leidenschaft und Romantik – wenn es die überhaupt gab –, vorbei. Was weiterlebte, war nicht ein Mann ohne Eigenschaften, eher Eigenschaften ohne den Mann. In Zürich hatte sich um ihn ein Kreis gebildet, in dem wir das fanden, was wir brauchten, jene Nische, in der wir

Antifaschisten nach dem siegreichen Ende unserer Kriege überleben konnten und über die Jahre des Kalten Krieges hinaus gelebt haben.

Sigmund Freud hat die Methode entwickelt, wie ein Analytiker einem Menschen zum intimen Freund werden und gleichzeitig ein Fremder bleiben kann. Bald stellte sich die Frage, warum die Analysanden ihre Analysen so lange fortsetzen. Sie handeln so, nicht, um gesund zu werden, nicht, weil sie sich verpflichtet fühlen – sie tun es aus Liebe. Manoli ist der einzige, von dem ich weiß, daß seine Freundschaften ebenso zustande gekommen sind. Er hatte nicht die Absicht zu helfen, zu heilen, niemand fühlte sich ihm verpflichtet. Man liebte ihn, ohne zu wissen, warum. Anziehend war nicht das Geheimnis seines früheren Lebens (von dem er kaum je gesprochen hat); kein Kunstgriff und keine psychologische Manipulation, keinerlei Suggestion oder Abart von Hypnose (Phänomene, die er gerne studiert hat) war wirksam. Er war Analytiker ohne Absicht, aus Neigung, aus Neugier; vielleicht war dies seine Leidenschaft.

Ich glaube, daß Manoli nicht ganz auf Menschen verzichten konnte, nachdem er alle menschlichen Verhältnisse durchschaut und abgelehnt hatte. Dichte und verläßliche Beziehungen erhielten ihn bis über siebzig lebendig. Doch konnte ihn nichts von seinem Rückzug an den Rand der Gesellschaft abbringen. Seine Absage an alle zwingenden, verführenden, wahrhaftigen oder verlogenen Menschen und menschengemachten Einrichtungen war total.

Woher er seine Kenntnisse der Psychoanalyse hatte, weiß ich nicht. Den Marxismus hat er erst in Zürich von Emigranten übernommen, die das Karl-Marx-Gymnasium in Berlin besucht hatten. Sicherlich hatte er ein ganz ungewöhnliches Talent zur Einfühlung. Diese »Künstlernatur« ließ ihn unbewußte Regungen bei sich selber und bei anderen Menschen, die sein Interesse erregt hatten, erraten. Er zweifelte nicht daran, daß er selber ein Künstler war. Warum er nie eine künstlerische Laufbahn anstrebte, wußte er zu begründen: »Es gibt einen Kunstmarkt, Verlage, Redaktionen, Literatur- und Theaterkritik; das genügt als Abschreckung.«

An anderen Leben teilzunehmen, als Beobachter, Freund und Kritiker, das liebte er sehr. Wenn wir etwas unternommen haben, war seine Haltung: »Schön, daß ihr das versucht, ändern läßt sich ja nichts.« Das blieb so, als wir nach Jugoslawien zu den Partisanen gingen, Psychologie und Ethnologie studierten, Vorträge hielten und Bücher schrieben.

Im Cabaret Cornichon gab Walter Lesch keine Nummer frei, bevor nicht Manoli zur Probe ja gesagt hatte. Das Theater von Wolfgang Langhoff richtete sich nach seiner Kritik. Als im 1968er Jahr die Straßentheater niemanden mehr anzogen, wurde Manoli als Regisseur tätig, ungerufen und unbezahlt. Als sie Erfolg hatten, verschwand er wieder, im Nichts oder an seinen Tisch im Kaffeehaus.

Wenn es nicht anders ging, gab er als Beruf Fotograf an. Da er doch wieder Geld brauchte, lieferte er an Zeitschriften Schnappschüsse im Stil von Cartier-Bresson oder Modefotos. Ein weltbekanntes Magazin bestellte zwölf Aufnahmen für die Frühjahrsmode. Sie erregten Aufsehen. Niemand hat bemerkt, daß alle mit demselben Mädchen aufgenommen waren, zwölf wunderschöne Modelle aus einem Antlitz. Dann verschwand er nach Paris, »sonst braucht man mich noch als Modefotograf«. Vorerst hatte er genug Geld.

Manchmal verschwand er für einige Monate und lebte in Paris, später in New York. Dort war der Anfang der Drogenwelle, und die nächtlichen Spaziergänge waren gefährlich. Wenn ihm plötzlich einer mit Messer, Brechstange oder Pistole in den Weg trat, neigte er sich blitzschnell vor und sagte dem Verdutzten ins Ohr: »Do you want money?« Dann fischte er Kleingeld aus der Jackentasche, behielt eine Vierteldollarmünze – »I need a dime to get home« –, und beide trotteten zufrieden davon. »Das hat zwei- oder dreimal funktioniert. Es kam aber keiner von hinten.«

Dann war er wieder da. Mit Fréderic hatte Manoli ein surrealistisches Stichwort: Jangtsekiang, das hieß »Ich weiß, was du im Schilde führst«. Ihm gefiel Fréderics Liebe zum Zirkus. Nie hat ein Dilettant so perfekt jonglieren gelernt wie er; er war schon über vierzig und soll nächtelang geübt haben. Ein einziges Mal durften wir zusehen, wie er die klassischen Sequenzen mit fünf Bällen und fünf Keulen durchspielte.

Ein Schweizer Dichter hatte Romane im Kopf. Den ersten mochte ich nicht lesen. Sein Deutsch war unmöglich, wie man es in Schweizer Schulen lernt. Ich wies ihn an Manoli, dort an den Tisch im Select. In monatelanger Arbeit hat Manoli mit ihm den Roman neu geschrieben. Der Dichter staunte und lernte. Im nächsten Buch war Manoli nur noch Lektor. Mit dem dritten Band war der Dichter berühmt. Seinen Mentor durfte er nicht erwähnen.

Als Manoli schon recht alt war, habe ich einmal den Wiener Psychoanalytiker Theodor Reick zitiert, der über das Schicksal der Neurotiker im Alter schrieb; was geschieht mit dem unausweichlichen Konflikt zwischen Trieb und Triebunterdrückung: »Es bleibt die Hoffnung, daß nicht nur die Gejagten müde werden, sondern auch die Jäger.« »Endlich wieder ein Analytiker, der schreiben kann«; er las alles, was Theodor Reick vor seiner Emigration nach New York geschrieben hat.

Fotos machte Manoli nur noch selten. Die Gefahr, eingekauft zu werden, war vorbei. Einige alte Freunde überwiesen Geld auf sein Postscheckkonto, das wieder leer war. Er nahm es lächelnd an und schrieb sogar einige kluge Aufsätze über Hypnose und Parapsychologie für das Feuilleton der *Weltwoche*: »Über siebzig wird man nicht mehr Sachbuchautor«, meinte er. »Wenn man weiß, daß man bald sterben wird, sind die Rückzugswege kürzer.«

Vielleicht lebt man besser, wenn man kein eigenes Leben braucht und am Leben anderer partizipiert. Man muß jedoch gut auswählen. Wer die verdrängten Aggressionen und Gemeinheiten, die tief im Unbewußten lauern, ebenso kennt wie den eigenen Haß und die unstillbare Sehnsucht, hat kaum Anlaß, sich vorzeitig aufzugeben.

Mit fünfundfünfzig hatte er einen Krebs am Dickdarm. Ich schickte ihn zum einzigen Chirurgen, der damals diesen Tumor operierte, ohne einen künstlichen Darmausgang anzulegen. (Damit wollte Manoli nicht leben.) Die Operation gelang. Der Patient amüsierte sich königlich über seinen Arzt, der ihm in langen Gesprächen versicherte, daß er aus religiösen Gründen niemals lüge, und gleichzeitig beteuerte, daß der entfernte Tumor kein Krebs gewesen war. Der Patient hatte die Diagnose des Pathologen gelesen.

Ganz ähnlich ging es ihm mit siebzig. Ein hervorragender Hirnchirurg hatte eine Kopfschlagader wieder durchgängig gemacht, weil Hirnschlag drohte. »Ich hab ihn sein Experiment machen lassen. Der gute Mann kommt täglich, um zu sehen, ob es geglückt ist, und mahnt mich jedesmal, das Rauchen aufzugeben.« Manoli sagte ein-, zweimal: »Ich bin Nichtraucher.« Dann lächelte er nur mehr.

Nach dieser Operation lebte er noch drei Jahre. Er wurde schwächer, schlief viel, und ein letztes Mädchen pflegte ihn, bis er eines Morgens nicht mehr erwacht ist. Über diese liebe Freundin lächelte er nicht. Dankbar hörte er zu, wenn sie ihm von der chinesischen Heilkunst erzählte, die sie studiert hatte. Wahrscheinlich hat sie nicht bemerkt, daß er mehr davon verstand als sie.

Die Welt, von der sich Manoli losgesagt hatte, ist stückweise zerfallen. Während der Protestbewegung der 68er Jahre wagte er eine Voraussage: »Etwas wird sich ändern. In Zukunft werden Polizisten Bärte und lange Haare tragen dürfen.« An das Ende der Welt durch die Atombombe glaubte er nicht: »Die Dummheit der Menschen wird ohne den teuren Firlefanz zum selben Ergebnis kommen, nur langsamer.«

Aus dem Café Select hat man ihn fortgewiesen; er konsumiere zu wenig. Die Mädchen und Knaben, die sich jeden Abend um ihn geschart hatten, um etwas von seiner Weisheit zu erhaschen, blieben weg. Der Tisch blieb lange ohne Gäste.

Auch wir hatten uns ein wenig entfernt. Wir waren dabei, in das Reich der Literatur abzuschwenken. »Das leuchtet ein«, sagte er, »geschriebene Lügen sind erträglicher als gesprochene.«

Ethnopsychoanalyse – off limits

Ethnopsychoanalyse ist eine Forschungsmethode, die wir entwickelt haben. *Off limits* ist eine militärische Formel, mit der in einer besetzten Stadt ein Teil abgegrenzt wird, in dem die Army herrscht.

Beide Phänomene haben den Anspruch, ihr Gebiet radikal, also grundlegend, zu beherrschen. Ich verbinde das Militärische mit unserer Wissenschaft, weil ich die Absicht habe, selbstgesetzte Grenzen zu überschreiten, wie es siegreiche Armeen tun.

Off limits haben wir im Oktober 1944 in Neapel kennengelernt. Wir waren mit einer chirurgischen Mission aus der Schweiz unterwegs zu Titos Armee in Jugoslawien. Die Alliierten hatten uns bis Neapel gebracht. Hier mußten wir die Weiterreise organisieren und konnten – off limits – einige chirurgische Instrumente kaufen, die damals in der Schweiz nicht zu haben waren.

Das Oberkommando der Alliierten hatte die Amerikaner mit der Verwaltung großer Städte betraut, z. B. von Palermo, Bari und Neapel. Vor kurzem war Süditalien erobert, oder vom Faschismus befreit, worden. In den Städten herrschte jetzt Gesetz und Ordnung. Militärpolizisten mit einem weißlackierten Helm, darauf ein großes schwarzes P, patrouillierten zu zweit, nachts auch zu viert, im kontrollierten Teil der Stadt. Die Polizisten trugen lange Knüppel, ein ledernes Gehänge mit einer Pistole, an dem einige Handschellen »zum Gebrauch« baumelten, und Trillerpfeifen, um Verstärkung heranzurufen. (Walkie-talkies gab es noch nicht.)

Die Army garantierte, daß in den kontrollierten Teilen der Stadt keine kriminellen Taten vorkamen. Einen Stadtplan, in dem die Grenzen des befriedeten Teils eingezeichnet waren, gab es nicht. Große weiße Plakate mit einem schwarzen P und der Aufschrift »off limits« markierten das Gebiet und konnten vom Kommando jederzeit verschoben werden.

Wir waren eine Woche in Neapel und machten uns bald ein Bild. Ein breiter Streifen der befreiten Stadt umfaßte das Gebiet vom Hafen bis über den Güterbahnhof hinaus, entlang dem Corso Vittorio Emanuele mit zwei Wurmfortsätzen in ein Viertel mit alten Palästen und ein Viertel mit Villen der reichsten Bürger. Innerhalb der Zone konnten sich Fußgänger frei bewegen, auf dem Corso aber nur Militärfahrzeuge. Da wir abwechselnd an Amtsstellen an den entgegengesetzten Enden der garantierten Zone vorsprechen mußten und weil es weder Autobusse noch Taxis gab, bedienten wir uns einspänniger Droschken, die durch winkelige Gäßchen die blockierte Zone umfuhren. In diesen Straßen gab es Marktstände und improvisierte Wohnstätten obdachloser Flüchtlinge, die von den Droschkenkutschern angeflucht oder über den Haufen gefahren wurden. Darum gingen wir lieber zu Fuß und mußten die vier Kilometer im Joggingtempo zurücklegen.

Die Strategie der Army bestand darin, die Ordnung radikal durchzusetzen; gleichzeitig aber, so hatte die *New York Times* gemahnt, sollte man der Moral der amerikanischen Öffentlichkeit entsprechend vorgehen: Beispielsweise sollten die Besatzer mit der Bevölkerung in ihrer Sprache sprechen. (Die gleiche doppelte Zielsetzung war noch im Kosovokrieg bestimmend: Ein totaler, technisch perfektionierter Krieg wurde ohne Beachtung von Rechtsnormen und Verträgen inszeniert, gleichzeitig sollten aus moralischen Gründen die Opfer der serbischen Aggression vor Terror und Vertreibung bewahrt werden.)

Nun gab es damals in Amerika eine geschlossene Gesellschaft, die italienisch sprach, die Unterwelt von Chicago. Nach der Aufhebung der Prohibition hatte sich aus den Schnapshändlern eine Mafia rekrutiert, die auf die Eintreibung von Marktsteuern und Erpressung spezialisiert war. Bisher hatte man sie nicht zum Militär einberufen. Jetzt wurden diese jungen Italoamerikaner als *Military Police* ausgebildet. Gangster aus Chicago waren die Hüter der demokratischen Ordnung in Neapel.

Die Polizei nahm ihre Aufgabe ernst. Beim leisesten Verdacht auf eine Ruhestörung nahm sie die Leute fest. Zwei Neapolitaner, die laut, aber freundschaftlich diskutierten, Jugendliche, die sich vielleicht über die Polizei lustig machten, wanderten in Handschellen ins Gefängnis. Das Leben in der garantierten Zone erinnerte an ein Kasernenareal, sogar die berühmt lebhaften Neapolitaner benahmen sich hier still und gesittet.

Anders war es off limits. Es wimmelte von Menschen, Kinder schrien, bettelten oder stahlen, was sie kriegen konnten. Es gab Restaurants, von billigen Garküchen bis zu vornehmen mit livriertem Türsteher und Bordelle jeder Art. Viele amerikanische Soldaten in Uniform spazierten in den Straßen, doch keine Offiziere. Eine europäische Armee hätte es ihren Soldaten verboten, off limits zu gehen. Amerikaner konnten nicht so eingeschränkt werden. Off limits gingen sie auf eigene Gefahr.

Einmal waren wir Zeuge, wie ein junger Soldat, der nach Mädchen Ausschau hielt, von einer Bande von acht oder zehn Neapolitanern überfallen wurde. Im Nu lag er am Boden, sie nahmen ihm alles weg, auch die Kleider, ließen ihn splitternackt auf dem Stühlchen einer Straßenbar zurück und verschwanden. Der Junge war verwirrt und fragte, was ihm zugestoßen war. »Man hat Sie ausgeraubt«, konnten wir ihm erklären. »Ich bin aber nackt«, sagte er. »Natürlich, sie wollten auch die Unterwäsche. In dieser Stadt mangelt es an allem.« Bevor der Soldat sich gefaßt hatte, bogen zwei MP um die Ecke, stürzten sich auf ihn und deckten den nackten Mann in Sekundenschnelle mit Schlägen ihrer Knüppel ein. Der Grund war: Es war indezent, sich unbekleidet auf der Straße zu befinden, auch off limits. Der Raub, der soeben passiert war, interessierte die Polizei nicht.

Seit der Zeit der Aufklärung vor 200 Jahren haben Philosophen versucht, magisches Denken, auf dem die meisten Vorurteile beruhen, durch Argumente zu entkräften. Seit 100 Jahren versucht die Freudsche Psychoanalyse, die unbewußten Motive unerfreulicher Zeiterscheinungen aufzuklären.

Eine moderne Sozialpsychologie empfiehlt, auf das aufklärende Potential der Psychoanalyse ganz zu verzichten. So hat Götz Eisenberg[5], der mit der Psychoanalyse vertraut ist, kürzlich in einem Aufsatz geschrieben, daß die Ethnopsychoanalyse »zu spät kommt«. Die »neurotischen Familienromane der klassischen Psychoanalyse sind angesichts (...) der Übermacht der ›Dinge‹ nur noch begrenzt interessant. Man sollte (...) das Erstinterview mit der Frage eröffnen: ›Mit welchem Computerprogramm sind Sie aufgewachsen?‹« Der »Begriff der ›*Soziose*‹ drängt sich auf (...), soziogene Erkrankungen, die unmittelbar die Pathologie des gesellschaftlichen Ganzen widerspiegeln.«

Soziale Diagnosen, wie eine Pathologie der Gesellschaft, sind – ebenso wie psychiatrische – phänomenologisch, beschreibend. Wir müssen jedoch analytisch vorgehen, um gesellschaftliche Verhältnisse richtig zu verstehen.

Als Motto vor unser erstes ethnopsychoanalytisches Buch[6] haben wir ein Zitat nach Anna Freud gesetzt: »So sehr das Es sich gleich bleibt, so sehr verändert sich das Ich.« Während die »Soziose« annimmt, daß der Mensch durch Angleichung (*adjustment*) an die sich ändernden Anforderungen geformt wird, meinen wir, daß jede Anpassung (*adaptation*) durch Entwicklungsschritte des Ich geschieht. Es ist nicht die »Natur« des Menschen, sondern es sind die Gesetzmäßigkeiten seiner psychischen Entwicklung, die der Anpassung Gestalt und Grenzen geben.

Diese Auffassung findet in der erzählenden Literatur den gewichtigsten Zeugen; ihre Themen sind – von den ältesten Mythen und Sagen bis zum modernen Roman – psychologische Probleme und Fragen. Nie wird vom spezifisch Menschlichen abgesehen.

Während der vielen Jahre, in denen ich als Analytiker praktiziert habe, ist immer wieder das Axiom aufgetaucht, daß die Entstehung von »narzißtischen Strukturen« die unmittelbare Folge gesellschaftlicher Veränderung sei. Narzißtische Charaktere bilden sich in einer Kindheit in einer zerbrochenen, entfremdeten Familie, sie sind das Ergebnis einer unempathischen, vielleicht psychotischen Mutter; die Mutter sei schuld am pathologischen Charakter ihrer Kinder. Eine Reihe unerfreulicher Zeitgenossen wurden so erklärt: gewissenlose Jugendliche in der »vaterlosen Gesellschaft« (Alexander Mitscherlich)[7], jugendliche Delinquenten, der neue Sozialisationstyp, NST (des Pädagogen Thomas Ziehe), rücksichtslose Manager und grausame Diktatoren, von Pol Pot über Hitler, Stalin, Sadam Hussein bis Slobodan Milošević. Doch mußte die Erklärung später in jedem einzelnen Fall wieder fallengelassen werden.

In therapeutischen Analysen zeigten sich jugendliche Rechtsbrecher (*predelinquents*) und typische Vertreter des Neuen Sozialisationstyps zuerst als »narzißtische Charaktertypen«. Nach wenigen Monaten der Analyse war von dieser Deformation nichts mehr da. Erst die sekundäre Anpassung an besondere gesellschaftliche Verhältnisse in der Pubertät hatte eine traumatische Charakterveränderung in der Frühkindheit vorgetäuscht.

Solche und ähnliche Erfahrungen machten es uns – Fréderic und Goldy waren mit dabei – möglich, unsere Deutungen bei afrikanischen Analysanden hartnäckig zu verfechten. Professor Gustav Bally, der unser Buch über die Dogon gelesen hatte, meinte, daß die Sozialstruktur ihrer Dörfer die Funktionen übernommen habe, die Freud dem reifen Ich zuschreibt. Erst in langen Diskussionen ließ er sich überzeugen, daß die besondere Flexibilität und Elastizität ihres Ich es den Dogon erlaubt, in der engen Gemeinschaft ihrer Dörfer Aggressionen auf sozial unschädliche Art abzuführen.

Sechs Jahre später hatten wir mit Professor Manfred Bleuler einen ähnlichen Test zu bestehen. Er würde alle Agni als narzißtisch gestörte Borderline-Patienten diagnostizieren, wenn es ihm nicht widerstrebte, ein ganzes Volk als geisteskrank zu bezeichnen. Die Agni haben die Vorstellung, daß ihre Vorfahren sie stets als neidische und übelwollende Geister verfolgen. Sie alle waren als Kinder in eine fremde Familie weggegeben worden. Bei einem Besuch fünf Jahre später wiesen drei der Analysanden, ein Mann und zwei Frauen, nach der relativ kurzen Reihe von Sitzungen eine verbesserte Autonomie auf. Sie hatten eine neue Anpassung an die »normale« Agni-Gesellschaft gefunden.

Allerdings ist ein »richtiges« und sozial erfolgreiches Verhalten in der Agni-Gesellschaft so verschieden von unserem, daß es uns erst abnorm scheint. Ein normaler Europäer würde in einem Agni-Dorf für verrückt gelten. Europäisch erzogene Agni sagten manchmal: Wir Agni sind alle verrückt.

Wenn eine narzißtische Deformation eine ganze Generation betrifft, ist dies nicht mit einer Neurose oder einer anderen Pathologie gleichzusetzen. Vielleicht ist die Entwicklung der Jugend in unserer technisch veränderten Welt weniger eingreifend, als es den Anschein hat. Sie bleiben »Kinder der Zeit«, auch wenn sie die Last oder den dämpfenden Airbag ihrer Familienneurose mit sich tragen.

In den siebziger Jahren des 20. Jahrhunderts hatte ein Kanadier ein psychologisches Modell entwickelt, um die Entwicklung der Kultur zur Moderne zu analysieren. Der Autor, dessen Name mir entfallen ist, meint, seit dem Zeitalter der Aufklärung sei eine grundlegende Neuordnung des gesellschaftlichen Lebens nötig geworden. Wurde in den neuentstandenen Nationalstaaten auf die Bedürfnisse der Bürger – und ihrer Kinder – Rücksicht genommen? Der Autor meint: nein. Die Voraussetzungen waren gegeben. Das Ergebnis ist jedoch so, daß der Verlust an Bürgersinn, an demokratischer Ordnung, ja, der Rückfall in barbarische Verhältnisse, unvermeidbar, geradezu vorgeplant war.

In den Vereinigten Staaten hatte sich die »Ich-Psychologie« mit Hilfe emigrierter europäischer Analytiker entwickelt. Im »topischen« Modell der Psyche konzentrierte sich das Interesse auf das Ich. Dieses hat den Umgang mit der Außenwelt, mit dem Untergrund der Triebe aus dem Es und mit dem vom Ich abgespaltenen Über-Ich, der Stätte der Regeln und Werte, zu gewährleisten. Freud gebrauchte für das Ich die Metapher eines Reiters. Der Reiter, das Ich, lenkt sein Pferd. Doch muß er oft dem Willen des Reittiers nachgeben. Das Ich kann genötigt sein, der wilden Natur der Triebe, die auf Befriedigung drängen, zu folgen, um seine Herrschaft zu bewahren; oder es muß den Forderungen des Über-Ich folgen, die den Trieben entgegenstehen.

Am Ende der siebziger Jahre hatte man sich darauf geeinigt, was eine »normale« oder gesunde Entwicklung ist: das starke Ich, *ego dominance*. Das *starke* Ich bewirkt eine stets funktionierende Anpassung an die unterschiedlichsten Aufgaben. Der Reiter zwingt das Pferd, den Weg zu nehmen, den er selbst will. Doch entstand bald ein Gegenmodell, anstelle des starken ein *gutes* Ich, das den gleichen Aufgaben gerecht wird, jedoch anders. Es dient einander widerstreitenden Ansprüchen nur insoweit, als es andere, ebenso drängende Aufgaben zuläßt. Es bleibt gleichsam Reiter auf dem Pferd der Triebe, ohne daß diese ungebührlich eingeschränkt oder ganz unterdrückt werden müssen.

Das gute Ich mindert das Unbehagen in der Kultur und setzt kreative Möglichkeiten frei, das starke Ich dient dem Fortschritt. Das starke Ich wurde zum Leitbild für Erziehung, Lebensführung und Moral, während das gute Ich zur Beschreibung von Abweichungen, Randexistenzen und Fehlentwicklungen degradiert wurde. Die vorerst als theoretische, »metapsychologische« Konzepte entstandenen Begriffe wurden zu Leitbildern, von denen eine Korrektur der gleichsam naturwüchsigen Erziehungsgewohnheiten und Herrschaftsstrukturen abgeleitet wurde. Doch kam es nicht zu jener grundlegenden Neuorientierung aller sozialen Verhältnisse, die nötig gewesen wäre, um den Fortschritt für die Menschen fruchtbar zu machen. Die Darwinsche Lehre, Erfindungen neuer Verkehrsmittel, des drahtlosen Telefons, der Fotografie, von Massenvernichtungswaffen waren nicht rückgängig zu machen. Statt einer zivilisatorischen Anpassung hatten die neuen wirtschaftlichen und militärischen Mächte alles getan, was ein *starkes* Ich erzeugen konnte. Die Herrschaft der patriarchalen

Hierarchie, der kapitalistischen Macht der Stärkeren über die Schwächeren, wurde gegen die Vernunft des *guten* Ich, gegen die vom Fortschritt gleichsam Überforderten aufgerichtet.

An einem kleinen Ereignis läßt sich demonstrieren, wie anders Geschichte mit einem guten Ich verlaufen wäre.

Thomas Jefferson ist der Vater der Unabhängigkeitserklärung und der Verfassung der Vereinigten Staaten. Er hat die Grundwerte, Volkssouveränität und Menschenrechte, in das amerikanische Geschichtsbewußtsein eingebracht. Jefferson war das moralische Vorbild; er lebte in einer glücklichen, protestantischen Ehe und zeugte Kinder. In letzter Zeit wurde das Gerücht bestätigt, daß derselbe Mann eine intensive Liebesbeziehung zu einer schwarzen Sklavin seines Landgutes unterhalten hatte, mit der ebenfalls Kinder gezeugt hatte. Durch die genetische Untersuchung der Nachkommen dieser Kinder wurde nachgewiesen, daß Jefferson die Ehemoral für sein eigenes Leben mißachtet hat. Wie wäre das Ideal des fortschrittlichen Amerikaners heute beschaffen, wenn der große moralische Begründer und Führer der Nation ein gutes Ich gehabt hätte und die Freiheit seines Trieblebens und sein nichtrassistisches Vorbild in das amerikanische Ideal eingegangen wären?

Zur Kritik von Zeiterscheinungen verwende ich nicht allein die Ich-Psychologie der siebziger Jahre, sondern die Einsichten der Ethnopsychoanalyse, wie sie etwa 1990 vorlagen. Am Anspruch »so verhält es sich« oder »so wird es kommen« halte ich hartnäckig fest, wie Generäle, die sich durch die Erfahrung auch nicht sofort belehren lassen. Darum muß ich auch nicht im Konjunktiv schreiben; die Möglichkeitsform können sich Leser dazudenken. Meinen Diskurs kann man auch als Warnung lesen, daß sich unsere schlimmsten Befürchtungen bewahrheiten könnten.

Die Ethnopsychoanalyse hat nicht einmal jenen indirekten Einfluß auf die Politik, den die Geschichtsschreibung hat und der mitunter anderen Sozialwissenschaften und sogar der Philosophie zukommt. Das gestattet mir eine gewisse Gedankenfreiheit.

Ich ergänze meine Sicht auf Probleme unserer Zeit durch Betrachtungen des englischen Historikers Eric Hobsbawm.[8] Dieser hervorragende Kenner des »Zeitalters der Extreme«[9] ist offensichtlich besser imstande, als ich es bin, zukünftige Probleme vom gegenwärtigen Zustand abzuleiten. Seinem Gesprächspartner Antonio Polito ist es mit einigem Geschick gelungen, Hobsbawm, der keine Voraussagen machen wollte, zu der Aussage zu verleiten, er könne »am Ende dieses Jahrhunderts der Zukunft nicht besonders optimistisch entgegensehen«.

Drei Zeiterscheinungen sind für die Zukunft bestimmend: die *freie Marktwirtschaft*, die *Globalisierung* und die fortschreitende *Zerstörung der Umwelt*, unserer Lebensgrundlage.

Mit dem Zusammenbruch des Sowjetimperiums und seiner Wirtschaft standen die westlichen Demokratien als Sieger da. Die freie Marktwirtschaft hatte sich der zentral geplanten und geleiteten Wirtschaft des realexistierenden Sozialismus als derart überlegen gezeigt, daß sie als Garant demokratischer Staatsverfassungen galt.

Die florierende Wirtschaft des Industriezeitalters beruht auf dem Prinzip des »freien Marktes«. Diese Maxime ist ein historischer Irrtum, dessen Folgen unausrottbar zu sein scheinen. Sogar die Diktatur der Chinesischen Volksrepublik bedient sich des gleichen Prinzips, um den gewaltigen Schub des technischen Fortschritts zu integrieren. Den armen Entwicklungsländern und den etwas weniger armen Schwellenländern bleibe keine andere Möglichkeit, als sich der neoliberalen Wirtschaftsordnung zu unterwerfen. Sie müßten ihre Gegenwart und Zukunft dem freien Markt anvertrauen.

Der Austausch von Gütern kann als ein umfassendes Prinzip menschlichen Zusammenlebens, als *fait social total,* beschrieben werden. Einen historischen Irrtum nenne ich den freien Markt, weil der Markt zwischen Staaten und Weltzonen im Zeitalter der Industrialisierung gar nie frei war; die kapitalistischen Staaten hatten ihn durch nationale Privilegien, Schutzzölle und Monopole zu einer Einbahnstraße eingeengt. Die Macht der Besitzenden über die Nichtbesitzenden führte innerhalb der stärksten Nationen zur Klassengesellschaft, international dazu, daß reiche Staaten den Fluß des im Markt investierten Kapitals nach Belieben steuern konnten. Als die westlichen Demokratien die Krise zweier Weltkriege überwunden hatten, waren sie Sieger und überlegene Wirtschaftsmächte. Das Kapital kontrollierte das Kreditwesen lückenlos.

Einige Staaten, die nach den siegreichen Kämpfen zur Beendigung der kolonialen Herrschaft »frei« geworden waren, versuchten, den Schritt in die industrielle Produktion unabhängig von den Weltmächten zu tun. Die Unterstützung durch das Sowjetimperium, wie es etwa in Kuba und im sandinistischen Nicaragua versucht wurde, mußte scheitern. Die Sowjets folgten eben nicht sozialistischer Solidarität, sondern staatskapitalistischen Interessen. Auch war diese Weltmacht bereits dem Zusammenbruch nahe.

Es wäre der richtigere Weg, die Zukunft der armen Länder ausschließlich mit eigenen Mitteln zu organisieren; dies nannte man *self reliance*. Einige afrikanische Staaten strebten eine unabhängige Entwicklung an. Panafrika des ghanesischen Präsidenten Kwame Nkrumah war eine zündende utopische Idee, ohne die geringste Aussicht, sich zu verwirklichen. Unter den afrikanischen Staaten hat Tansania den nachhaltigsten Versuch einer Modernisierung mittels self reliance gemacht. Trotz der klugen Führung des Präsidenten Nierere mußte das Land schrittweise der vom Kapital geplanten und vom IWF und der Weltbank verwalteten Entwicklung folgen.

Das weltweite Scheitern der self reliance hat materielle und psychologische Gründe, die einander ergänzen. Die Verbesserung der Produktionsmittel und die unerhörte Beschleunigung der Produktion löste in den armen Ländern einen Schub von Bedarf aus. Keine Regierung konnte es wagen, ihr Land vom Genuß dieser Güter auszuschließen. Doch auch China, dessen Regime keinen Protest zu fürchten hat, ersetzte den langsamen Weg der kreditfreien self reliance zugunsten eines nicht mehr kontrollierbaren freien Marktes.

Die Politiker der armen Länder nannte man in der Presse bereits

Eliten, als sie noch nicht korrupt waren und der Ausdruck nur noch ironisch verstanden werden konnte. Je besser die Eliten ausgebildet waren, desto mehr waren sie nicht nur mit dem Fortschritt, sondern auch mit ihren Lehrmeistern identifiziert: gleich, woher sie kamen, waren sie ihrem Volk entfremdete Europäer geworden und hatten das Bedürfnis, mit den reichen Ländern gleichzuziehen. Wer diesem Bedürfnis nur für die eigene Person und Familie folgte, den nennen wir korrupt, wer hingegen dem Rückstand seines Landes nicht mehr länger zusehen konnte, dem billigen wir zu, daß er erkannt hat, wieviel stärker die Kräfte des Marktes sind als die ärmlichen und schwächlichen Anstrengungen der self reliance.

Der freie Markt beruht auf der Annahme, daß alle Menschen überall in ihrer psychologischen Ausstattung dem entsprechen, was die Psychoanalyse als phallisches Rivalisieren beschrieben hat. Tatsächlich durchlaufen alle Kinder – Knaben deutlicher als Mädchen – eine Phase, in der der Besitz des Phallus für die weitere Entwicklung unersetzbar zu sein scheint. Mit Phallus wird ein Symbol für Männlichkeit bezeichnet. Nur der Phallus scheint den Sieg über rivalisierende Menschen und das Weiterleben zu ermöglichen.

Die Variante des »analen Phallus« heißt, daß der rivalisierende Kampf retentiv abläuft. Wenn der Markt nicht mehr als Tauschmarkt dem Erwerb von Gütern dient, sondern der Erhaltung und Vermehrung von Besitz, wird er zur Stätte phallisch-analen Rivalisierens.

In der individuellen Entwicklung wird diese durch gerichtete Aggression ausgezeichnete Phase verlassen. Andere, vom Eros gekennzeichnete Beziehungen bringen sie zum Verschwinden. Latent und unbewußt bleibt sie erhalten. Die Wertsysteme der Aufklärung und die bereits früher von den monotheistischen Religionen definierten Eigenschaften des Menschen widersprechen der Logik des hemmungslosen Rivalisierens. Doch hat sich der Markt zu einem so sehr in die Breite und Tiefe wirkenden Faktor der Lebensgestaltung entwickelt, daß es für Individuen und mehr noch für größere Gemeinschaften naheliegt, diese psychologische Einstellung zum Ordnungsprinzip für alle Verhältnisse – vorerst natürlich für den Markt – zu erheben. Das heißt nicht, daß jeder einzelne die gleiche psychologische Besonderheit aufweisen würde. Ein Großteil des besseren Lebens in den westlichen Demokratien wird vom Gewinn des Marktes in den armen Ländern bezahlt.

Die Totalität der Marktgesetze mag dazu beigetragen haben, daß man das Verhalten des Marktes als Sozialdarwinismus bezeichnet. Das von Charles Darwin entdeckte Gesetz der Entwicklung der Mannigfaltigkeit der Tierarten, *the survival of the fittest*, hat nichts mit der rücksichtslosen Durchsetzung egoistischer Ziele im Markt zu tun. Die phallischen Rivalitätskämpfe führen nicht dazu, daß der Rivale getötet oder mit tödlicher Aggression besetzt wird. Der Besiegte wird dem handelnden Objekt vielmehr gleichgültig. Das, was als Kälte und Gefühllosigkeit des entfremdeten Menschen beschrieben wird, ist ein Zeichen für die hohe, ja, ausschließliche Besetzung egoistischer Wünsche. Genuine oder abgeleitete Bedürfnisse melden sich beim Ich: Das sexuelle Begehren, der Wunsch nach dem Haus, dem Kleid, der Waffe eines Rivalen oder dem Zugriff auf sein Clearingkonto melden sich dem Ich mit dem gleichen Anspruch. Wenn die Verhältnisse geradezu erzwingen, alle Wünsche zu befriedigen, müssen menschliche Bindungen und anerzogene Werte zurücktreten.

Das System des mit dem Kreditsystem geregelten Marktes gebiert jene narzißtischen Monster, in denen sich die Träger unbewußter Fixierungen niemals erkennen würden.

Mit der *Globalisierung* sollen alle Bewohner dieser Welt in den freien Markt einbezogen werden. Die wirtschaftliche Globalisierung wird allein wirken, ohne ein anderes Organisationsprinzip. Sehr wahrscheinlich wird es nie oder lange nicht das Gegenstück, eine politische Globalisierung, geben. Die UNO, die einzige weltweite politische Organisation, kann die nationalen Staaten nicht ablösen oder ersetzen.

Der Marktführer ist in der Regel nicht nur geographisch vom Lieferanten und vom Käufer getrennt. Das Management der Großunternehmen ist mit einer solchen Überzahl von Klienten verbunden, da eine persönliche Beziehung, ja, jede andere als die durch Preisabsprachen und Gewinnmargen bestimmte, nicht möglich ist. Zwei oder drei Managern des Nestlé-Konzerns in Lausanne stehen fünf Millionen Lieferanten oder Kunden in Indien gegenüber.

Die multinationalen Unternehmen verbindet mit den Händlern in aller Welt ein existentielles Interesse. Die Geschäftspartner haben kein menschliches Antlitz. Sie sind Träger von Eigenschaften, die für den Markt interessant sind, dem sie sich anvertrauen mußten. Werden die gewährten Kredite Zinsen tragen, müssen sie gestundet oder ganz erlassen werden? Wer wird das entscheiden – die jeweilige Marktlage.

An der UNO-Generalversammlung in Genf, der letzten, die sich als »Sozialkonferenz« mit der weltweiten Armut befaßt hat, forderte der Schweizer Handelsminister Pascal Couchepin die Versammlung auf, dafür zu sorgen, daß »die Globalisierung ein menschliches Antlitz erhält«.[10] Abschottung, Protektionismus und Merkantilismus hätten bekanntlich negative Folgen gehabt, die nicht wiederholt werden dürften.

Die Entwicklungsländer wollen nichts von den sozialen Mindestnormen wissen, die ihnen die Globalisierung anbietet. Zu wem hat Couchepin gesprochen? Es sind nicht die Bewohner tropischer Länder, die wir im Kulturaustausch, in Symposien, in den Werken ihrer Dichter, Musiker, Künstler und auf Reisen kennengelernt haben. Es sind gesichtslose Zombies, Teilnehmer am globalen Markt, die in Rechenmaschinen als Größen vorkommen, aber keine Stimme haben, auch nicht gewonnen oder überzeugt werden können.

Die dritte Zeiterscheinung, die *Zerstörung der Umwelt,* ist in jeder Hinsicht untersucht worden.

Die Welternährungskonferenz in Rom hat vorausgesagt, daß die Produktion von Nahrung für die rasch anwachsende Erdbevölkerung bald nicht mehr ausreichen werden. Seither haben technische Fortschritte zur Verbesserung der Produktion diese düstere Voraussage für lange Zeit obsolet gemacht.

Der amerikanisch-österreichische Soziologe Paul Neurath hat seit Jahrzehnten die verhängnisvolle Zunahme der Erdbevölkerung und alle Maßnahmen zur Einschränkung des Bevölkerungswachstums, das Ein-Kind-System in der Volksrepublik China, die Zwangssterilisierungen in Indien usw., studiert. Kein Versuch hatte den Erfolg, das Wachstum einzuschränken.

Eine der wenigen Erkenntnisse der Ethnopsychoanalyse, die als gesichert gelten darf, ist: Eine Bremse der Vermehrung tritt ein, wenn der Gesundheitsdienst eines Landes garantiert, daß Kinder eine Chance haben, erwachsen zu werden, und in einem Land seit mehr als einer Generation Stabilität herrscht, kein Umsturz und kein Krieg bevorsteht. Diese Feststellung ist aus dem Vergleich statistischer Daten, kombiniert mit der direkten Auseinandersetzung mit den Müttern, abgeleitet. Kein anderer sozialer oder wirtschaftlicher Faktor ist für die Geburtenzahl auch nur annähernd so ausschlaggebend wie die psychische Einstellung der Frauen im gebärfähigen Alter.

Obwohl die Ernährung gesichert wäre, ist die Überzahl von Menschen Ursache, andere irreversible Zerstörungen zu fürchten. Seit den Konferenzen von Rio und Kyoto wurden die fortschreitende Erwärmung unter der CO_2-Glocke, die Verbrennung organischer Substanzen, das Zerreißen der schützenden Ozonschicht, die Ausrottung der tropischen Regenwälder, die Ausdehnung der Wüstenregionen beklagt. Wenn es nicht gelinge, den Verbrauch an nichterneuerbaren Energien einzuschränken, drohten gehäufte und einander verstärkende Katastrophen.

Vor mir stehen in einer Keramikvase fünf prächtig erblühte Sonnenblumen. Es ist Juli. Nicht erst seit das Ölgemälde des armen Vincent van Gogh einen Phantasiepreis erzielt hat, ist es Mode, diese schönen Blumen im Zimmer aufzustellen. Sonnenblumen wurden seit Großvaters Zeiten in Ost- und Südeuropa kultiviert; heute bedecken hektargroße Felder Mitteleuropa. Meine Sonnenblumen sehen etwas anders aus als die, aus denen Öl gewonnen wird. Man muß genau hinsehen, um zu bemerken: Sie haben keine Staubgefäße. Es ist gelungen, diese Variante zu züchten. Von Allergien geplagte Menschen können den Anblick genießen, ohne daß die Pollen Entzündungen der Schleimhäute auslösen.

Es war ein sonderlicher kleiner Schock, als ich bemerkte, daß wieder ein Stückchen Natur zerstört worden ist. Meine Besucher, die als umweltbewußt gelten, fanden an diesem Fortschritt nichts auszusetzen.

Die Umwelt ist längst nicht mehr natürlich. Sie ist vom Menschen gestaltet. Bevor die Phönizier ihre Schiffe gebaut haben, war Italien von dichten Wäldern bedeckt. In den Abruzzen sind noch Reste übrig. Wolf und Fuchs haben ihre Instinkte menschlichen Gewohnheiten angepaßt. Andere Tierarten haben es vorgezogen auszusterben. In der Bibel sind wir zum Herrn der Natur erklärt worden. Wir leben im Wahn, daß die Natur für die Verbesserung unseres Lebens geschaffen ist und daß ihre Reichtümer unerschöpflich seien. Die Natur – so weiß man nach allen Bestandsaufnahmen und Konferenzen – ist daran, das Leben aufs schwerste zu beeinträchtigen; einige der unerschöpflich scheinenden Reichtümer sind bereits erschöpft, wie der Bestand von Fisch in der Nordsee.

Wie haben die mächtigen Gestalter der Zukunft auf die Mahnungen und die ernsthafte Bedrohung reagiert? Die USA haben den doppelten Tatbeweis erbracht: Wir nehmen die Überwärmung der Welt und die Produktion von Schadstoffen vorderhand in Kauf. Dafür erstatten wir den Ländern, in denen die Industrialisierung erst am Anfang ist, die Mehrkosten, die ihnen durch Schutzmaßnahmen entstehen. Almosen fallen nicht ins Gewicht, solange unsere Wirtschaft expandiert. Wir setzen die Zerstörung fort und zeigen gleichzeitig, daß wir keineswegs rücksichtslose Unmenschen sind.

In der frühen Kindheit gibt es eine Phase, in der ein Allmachtsgefühl den Umgang mit den Menschen und Dingen bestimmt. Der Verlauf ist in allen Kulturen der gleiche. Diese Phase wird von einer weiteren abgelöst, in der die Außenwelt erforscht wird und die Realitätswahrnehmung sich erweitert. Das Kind lernt die Umwelt zu gestalten, lernt zu arbeiten. Ein Teil der Allmacht bleibt erhalten.

Es ist kein Zweifel, daß jede Arbeit und jede Erfindung, die einen Erfolg der Anstrengung verspricht, letzten Endes der Erhaltung und Verbesserung des Lebens dient. »Im Schweiße ihres Angesichts« bestellten Adam und Eva das Feld. Ich bestreite nicht, daß sie und ihre Nachkommen aus Erfahrung – der eigenen und der ihrer Vorfahren – wissen, daß sie ausreichend Nahrung haben werden, wenn sie Tiere zähmen, züchten, wenn sie Saatgut aufbewahren, jäten, pflügen, säen und ernten. Der Antrieb zur Leistung kommt jedoch nicht aus dem bewußten Wissen, er kommt aus dem Unbewußten, der – ursprünglich frühkindlichen – Allmacht. Das Gefühl der Allmacht und das dazugehörende magische Denken braucht kein menschliches Objekt, nimmt keine Rücksicht auf die Realität und begleitet später als selbstbezogene, narzißtische Haltung viele scheinbar primär autonome Ichleistungen. Jeder Erfolg der Anstrengung lohnt sich durch die Befriedigung der narzißtischen Gefühle: Es hat Erfolg, ich habe das geleistet. Ohne diese Prämie wäre vielleicht noch die Domestizierung von Huftieren oder von Wölfen – zum Jagd- und Wachhund – zustande gekommen; kaum jedoch die Konstruktion eines Teleskops oder gar einer Sonde zum Mars.

Die Arbeit vermag die Welt zu verbessern. Darum nennt man den Menschen *homo faber*. Grundlage und Material jeder Arbeit ist die Materie, aus der das Werk geschaffen wird. Arbeit verleiht die Macht, etwas zu schaffen, das uns besser dient. Der Zusammenhang von Arbeit und Allmachtsgefühl ist unbewußt.

Noch wird produziert, noch weitet der Markt sich aus. Wenn die Zerstörung der Welt der Arbeit die Grundlage entzieht, werden wir etwas unternehmen müssen. Solange Homo faber arbeitet, vertraut er unbewußt auf seine Allmacht; er wird etwas tun …

Gegen Ende dieser Ausführungen über das Gesicht des 21. Jahrhunderts sagt Hobsbawm, daß die »außerordentliche Dynamik der Wirtschaft« einen großen Teil der Lösungen und Strukturen, die in der Vergangenheit gefunden wurden, zerstört hat. Klare Normen, Perspektiven und gemeinsame Werte existieren nicht mehr. Institutionen, die das Fundament der Zivilisation gebildet haben, die Familie und die »bürgerliche Öffentlichkeit« (nach Habermas), erfüllen ihre Aufgaben nicht wie bisher: Politik, Parteien, Zeitungen, Organisationen, Repräsentativorgane und Staaten; ihre Zukunft liegt im Dunkel.

Das, was Hobsbawm aus der Distanz eines Historikers beschreibt, heißt *soziale Anomie*. Ich kann seinen Argumenten folgen, gerate aber in Verwirrung. Die Sozialwissenschaften haben die soziale Anomie nie auf die Dynamik der Wirtschaft zurückgeführt. Im Gegenteil: Unter den Faktoren, die den gefürchteten Zustand der Anomie in einem Land auslösen, fehlte nie der Zusammenbruch und der Bankrott der nationalen Wirtschaft. In einem Aufsatz über die »Ethnisierung der Politik« in Serbien[11] habe ich die soziale Anomie als wichtigste Vorbedingung zur nationalistischen Regression und neofaschistischen Diktatur beschrieben. Ist es die andere, weltweite Dimension, die Ursache und Wirkung vertauscht?

Schrecken überkommt mich. Ist die Ethnopsychoanalyse gar nicht so ohnmächtig, so wirkungslos, wie ich gedacht und behauptet habe? Ist sie nicht vielmehr schuld am Niedergang der »bürgerlichen Öffentlichkeit« und der drohenden sozialen Anomie mit den Folgen Krieg und Chaos?

Schuldig fühle ich mich zwar nicht. Immer gibt es zahlreiche, ganz andere Ursachen, die jene Institutionen zum Einsturz bringen, die von Gewohnheit, Gesetz und Tradition fest etabliert zu sein scheinen. Die Enthüllung des Unbewußten ist nie Ursache, höchstens Anstoß für gesellschaftliche Veränderungen.

Und doch kenne ich die Regel: Die Analyse, die bei den einzelnen Individuen die erwünschte Entspannung, eine Lösung schier unlösbarer Konflikte und eine Milderung chronischer Ängste bewirkt, dieser selbe Vorgang kann in der Gemeinschaft die übelsten Folgen haben: individuell erwünscht, kollektiv verderblich. So wirkt Psychoanalyse – zumeist.

Hat die Psychoanalyse »die Familie« zerstört? Gewiß nicht. Hätte der junge Doktor Sigmund Freud dem Traum seiner Jugend folgen dürfen und wäre er Philosoph geworden, wäre die Psychoanalyse nicht entstanden. Stünde ohne die Psychoanalyse die Familie heute fest und unverändert da? Weder die sexuelle Befreiung – nach Herbert Marcuse die repressive Toleranz – noch die hohe Scheidungs- und Selbstmordrate, noch der Kampf der Frauen gegen ihre Unterdrückung in der patriarchalen Welt kann man sich vorstellen, ohne an Freuds Werk und das seiner Nachfolger und Dissidenten zu denken.

Die Frage ist falsch gestellt. Der Staat ist die wichtigste Institution, die dem Verhalten der Kollektive ein Gerüst gegeben hat. Wir fürchten die Demontage des Sozialstaates, den Verlust der Leistungen der Alters-, der Arbeitslosenversicherung und der medizinischen Versorgung. Sind wir Psychoanalytiker daran, den Staat zu entwerten und zu zerstören? Die Antwort ist: nein. Wir haben einzelne Menschen analysiert, die gebotene Abstinenz eingehalten, haben keine Ratschläge gegeben. Wir haben uns davor gehütet, Analysanden, die vorerst hilflos der Übertragung infantiler Gefühle ausgeliefert sind, mit irgendeiner Ideologie zu beeinflussen. Indoktrinierung ist der ungerechteste Vorwurf, den man uns machen könnte. »Wer sich einer Freudschen Analyse unterzieht, wird unpolitisch«, hieß es bei den Achtundsechzigern, der ist an der Zukunft der Gemeinschaft und am Staat total uninteressiert, wird unweigerlich in das Private zurückverwiesen.

Doch haben sich Parteien, Parlamente und Regierungen so weit von den Wünschen und Bedürfnissen ihrer Bürger, Untertanen, Genossen entfernt, daß sie, ungestört und gleichgültig gegen Opposition und Dissidenten, handeln können, wie sie wollen. Ob sie ehrlich sind oder Mafiosi, liberal oder konservativ, ob sie ein besseres Leben für viele (nicht für alle!) anstreben oder einen Skandal nach dem anderen produzieren – das Volk macht kaum mehr Geschichte.

Panem et circenses, Brot und Spiele, so hießen die Bedürfnisse der *plebs* im römischen Kaiserreich. Bei uns gibt es Brot mehr als genug. Spiele werden reichlich geboten. Keine Nachricht, die nicht Infotainment ist, kein großer Mann, der seinen Ruhm nicht den Einschaltquoten und Verwertungsteams der Fernsehketten und Großverlage verdankt. Staatspräsidenten umarmen verschwitzte Fußballstars, um zu zeigen, daß auch sie Aufmerksamkeit verdienen und um das öffentliche Wohl besorgt sind.

Unsere Jugend ist infantil. Die Menschen sind zu Kindern geworden. Was daran schuld sein mag, darüber ist jede Spekulation gestattet. Vielleicht ist die Entwicklung der Technik derart vorausgeeilt, daß es nicht ebenso rasch möglich war, ihren Gebrauch zu erlernen. Je besser die Schulen sind, je mehr junge Leute Universitäten besuchen, desto weniger Zeit und Anlaß zur Besinnung. Abhilfe wird allenthalben geboten. Nicht jeder Vorschlag ist so naiv wie der des Bundesrats Pascal Couchepin, den gesichtslosen Massen mittels internationaler Trainingsangebote ein menschliches Antlitz zu verleihen. Gibt es keine Werte mehr? Doch, es gibt sie, täglich werden sie in öffentlichen Reden zu leeren Formeln mißbraucht.

Muß man sich mit der oberflächlichen Beschreibung begnügen? Kann man nicht analysieren, was geschieht? Muß man es den Managern der Konzerne und ihren Marionetten überlassen, die Dinge ins Lot zu bringen? Oder haben die Sozialwissenschaften, darunter die Ethnopsychoanalyse, zuviel analysiert und bewirkt – das hieß früher einmal »zersetzt« –, und man sollte nur ein wenig warten, bis es im Bereich des Geistes wieder still geworden ist? Geben wir der Moderne, Postmoderne und der Postpostmoderne ein Moratorium, und es wird sich alles zum Guten wenden? Ist ein Vormärz angesagt? Atempause oder endgültiger Niedergang?

Ich selber habe keine Wahl. Ich kann nur aufzählen, was gerade nach einer eingehenden Analyse ruft. Ein Katalog, mehr nicht. Auch wenn ich selber zu müde bin und zu wenig Zeit vor mir habe, werden andere fortfahren.

Gäbe es ein Drogenproblem ohne Verbot der Drogen? Soeben wird ein neuer Feind erfunden, die Raucher, bald sind sie Opfer, dann wieder Freiwild. Schlimmer sind die Nationalismen, mit faschistischen und faschistoiden Tendenzen, die aus allen Ritzen quellen. Gäbe es die, wenn Leistungsdruck und Verfolgungswahn nicht die Rückkehr in den Mutterschoß der Nationen erzwingen würden, die durch den freien Markt in Bedrängnis geraten sind? Ist es Zufall, daß Sekten, besonders die millenarischen, und die Visiten des mystikbesessenen Papstes Zulauf haben? Immer mehr Lotterien schießen aus dem Boden, weil jeder endlich zu Geld kommen möchte ohne Skill und Leistung, denn sonst ist alles öde trotz *fun*. Außer Millionen gibt es alles zu gewinnen, was TV und Technik anpreisen: Reisen in die Karibik oder das schnellste Auto.

Statt mich mit einer Analyse abzumühen, erzähle ich eine Geschichte. Ähnliche Geschichten habe ich Goldy erzählt, um uns auf einen Forschungsplan einzustimmen. Vielleicht wird eine Leserin oder ein Leser süchtig, nicht bloß nach weiteren Erzählungen, vielleicht erwacht eine Neugier, der Wunsch, endlich zu verstehen, wie es zu solchen absurden Zeiterscheinungen kommt. Diese Erzählung gilt dem

Besuch von Papst Johannes Paul II. in Kroatien

Stane Djokić war sechzig, ein weitherum bekannter und beliebter Mann, nicht gerade hochangesehen, denn er war trotz der drei oder vier Berufe, die er ausübte, arm geblieben. »Komm doch auf ein Gläschen herein«, hieß es, wenn er sich wieder einmal in der Stadt sehen ließ. Stane plauderte gerne, immer hatte er ein neues kleines Abenteuer auf Lager, und die Leute waren froh, wieder etwas zu haben, worüber sie reden und lachen konnten.

Stane war verheiratet, sein Sohn war längst aus dem Haus und jetzt, wo Krieg war, bei irgendwelchen Soldaten. Die Tochter war gut verheiratet an einen Kleinunternehmer in Montenegro; in Stanes Wohnzimmer war eine Fotografie mit den drei Enkelchen an die Wand geheftet.

Das Dorf, in dem Stanes Häuschen stand – es waren nur sechs bewohnte Anwesen, also kein richtiges Dorf –, war eine Haltestelle für den Bus, der vor dem Krieg zweimal täglich vorbeigekommen war – die einzige öffentliche Einrichtung, die den Namen des Dorfes trug.

Die Bearbeitung der Felder, zwei Hektar, war ihm mühsam geworden, seit der Sohn fort war. Der hatte es mühelos geschafft. Doch schon damals konnte Stane mit seiner Familie vom Ertrag nicht leben. Darum handelte er mit Vieh. Er hatte kein Kapital für einen richtigen Viehhandel, ging aber dennoch auf die Märkte, bis er etwas Lohnendes fand: ein Kuhkälbchen, das er behielt, bis es das erste Mal gedeckt werden konnte und als Milchkuh ein Vielfaches einbrachte, ein paar junge Schäfchen, die er den Sommer über weiden ließ, einmal sogar zwei Fohlen, die er mit Heu und Hafer fütterte, bis sie rund und glatt waren, für die ihm Fahrende den vierfachen Preis der zwei schäbigen Fohlen in bar zahlten. Für den dritten Beruf, den eines Einnehmers von geschuldeten Staatssteuern im Tito-Staat, mußte er längst nichts mehr leisten. Schon vor dem Krieg hatte das Steuerzahlen ganz aufgehört. Doch kam das kleine Monatsgehalt des Staatsangestellten noch immer mit der Post, wenn auch mit einiger Verspätung.

Manchmal gab es noch eine kleine Nebeneinnahme – sein vierter Beruf: Am Rand der viel zu kleinen Felder war ein ewig feuchter Graben, auf dem die saftigsten Wassermelonen wucherten. Die konnte er an der Busstation leicht loswerden. Da seine Frau vorsichtig wirtschaftete und sehr gut kochte – sie hielt ein Dutzend Hennen, so daß es immer genug Eier gab –, wäre sein Leben recht gemütlich gewesen. Das Problem lag bei Anka, seiner Frau.

Anka war eine Kroatin aus Zagorje, ihre Mutter soll Slowenin gewesen sein, und sie war »katholisch«. Stane hatte bei der letzten Volkszählung in der Rubrik Religion absichtlich »titoistisch« angegeben, obwohl das nicht galt und er als Kroate natürlich vom katholischen Priester getauft worden war. Stanes Ehe wäre nicht schlecht gewesen: Anka war eine schöne Braut und jetzt noch immer eine anziehende Frau, Stane war nicht nur zufrieden mit ihr; er rühmte sie überall wegen ihrer umsichtigen und tüchtigen Art – auch wegen der guten Küche, die man ihm ansah. Doch mit der Religion stimmte es zwischen den beiden nicht. Da lag das Problem: »Du bist ein Ungläubiger«, sagte sie von Zeit zu Zeit, »und kommst in die Hölle, wenn du einmal stirbst. Ich aber bin fromm, meine einzige Sünde ist, daß ich mit einem Atheisten verheiratet bin.«

Der Pfarrer hatte sich darüber nicht groß aufgeregt: »Anka«, sagte er, »du bringst deinen Stane eben dazu, daß er in die Messe geht und beichtet, wie es sich gehört; dann ist alles in Ordnung, und du hast noch das Verdienst, eine ungläubige Seele gerettet zu haben.«

Anka ging, so fromm sie auch war, nur selten in die Kirche. Beichten kam nur zweimal im Jahr in Frage, vor Ostern und – wenn noch nicht zuviel Schnee lag – zu Allerheiligen. Beten, ja, das tat sie im Stillen. Doch mit ihrem Stane war ewig das Problem: der Glaube.

»Sie plagt mich in einem fort«, erzählte er in der Stadt. Die Leute fanden das nicht so schlimm. »Laß es dir zum einen Ohr hineingehen und zum anderen hinaus«, sagten sie. Stane hielt es nicht anders. Sie sprach auch nicht täglich davon. Es plagte ihn aber doch. Er wollte mit niemandem Krach. Das war auch das Geheimnis in seinem Viehhandel. Nie wurde er verdächtigt, daß er, wie andere Händler, seinen Kunden lahme Pferde oder trockene Milchkühe andrehen wollte. Nicht einmal mit dem Schwager, der ein böser und tückischer Mann war, gab es Streit. Da paßte er auf, denn er wußte – und seine Anka wußte das auch –, daß der Typ Ankas Schwester nie ohne die Vermittlung und den Zuspruch von Stane geheiratet hätte. Jetzt hielt Ankas Schwester zu ihrem Mann, der inzwischen richtig reich geworden war. Von so einem bösartigen Mann war das nicht anders zu erwarten. Die moderne Villa, in der das Paar lebte, von einem Architekten gebaut, war eines der prächtigsten Häuser in der Stadt. Durch die dicken

Betonmauern kam das Gerede über die Machenschaften des Schwagers Gott dem Herrn gar nicht zu Ohren.

An jenem Tag machte er Besuch beim Schwager, wie immer, wenn er in der Stadt war. Er bekam seinen Sliwowitz. Doch war der Besuch alles andere als erfreulich. Die Frau erkundigte sich nicht nach dem Befinden ihrer Schwester, und der Schwager war übelster Laune. Vielleicht war er schon angetrunken, obwohl es früher Nachmittag war. Stane begann, beiläufig und wie über eine Nebensache, von den zwei Schwarzkopfschafen zu sprechen, die er großgezogen hatte. Er bot sie nicht gerade feil. Es war aber klar, daß die zwei prächtigen Tiere gut in die Schafherde gepaßt hätten, die sich der Schwager auf einer Almwiese hielt: gegen fünfzig Stück, mit einem jungen Hirten, zwei Hunden, wie es sich gehört.

Anstatt auf den Handel einzugehen oder, wie es auch schon geschehen war, mit einem Scherz abzulenken, wurde der Schwager diesmal richtig grob: »Viehhändler, Schwätzer, betrügt, daß sich die Bäume biegen, Galgenvogel auf Urlaub«, sagte er. Stane war wie vor den Kopf gestoßen. »Ich verkauf' meine schönen Schafe nicht, weder dir noch wem andern«, sagte er. Er sprach leise; es schnürte ihm die Kehle zu. »Galgenvogel auf Urlaub«, schrie der Schwager noch einmal, »Bettler im Haus, zur Türe hinaus« und weiter mit Flüchen; er spuckte sogar auf den Boden.

Stane war so wütend wie nur selten. Er stand auf und verließ das Haus, ohne Abschied, ohne der Schwägerin die Hand zu geben. Er war weiß im Gesicht vor Zorn, stapfte hinaus. Seinen Stock, den er beim Eingang stehengelassen hatte, nahm er mit und stieß damit auf das Pflaster, daß es schallte und Kinder, die auf der Straße spielten, davonstoben. »Mit dem ist heute nicht gut Kirschen essen.«

Stane war schneller gegangen, als es seine Gewohnheit war. Draußen vor der Stadt lehnte er sich an den Stamm eines Nußbaums, trocknete sich den Schweiß auf der Stirne und warf einen Blick zurück auf die Stadt. In diesem Augenblick fuhr ein roter Blitz aus dem heiteren Himmel. Mitten in der Stadt stieg eine schwarze Rauchwolke auf. Stane erschrak furchtbar. Dann verstand er: Ein Geschoß ist niedergefahren. Sein Zorn war weg. Ich muß sehen, was passiert ist, sagte er sich und ging in die Stadt zurück, zuerst zum Haus des Schwagers.

Die Straße war voll von Menschen. Der Feuerwehrwagen stand da. Die Feuerwehrleute und die Polizisten, die ebenfalls bereits da waren, standen im Halbkreis um die Villa – die nicht mehr da war. Das Geschoß war genau in das Haus des Schwagers gefahren. Die massive Betondecke lag geborsten am Boden, im Umkreis Trümmer, Betonblöcke, dazwischen glimmende Hölzer; auch der Garten war verwüstet, von kleineren Brocken und Ziegeln bedeckt. In den Häusern der Umgebung waren die Fensterscheiben zerbrochen. »Es hat keinen Sinn, jetzt zu suchen«, sagte der dicke Gendarm zu Stane. »Wer im Haus war, lebt nicht mehr. Morgen, wenn es abgekühlt ist, werden wir die Leichen suchen.«

Wie im Schock drehte sich Stane um, sprach zu niemandem mehr und machte sich auf den Weg. In weniger als einer Stunde war er zu Hause. Wenn er sonst heimging, dauerte es fast doppelt so lang.

Anka sah ihn kommen, rückte einen der Gartenstühle, die vor dem Haus standen, zurecht und sagte nur: »Du brauchst einen Schnaps«, und kam mit der Sliwowitzflasche und zwei Gläsern zurück. Sie hockte zu seinen Füßen, wie in alter Zeit, legte die Hand auf sein Knie und sagte: »Es war ein schrecklicher Krach, ich hatte so Angst, daß du noch in der Stadt bist. Gottlob, daß du zurück bist. Erzähl mir, was dort war.«

Nach dem Schnaps konnte Stane reden. Als ob Schleusen aufgegangen wären. Er fing mit dem Ende an. Das Haus des Schwagers zerstört, alle, die drin waren, tot – und er kam schließlich zurück auf seinen Besuch in der Stube und zum Streit: »Ich war so wütend wie noch nie, ich bin fortgerannt, abgehauen und fort, ich dachte nicht, daß er ein besoffener Lümmel ist, ich hab' nur gedacht, er ist ein Teufel, hab' nicht einmal fluchen können. Ich dachte nur, nichts wie fort. Darum war ich schon draußen vor der Stadt, als die Bombe eingeschlagen ist. So ein verdammter Zufall. Einmal wütend wie ein Heide: gerettet wie durch ein Wunder.«

Anka hatte Tränen in den Augen. Sie stand auf, nahm den Kopf ihres Mannes und drückte ihn an ihre Brust. »Es ist ein Wunder geschehen. Der Herr hat dich gerettet. Dafür werden wir beide dem Herrn danken.«

Bald hörte die Beschießung der Stadt auf. Der Besuch des Papstes konnte in ganzer Pracht abgewickelt werden. Zur Messe auf freiem Feld war mehr als eine Million Kroaten erschienen. Das meldete die Staatskanzlei. Der Bischof von Zagreb bestätigte die Zahl: Weit über eine Million haben dem Papst die Ehre erwiesen.

Erst kürzlich hatte die kroatische Kirche verlautbaren lassen, daß es nach neuen Umfragen und Schätzungen in Kroatien eine halbe Million gläubige Katholiken gab. Wie hat sich die Zahl der Gläubigen verdoppelt? Von *einem* Teilnehmer der Messe können wir erraten, warum der mit seiner Frau zum Feld bei Jasenovac pilgerte. Ohne den Schock der Bombe wäre Stane zu Hause geblieben. Diesmal mußte er Anka recht geben. Der Herr war es, der ihn gerettet hatte. Eine Pause im vierzigjährigen Ehestreit.

Nur eine ethnopsychoanalytische Untersuchung könnte abklären, wie und warum sich die Zahl gläubiger Katholiken in Kroatien in so kurzer Zeit verdoppelt hat.

Unser Leben in den alten Tagen, nachdem wir unseren Beruf aufgegeben hatten und in das Reich der Literatur geflüchtet waren, vergleiche ich mit der Lage von Emigranten. Niemand wundert sich, wenn sich Emigranten vor allem für die Politik in ihrem Vaterland interessieren, in das sie nie mehr zurückkehren werden. Und im Land, das sie aufgenommen hat, ist ihnen ohnehin jedes öffentliche Politisieren verboten. Sie genießen die beneidenswerte Meinungsfreiheit des Unverbindlichen.

So ist zu erklären, daß ich über die Politik und Wirtschaft in der großen Welt draußen schreibe, an der ich nicht mehr teilnehme.

Wir lebten recht gemütlich, ein wenig zurückgezogen, wie andere alte Leute auch. Am Abend lasen wir uns abwechselnd vor; als Goldys

Sehkraft abnahm, habe ich ihr vorgelesen. Beim Lesen tranken wir irischen Whiskey ohne Wasser oder Eis, wie wir es auf einer Reise in Irland gelernt hatten. Da wir meist bis in die Morgenstunden lasen, wurden daraus ziemlich viele Gläser. Goldy mochte nicht hören, daß wir einer Trunksucht verfallen waren. Sie erklärte: »Das ist nicht Schnaps. Whiskey ist Saft.«

Als sie ein junges Mädchen war, liebte sie Gedichte von François Villon. Manchmal zitierte sie aus seinem »Testament« – Ihr Menschenbrüder, die ihr nach uns lebt …

… das bin ich
der da stolz und aufrecht vor euch steht
seht in meinen Augen spiegeln sich
alle Dinge umgedreht.

Ich schrieb für sie ein Gedicht im Stil von Villon:

Ihr Menschenbrüder, die ihr mit uns lebt
die ihr dem Tod noch ferne seid nach Jahren

wollt uns die ihm schon allzu nahe sind
noch kurze Zeit den Platz auf dieser Welt bewahren.

Wie leicht es war bevor auf uns gefallen
der Schatten ist aus dem wir nie mehr treten

Solange noch die Gläser lieblich hallen
scheint ferne noch für uns der Tag an dem wir beten

Wenn alte Leute in die Trunksucht gleiten
laßt euch zu bittern Worten nicht verleiten.

Goldy heftete den Zettel mit dem Gedicht an die Wand in unserer Küche.

Postscriptum

Meinen Ärger über Ärzte, die überholten Vorurteilen folgen und deshalb ihren Patienten zumuten, Schmerzen auszuhalten, hatte ich für mich behalten. Es war mir nicht gerade angenehm, mich mitverantwortlich zu fühlen, doch noch dem Ärztestand zugehörig; ein Stück Identität, das ich gerne ganz los wäre.

Gunhild Kübler, die bis dahin in der *NZZ* über Literatur geschrieben hatte, wurde bei der *Weltwoche* Redakteurin des neuen Literaturmagazins »Supplement«. Sie wollte einen Essay von mir für die Spalte »Leib und Leben«. Der Text erschien im März 1995 und wurde im *Kursbuch*, Berlin, im April 1997 abgedruckt.

Nach dem Abkommen von Dayton über den Waffenstillstand in Bosnien (1995) hatte ich aufgehört, über Aktuelles zu publizieren. Als der Krieg der Nato im Kosovo losging, ließ ich mich verleiten, im Fernsehen, in Radiosendungen und Zeitungen meine politischen Analysen wiederaufzunehmen.

Da setzte ein hektisches Bedürfnis der Medienleute ein, einen alten Mann über Probleme des Greisenalters zu befragen. Der Inhalt des scheinbar harmlosen Aufsatzes wurde zu einem Thema. Sogar vom Magazin *Der Spiegel* reisten zwei Redakteure an, zahlten für das Interview 4000 DM und wollten nur über dieses Thema reden. Es folgten das Schweizer Fernsehen und zahlreiche Magazine.

Nie habe ich auf einen Artikel so viele Echos bekommen. Offensichtlich fürchten alte Menschen, daß ihnen die Medizin keine Hilfe gegen Schmerzen und bei einem qualvollen Sterben bieten würde. Es war eine Erleichterung zu lesen, daß ein alter Arzt versucht, weitverbreitete Vorurteile der Schulmedizin zu entlarven. Statt chroni-

scher Angst vor kommenden Schmerzen kam es bei vielen alten und alternden Frauen zu einer psychischen Entlastung; sie faßten Hoffnung, daß ihnen aufgeklärte Ärzte gegen die gefürchteten Qualen helfen würden. Ich vermute, daß Männer die gleichen Ängste haben, es ihnen jedoch schwerfällt, darüber zu schreiben.
Einige Personen in der folgenden Geschichte haben wirklich gelebt, Otto Loewi und Wolfgang Benndorf, andere, wie den Drogenjäger McCaughley, habe ich erfunden.

Weise Pharma-Greise

An einem Freitag irgendwann zu Beginn der fünfziger Jahre erhielt ich in meiner Praxis in Zürich den Anruf der bekannten Chemikerin Mrs. S. aus Washington D. C. Sie sei mit ihrem Vater auf der Durchreise in Zürich; er erwarte mich morgen, Samstag, im Hotel Waldhaus (das längst verschwunden und durch einen Betonbau ersetzt worden ist) zum schwarzen Kaffee. Der Vater, das war Professor Otto Loewi, der im Jahr 1936 zusammen mit Sir Henry Dale den Nobelpreis für Medizin erhalten hatte, in Würdigung ihrer Forschungen über die physiologische Wirkung des Acetylcholins. In Graz war ich Hörer seiner Pharmakologievorlesung gewesen, die um zwei Uhr nach dem Mittagessen stattfand. Der Professor pflegte die Vorlesung mehrmals in jedem Semester mit einem Lob der pharmakologischen Vorzüge des Koffeins einzuleiten. Allein der Genuß von zwei Tassen starken Kaffee gestatte es ihm, zu dieser Tageszeit, die gewöhnlich seiner Siesta, dem Mittagsschlaf, geweiht sei, eine Vorlesung zu halten. Das war einige Jahre vor dem »Anschluß« 1938. Der Professor und seine Familie waren nach dem Einmarsch Hitlers in Österreich als Juden verhaftet worden. Der Frau des Professors gelang es, zuerst ihn, dann ihre Kinder unter Hingabe des Nobelpreisgeldes, das im Ausland versteckt gewesen war, loszukaufen und nach den Vereinigten Staaten zu befördern, wohin sie – bereits nach Ausbruch des Krieges – über Moskau und Wladiwostok folgte. Sie starb bald nach dem Wiedersehen mit ihrer Familie in Princeton, wo Otto Loewi bereits als *research professor* tätig war. Da ich mit Viktor, einem der Söhne, der Medizin studierte wie ich, befreundet war, verkehrte ich in Graz im Haus der Loewis; das verschaffte mir die Ehre der Einladung in das Hotel Waldhaus.

Der Professor war damals 92, ein höchst lebendiger alter Herr. Wie er aussah? Nun, etwa so wie andere geistig hervorragende jüdische Emigranten aus der Zeit des Tausendjährigen Reiches, die wir heute noch auf dem Bildschirm sehen, den Literaturkritiker Marcel Reich-Ranicki oder den bedeutenden Germanisten Hans Mayer. Doch schien er mir damals beweglicher, jugendlicher als diese beiden.

Der Professor empfing mich sehr herzlich und bestellte sogleich zwei Espressos. Es war zwei Uhr nachmittags. Der Sohn Viktor habe kürzlich eine Stelle in Buenos Aires angetreten, konnte ihn deshalb nicht begleiten. Weil die Kinder ihn nicht allein reisen lassen wollten, habe seine Tochter Urlaub genommen. »Es ist das erste Mal, daß ich wieder nach Wien komme«, begann er, »und ich freue mich darauf wie ein Kind. Man hat mich an den Internationalen Physiologen-Kongreß eingeladen als Ehrenpräsident. Ich habe unter der Bedingung zugesagt, daß ich den Eröffnungsvortrag halten darf. Das wurde angenommen. Man war überrascht. Ich werde über die ›Verifizierung physiologischer Hypothesen mittels nichtstatistischer Methoden‹ sprechen. Sie wissen aus der Vorlesung: Ich habe mir immer gerne Experimente ausgedacht. In Princeton ist mein Labor größer und viel besser ausgestattet als das in Graz. Ich kann zeigen, daß ein vorläufiges Ergebnis verifiziert – oder natürlich falsifiziert – werden kann, indem man es immer wieder anderen experimentellen Tests unterzieht. Damit erübrigt sich die idiotische Rechnerei, von der Physiologen nichts verstehen und die nur Mathematiker freut.«

Der Professor borgte sich meinen Kugelschreiber und skizzierte auf einer Papierserviette einige seiner neuesten Versuchsanordnungen, fragte nach jeder, ob es mir einleuchte, und ging dann zur nächsten über. »Ich spreche natürlich frei und habe verlangt, daß eine schwarze

Tafel da ist. Es ist an sich ein Experiment, wieder deutsch zu sprechen. Man wollte mir mit der Sprache entgegenkommen; aber ich habe auf deutsch bestanden. So alt bin ich noch nicht, daß ich meine Muttersprache vergessen hätte.«

Ich konnte nicht umhin, ihm meine Bewunderung auszudrücken. In seinem Alter die Strapazen der Reise auf sich zu nehmen; und gar dieses Gedächtnis, dieser Reichtum an neuen Ideen. Das sei ein unerhörtes, seltenes Phänomen.

»Vergessen Sie nicht, lieber Parin«, er legte mir die Hand aufs Knie und bestellte zwei weitere Espressos, »vergessen Sie nicht, daß ich Pharmakologe bin. Seit ich keine Vorlesung mehr gebe, darf ich mich noch selber bedienen. Das ist ganz einfach, weil ich die Wirkung jeder Droge unmittelbar spüre und so die richtige Dosierung finde.« Und er erklärte mir sein System: Ein reiches Repertoire fein abgestimmter Mittel und Mittelchen, die ihn für den Arbeitstag fit hielten. Andere Mittel waren für eine zureichende Nachtruhe und den Mittagsschlaf vorgesehen, und wieder andere für die Zeit der Entspannung und Unterhaltung. Da wollte er bei Laune sein.

Man darf nicht erwarten, daß ich das Rezept des Nobelpreisträgers weitergebe. In erster Linie, weil es gar kein Rezept gibt und für den Zweck eines geistig wachen und glücklichen Alters keines geben kann. Da hilft nur die sorgfältige Abstimmung auf den eigenen Körper einschließlich seiner fortwährenden Veränderungen und neu auftretender Beschwerden und Störungen.

Der Tag beginnt mit einer Dosis Speed (Weckamin), um ganz wach zu werden, und dem Glas Wasser mit einer großen Dosis Vitamin C, zusätzlich etwa ein Aluminiumhydroxid, sofern der Magen wegen Überlastung drücken sollte, und ein schleimlösendes Mittel, um die Bronchien freizukriegen. Dazu eine Tablette mit Verdauungsenzym zur Anregung des Darms. Das genügt, um nach dem Frühstück das Labor zu besuchen. Die Lektüre der Post und der eingetroffenen Publikationen mag verstimmen. Bevor sich depressive Gedanken einstellen, eine genügende Dosis Morphium oder Heroin, zusätzlich ein

Anabolikum, das den Appetit für das Mittagessen erfreulich anregt. Der Espresso begleitet die Unterhaltung mit Besuchern. Danach benötigt der Professor meist ein Glas Rotwein, das der Schläfrigkeit zur Siesta zum Durchbruch verhilft. Beim Erwachen um halb fünf allerdings ist am besten eine Dosis Kokain – gegen Abend kein Speed! –, damit die nun folgende geistige Arbeit bald in Gang kommt. Das sind die kreativsten Stunden. Ist die Arbeit gut vorangekommen, braucht es für den Abend keine weitere Hilfe. Will sich das zur Entspannung nötige Wohlbefinden nicht einstellen, hilft am besten wieder ein Opiat. Dann Gäste, Kino, Theater oder Lektüre, bis es Zeit ist, mit einem rasch wirkenden, gut ausscheidbaren Barbiturat die Nachtruhe einzuleiten, nicht ohne die tägliche Dosis von Acidum salicylicum zur Vermeidung von Blutgerinnseln in den Gefäßen und einer Dosis Magnesium gegen das Auftreten nächtlicher Wadenkrämpfe. »Dies alles wirkt nur, wenn ich Dosierung und Wahl der Mittel immer wieder meinem Zustand anpasse. Voraussetzung ist, daß ich es nie zu Kopfweh, Rücken- oder Gelenkschmerzen kommen lasse. Seitdem ich als Student an Zahnschmerzen gelitten habe, war es mir immer möglich, Schmerzen gar nicht erst aufkommen zu lassen. Wenn es zu einem schmerzbedingten Streß kommt, ist die Wirkung aller Mittel unsicher.«

Der alte Herr bediente sich, neben den üblichen Vitaminen, Schmerz- und Schlafmitteln, gerade jener Drogen, die heute als die schlimmsten Suchtmittel in Verruf geraten sind: Morphine, Kokain, Speed (Weckamine) und Barbiturate.

Ein anderer Nobelpreisträger, der Chemiker Linus Pauling, der nach einem Alter in voller Frische und Leistungsfähigkeit im sechsundneunzigsten Lebensjahr plötzlich gestorben ist, hat wiederholt über die eigene Pharmatherapie gesprochen, wobei allerdings die tägliche große Dosis Vitamin C von seiner Frau und nicht von ihm selber verschrieben worden sei. Ich selber halte mich seit Jahren an das Rezept von Frau Professor Pauling.

Der Schriftsteller Julien Green hat soeben in seinem vierundneunzigstem Lebensjahr einen Roman, sein vierundsechzigstes Buch, veröffentlicht. Ich weiß nicht, ob er sich einer pharmakologischen Stütze bedient. Im Kulturteil einer Tageszeitung ist kürzlich eine Notiz über ihn erschienen, mit der Überschrift: »Altersglück«.

Es wäre traurig, wenn sich nur die prominenten Vertreter abendländischer Geistigkeit dank ihrer geordneten und von Wohlhabenheit getragenen Verhältnisse ein solches Altersglück leisten könnten. Das Bedürfnis, den Beschwerden der hinschwindenden körperlichen Integrität pharmakologisch entgegenzuwirken, muß doch überall bestehen, wo es alte und uralte Menschen gibt, auch dort, wo weder eine Pharmaindustrie noch ausreichende Geldmittel vorhanden sind.

Viele Dörfer der Dogon in der Malirepublik sind hoch in die zerklüfteten Felsen gebaut, so daß alte Menschen ihr Dorf nie mehr verlassen können. Die steilen Pfade und schmalen, schwankenden Brükken über tiefe Schluchten können nur von Menschen begangen werden, die über Körperkräfte und wache Sinne verfügen. Kinder sind die geschicktesten und werden gerne zu Botengängen in andere Dörfer ausgeschickt. Doch hat der Respekt, den die Dogon ihren Alten zollen, zur Folge, daß diese bestens gepflegt und ernährt werden. Täglich sieht man die Ältesten geruhsam unter dem Schattendach des dörflichen Rats, der Togu na, sitzen, den Rücken an einen Pfeiler gelehnt, bis sich zu ihren Füßen wieder der Rat der Männer versammelt, der auf ihre Stimme hört. Nun ist das Land der Dogon, das an Lebensweisheit und uralter mythischer Kultur so reich ist, sehr arm an Nahrung, die sich für alte Menschen eignet. Je mehr das Alter, der Verlust der Zähne, die allgemeine Hinfälligkeit sich bemerkbar machen, desto mehr wird die übliche Nahrung durch den Genuß von Hirsebier ersetzt, das reich an Nährstoffen, Vitaminen und Spurenelementen ist. Für viele Alte ist dieses Bier die einzige Nahrung, hält sie lebendig, verleiht ihnen Spannkraft und versetzt sie vor allem in beste Stimmung. Das ist wichtig. Denn was die Ältesten im Rat des Dorfes äußern, zu praktischen oder spirituellen Problemen, zu Konflikten oder gar zu Streitigkeiten, von denen die Harmonie des Zusammenlebens bedroht wäre, das hat großes Gewicht. Man muß dafür sorgen, daß sie nur frisch gebrautes, gehaltvolles Bier erhalten. Täglich ist eine kleine Schar junger Mädchen an einem Schattenplatz nahe der luftigen Ratsveranda mit Töpfen und Kesseln beim lustigen Geschäft des Bierbrauens. Von Zeit zu Zeit nähert sich eine von ihnen mit einer kleinen Kürbisschale Bier den Alten, damit sie mit Nicken oder Kopfschütteln kundgeben, ob der Saft den erwünschten Grad der Reife erreicht hat. Die alten Genießer sind ständig in einem sanften Rausch befangen. Das hält sie bei Laune und löst ihre Zunge. Das, was sie äußern, trifft allerdings nicht nur auf ehrerbietig lauschende Ohren. Oft ist es schwer zu verstehen, ein Stammeln mehr als ein Reden. Doch hat sich aus anderen, jüngeren, aber bereits zu Vernunft und Klarheit gereiften Männern eine Gruppe gebildet. Diese nehmen auf und interpretieren, was Wille und Meinung des selig stammelnden Alten ist. Niemand zweifelt daran, daß die Weisheit des Alten desto tiefer und reiner ist, je wirrer die Rede aus seinem zahnlosen Munde strömt. Die strahlende Laune des Alten teilt sich den Interpreten mit. So können sie nicht fehlgehen, aus dem Gestammel eine fröhliche Lebensweisheit zu destillieren.

»Vor allem kommt es darauf an, daß unsere verehrten Alten sich trotz der Beschwernisse des Alters wohlfühlen«, sagen die klugen Dogon. »Ein Dorf, in dem der nährende Trank sie bei Laune hält, ist ein glückliches Dorf.« Abends verdichtet sich der Nebel der Geister zu einem tiefen Schlaf. Es ist nicht schwer, einen trunkenen Alten auf seine Matte zu tragen; das Hirsebier nährt, macht jedoch gar nicht fett und schwer.

Gegen den Tod kann der Mensch nichts; gegen die Leiden des Alters haben nicht nur unsere Wissenschaftler und die klugen Dogon in ihren Felsendörfern das Richtige gefunden. Mein gelehrter, längst verstorbener Freund Wolfgang Benndorf hat ein altes chinesisches Gedicht, »Der Wein von Yünan«, nachgedichtet:

Es ward mir einst gesagt in Stadt und Land
in Yünan wird aus Reis ein Wein bereitet,
wer davon nur ein Glas getrunken hat,
fühlt daß sein Geist in holdem Wahn entgleitet.

Mich soll ein Schiff – leicht ward mir der Entschluß –
die Fluten des Yangtse hinuntertragen.
Ob ich wohl sehr viel Becher trinken muß
um meinen trüben Kummer zu verjagen?

Den braven Leuten die voll Fertigkeit
die Segel setzen und die Ruder rühren
ich hab die Münzen schon bereit
die ihnen als gerechter Lohn gebühren

und werde bald, ja bald ist es so weit,
den Wein von Yünan an die Lippen führen.

Ich habe von exotisch fernen und von den durch Ruhm randständigen, weisen Greisen erzählt. Warum? Das ist leicht zu erraten. Ich spreche in eigener Sache. Wo immer ich dem Brauch drogengenießender Greise begegne, bin ich kein Außenseiter mehr, kann ich mich mit der Schlauheit – nicht gerade Weisheit! – des Alters einer real existierenden Gemeinschaft zugesellen, mich in eine Schar fröhlicher Alter hineinphantasieren.

Das Problem der Überalterung der Bevölkerung, das unsere Politiker und Prognostiker umtreibt, ist jedoch ungleich wichtiger, als es meine persönlichen Wünsche und Phantasien sind. Mit guten Gründen nimmt man an, daß das durchschnittliche Lebensalter der Schweizer stetig ansteigt und weiter ansteigen wird. Wenn ein Land so weit ist, steuert es unaufhaltsam einem Triumph und gleichzeitig einer Katastrophe zu. Es gilt als Idealzustand, wenn in einem wohlorganisierten Gesellschaftsgefüge die Säuglingssterblichkeit abnimmt und der Tod die Greise in immer späteren Jahren heimsucht – noch später die Greisinnen. Doch ziehen damit am Zeithorizont die dunklen Wolken unerträglicher Lasten für das Gemeinwesen herauf: die Kosten einer zureichenden Altersvorsorge, die Aussicht, daß immer weniger Menschen im arbeitsfähigen Alter mit Produktion und Dienstleistungen für immer mehr unproduktive Alte oder Senioren – wie man sie im Sinne der *political correctness* nennt – sorgen, eigentlich sich abrackern werden. Daß die unproduktiven Senioren gänzlich nutzlos sind, daß man sie deshalb ganz abschaffen sollte, das wagt niemand zu denken, geschweige denn zu sagen, am wenigsten die Senioren selber. Politiker jeder Couleur scheinen sich einig zu sein, daß ein Kulturvolk auf die Präsenz ihrer Senioren und Seniorinnen nicht verzichten will und nicht verzichten kann. Ja, man tut einiges, damit sich die geschätzten Alten, auch entgegen ihrer Neigung, am sozialen und politischen Prozeß möglichst intensiv beteiligen, nicht nur am Konsum, wozu man sie durch entsprechende Lastenübernahme instand setzen muß. Dafür nehmen sie zweifach teil an unserer Kultur – als Zeugen für den Erfolg zivilisatorischer Bemühungen und als Träger moralischer Werte sowie als geistige Vorbilder.

Was aber, wenn es sich herausstellt, daß wir Alten – pardon: Senioren –, gewiß nicht alle, aber doch recht viele, sich von jenen gleichen Drogen abhängig gemacht haben, die man als das schlimmste Übel unserer Zeit ansieht? Die Drogenabhängigkeit, die unsere Jungen und Jüngsten vorzeitig zu dahinsiechenden Greisen zu machen droht. Sind die Drogen der schlimme Feind, oder sind sie Spender von Zufriedenheit und Glück, wie für jene Alten?

Bevor ich mich dem Problem der Drogen zuwende, stelle ich mir die Frage, ob die Alten – nun nicht Senioren zu nennen – auch nur körperlich die gleichen sind wie ehedem: der Großvater, der seine Knochen auf der Ofenbank wärmt; oder im Lehnstuhl, Filzpantoffeln an den Füßen; oder das seit dem antiken Orakel gleichgebliebene Bild, das Wesen auf drei Beinen, Greis und Greisin am Krückstock. Oder dann das Antlitz greiser Menschen, wie es jene ersten naturgetreuen

Künstler der Neuzeit, etwa Rembrandt oder Frans Hals, gemalt haben: gefurchte Stirnen, hohle, runzlige Wangen, triefende, spitze oder gerötete Nasen, blicklose Augen mit entzündeten Lidern, zahnlose Kiefer. Nein: Unsere Senioren sind nicht nur nach Jahren andere, sie sind körperlich nicht mehr die gleichen. Die Runzeln sind kosmetisch geglättet, der Leib ist sichtlich repariert. Der graue Star ist gestochen, der Blick scharf durch die eingesetzte Linse aus Kunststoff, das künstliche Gebiß ist tadellos, der Rücken gerade, operativ aufgerichtet, mit einem Knochenspan fixiert. Der Krückstock fällt weg, unsere Senioren schreiten, spazieren oder joggen sogar; ihre morschen Hüften sind längst durch stählerne Scharniere ersetzt, den Hüftgelenksprothesen aus der Fabrik Sulzer in Winterthur, von tüchtigen Chirurgen einmontiert.

Unsere Senioren sind zum guten Teil repariert, allein schon leiblich nicht mehr die Alten von anno dazumal. Haben sie allein darum das Recht, sich im Pakt mit dem Teufel Wohlbefinden zu erkaufen? (Mit dem Teufel sind die Drogen gemeint.)

Kürzlich, im Swissair-Flug von New York nach Zürich, saß neben mir der berühmte Dirk McCaughley. Am Ende unseres langen Gesprächs, der Flug senkte sich auf Kloten, überreichte er mir seine Karte. Unter dem Namen war *Colonel Airborne Rangers* durchgestrichen. Dem sympathischen, sensiblen Mann merkte man seine militärische Vergangenheit nicht an. Er erzählte, daß er seine aussichtsreiche Karriere in der Armee aus freien Stücken aufgegeben habe. Als der Kalte Krieg zu Ende ging, wollte er seinem Amerika weiter dienen, als Soldat gegen die gefährlichsten Feinde. Das sind, so erklärte er mir, eindeutig die Drogen, Heroin, Koks, Crack, Speed, Kiff und die anderen teuflischen Dinge. Die neuen Feinde sind ebenso gefährlich, aber noch heimtückischer als die nuklearen Sprengköpfe der weiland Sowjets. Im Kampf gegen die neuen Feinde hatte er es zu einem der höchsten Posten gebracht: Koordinator der Weltmacht mit ihren europäischen Verbündeten im Kampf gegen den gemeinsamen Feind.

Ich hatte Einwände. Seien es nicht die Dealer und Produzenten der Drogen, die man bekämpfen müsse? Er hatte sich seine Meinung gebildet, bevor er die Armee verließ, um sich in die Reihen der Kämpfer gegen die Drogengefahr einzureihen: »Gewiß. Kriminelle Naturen gibt es überall. Doch wo blieben die ohne das Grundübel, die Droge!« Ich gab zu bedenken, daß alle diese chemischen und natürlichen Wirkstoffe den Medizinern längst als gute, wohltuende, ja, rettende Medikamente bekannt waren, bevor weltweit der Mißbrauch einsetzte. Mister McCaughley blieb hart: »Das weiß ich. Ich habe die einschlägige Literatur studiert«, er zog eine fotokopierte Liste, über vierzig Seiten medizinische Bibliographie, heraus, die er mir überreichte. »Doch was ist, an den Folgen gemessen, der Gebrauch von Drogen gegen den Mißbrauch! Jeder Gebrauch von Drogen ist Mißbrauch. Gewollt oder ungewollt ein Pakt mit dem Feind, dem Feind unserer Nation und der Menschheit.«

Ich versuchte, das Thema zu wechseln. Mein Nachbar blieb, was er gewesen war: ein Soldat und brav. Ich wollte mit dem sympathischen Mann nicht weiter diskutieren. Es war einfach nicht fair. Er ahnte nichts davon, aber mir war es allzu bewußt. Er setzt sich für die Menschheit ein, ich aber streite egoistisch, wie alte Leute, besonders alte Männer bekanntlich sind, in eigener Sache. Ganz allein für mich wohl nicht; wenn ich auch nicht das profunde pharmakologische Wissen eines Otto Loewi habe. Manche Kollegen und Kolleginnen versuchen, wie ich es tue, Greisen und Menschen mit Hilfe wohldosierter Tropfen, Pulver und Spritzen zufriedene oder sogar glückliche alte Tage zu bescheren; bis daß der Tod auch sie …

Andere, anscheinend die Mehrzahl, kämpfen weiterhin als Ärzte und Ärztinnen bei ihren Patienten als Einzelkämpfer gegen den bösen Feind. Nur wenige haben so umfassende Kenntnisse und eine so tiefe Überzeugung wie Mr. McCaughley. Sie stecken tief in der Überlieferung unserer puritanischen Kultur: Leiden ist besser als läßliche Duldung oder gar unerlaubter Genuß. Immer wieder gelingt es einem Kollegen (Kolleginnen nicht ausgenommen), einen achtzig-, fünfundachtzig-, neunzig- und mehr -jährigen aus der Gefahrenzone einer Drogenabhängigkeit herauszuhalten, sei es auch, daß Schmerzen, ja, unerträgliche agonische Vernichtungsgefühle, in Kauf zu nehmen sind. Für diese Ärzte zählt Tugend mehr als Wohlbefinden.

Solche Ärzte schätze ich nicht. Obwohl ich sie als Gegner ansehe, habe ich keinen Grund, sie zu hassen. Die verehrten Leser und Leserinnen wissen es längst: Ich selber gehöre zu jenen Pharma-Greisen, die sich mittels Zufuhr erhaltender und fördernder Mittel und Mittelchen ein angenehmes Alter gestatten und bewahren. Wer es nicht glaubt, der frage bei meiner Apothekerin nach; ihre Monatsrechnungen sind erheblich.

Anmerkungen

1 Becker, Jurek: Warnung vor dem Schriftsteller. Drei Vorlesungen, Frankfurt a. M., Ed. Suhrkamp, 1990, Zit. Seite 13

2 Melville, Herman: Bartleby, New York, Penguin Books (1968) 1995

3 Michel, Karl Markus: Auctoritatis enconium. Laudatio auf Paul Parin, in: Jahrbuch 1997. Deutsche Akademie für Sprache und Dichtung, Darmstadt, 1998, S. 160–164, Zit. S. 162

4 Parin, Paul: Der Knopf an der Uniform des Genossen. Über die Veränderbarkeit des Menschen, in: Kursbuch 53 (1978), Berlin, S. 185–194, Zit. S. 194

5 Eisenberg, Götz: Von der Neurose zur »Soziose«, in: Wochenzeitung, Zürich, N° 25, 26. 6. 2000, S. 28

6 Parin/Morgenthaler/Parin-Matthèy: Die Weißen denken zu viel (1963), Hamburg, EVA, 4. Aufl, 1993, Zit. S. 23

7 Mitscherlich, Alexander: Auf dem Weg zur vaterlosen Gesellschaft, München, Piper, 1973

8 Hobsbawm, Eric: Das Gesicht des 21. Jahrhunderts. Ein Gespräch mit Antonio Polito, München/Wien, Carl Hanser Vlg., 1999, S. 220

9 Hobsbawm, Eric: Das Zeitalter der Extreme. Weltgeschichte des 20. Jahrhunderts, München/Wien, Carl Hanser Vlg., 1995, S. 873

10 Couchepin, Pascal: »Menschliches Antlitz« für die Globalisierung, in: Neue Zürcher Zeitung, N° 151, 1./2. Juli 2000

11 Parin, Paul: Ethnisierung der Politik – Ex-Jugoslawien: »Vom National-Kommunismus zum National-Sozialismus«, in: Emilio Modena (Hg.): Das Faschismus-Syndrom, Gießen, Psychosozial Verlag, 1998, S. 100–118

»Wir beide, Goldy und ich, mußten dieses Buch schreiben; da sie nicht gerne schreibt, habe ich es für sie geschrieben.«

Paul Parin und Goldy Parin-Matthèy

Das literarische und das ethnopsychoanalytische Werk

Untrügliche Zeichen von Veränderung
Jahre in Slowenien, (1980) 1992

Karakul
Erzählungen, 1993

Eine Sonnenuhr für beide Hemisphären
und andere Erzählungen, 1995

Es ist Krieg und wir gehen hin
Bei den jugoslawischen Partisanen
Mit einem Vorwort von P.P. Zahl
zur Neuausgabe, (1991) 1997

Der Widerspruch im Subjekt
Ethnopsychoanalytische Studien, (1978) 1992

Zu viele Teufel im Land
Aufzeichnungen eines Afrikareisenden, (1985) 1993

mit Goldy Parin-Matthèy und Fritz Morgenthaler
Die Weißen denken zuviel
Ethnopsychoanalytische Untersuchungen
bei den Dogon in Westafrika, (1963) 1993

»Die Flöte des Herrn von Kasarek«, zuerst erschienen in: *Unikum*. Klagenfurt, 1997, und in: *Literatur und Kritik*, 34, 1999.
»Heimat, eine Plombe«, zuerst erschienen in: *Die Zeit*, Nr. 52, Dezember 1994,und als Band 21 der Reihe »Reden«, mit einem Essay von Peter Paul Zahl, Europäische Verlagsanstalt 1996.
»Weise Pharma-Greise«, zuerst erschienen in: *Weltwoche Supplement*, Nr. 3, März 1995, und in: *Kursbuch*, Nr. 128, 1997

Alle anderen Erzählungen und Texte sind für diesen Band geschrieben.

Die Deutsche Bibliothek – CIP-Einheitsaufnahme

Ein Titeldatensatz für diese Publikation ist bei
Der Deutschen Bibliothek erhältlich

3. Auflage 2001

Umschlaggestaltung: +malsy, Bremen
Umschlagmotiv sowie Abbildungen S. 55 u. 56
© Ulrich Ehebald, Hamburg
Signet: Dorothee Wallner nach Caspar Neher »Europa« (1945)
Herstellung: Das Herstellungsbüro, Hamburg
Satz: Greiner & Reichel, Köln
Druck und Bindung: fgb · freiburger graphische betriebe

Printed in Germany

ISBN 3-434-50507-2